KB139278

무한의 저편으로

OVER THE INFINITE

2

후타츠기 고린

MINOTAUR

미노타우로스

CHITTA

칫타

CHARACTERS

「안녕. 던전 마스터인
키츠키 신고야.」

「레네 로제스타.
오렌디아 왕국
로제스타 남작가의
여식이에요.」

무한의 저편으로 2
OVER THE INFINITE

CONTENTS

제1장
미궁도시의 두 사람

STORY

평범한 생활을 찾아서 『미궁도시』에 온 츠나와 유키.

처음 보는 종족이 활보하고, 늘어선 건물은 왕도에도 없는 고층 건축물. 길드 회관은 콘크리트 건물이고, 근처에는 편의점이 있다. 덤으로 공용어는 일본어.

딱 봐도 자신들 말고 다른 일본인이 있고, 도시를 만들었다고 볼 수밖에 없는 상황.

하나부터 열까지 상식에서 벗어난 이 도시에서, 츠나와 유키는 모험자의 등용문인 『트라이얼 던전』에 도전한다.

츠나와 유키의 목표는 트라이얼 던전을 한 번에 공략하는 것.

동반자인 고양이 귀 인간 칫타에게 고블린 고기를 먹이고, 코볼트 무리를 우격다짐으로 무찌르고, 오크와 싸우는 중에 오크 고기를 먹는다. 그리하여 맞이한 4층. 그때 마음 편한 시련인 줄로만 알았던 트라이얼 던전의 분위기가 확 변하고, 두 사람 앞에 리저드맨 베테랑 모험자가 나타난다.

어른스럽지 않게 힘으로 밀어붙이는 선배 모험자를 가까스로 격퇴하고 나니, 남은 것은 마지막 층인 5층. 던전에서 죽으면 다시 살아난다. 그것은 죽음을 전제로 한 싸움이 있다는 뜻. 아무리 등용문이라고 해도 그 벽은 높게 앞을 가로막는다.

이것은 시작도 아니다. 시작 전 출발선에 설 수 있는지를 시험하는 시련. 두 사람은 첫 도전 사망 확률 100%의 극악한 난관을 돌파할 수 있을까?

포기해도 상관없다. 죽어도 다음 기회가 있다. 무한정 이어지는 도전 속에서, 진짜로 필요한 것은 무엇일까?

츠나와 유키, 두 사람이 모험자로 살아가기 위한 첫 번째 시련의 막이 오른다…….

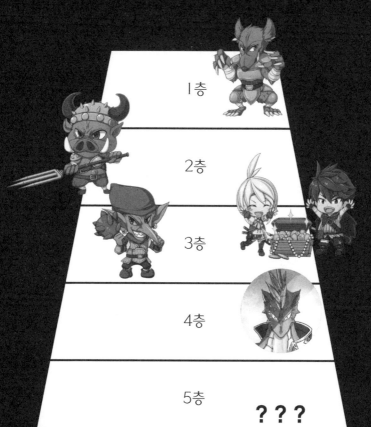

1층

2층

3층

4층

5층

? ? ?

트라이얼 던전
층별 정보

Trial dungeon hierarchy figure

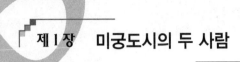

제 1 장　미궁도시의 두 사람

∞ 여담 『스킬』

"츠나 씨와 유키 씨는 액션 스킬이라는 말을 아십니까?"

흡혈귀 강사 베르나 라이엇이 그런 말을 했다.

초심자 강습 후반, 스킬에 관해 설명할 때였다.

불과 몇 시간 전 일인데도 한 달쯤 지난 일처럼 생각나는 것은 지금까지의 체험이 강렬했기 때문일 것이다. 아저씨도 무지 강했고 말이지.

나와 유키로 한정했다는 건 나머지 두 강습자…… 필로스와 가웨인에게는 무의미한 질문이라는 소리다. 즉, 두 사람은 이미 안다고 본 것이다.

미궁도시에 한 달 정도 머물면 당연히 알거나, 혹은 트라이얼을 통해서 배우는 사항인 모양이다.

"액션……이라고 말할 정도니까, 능동적으로 발동하는 스킬이라는 뜻인가요?"

유키가 대답은 했지만 어감에서 떠오른 대로 말한 것이리라. 나도 같은 인상을 받았다.

내가 현재 가지고 있는 스킬은 가지고 있는 것만으로도 힘을 발휘하는 것이다. 그 스킬을 발동하려고 뭔가 할 필요는 없다.

하지만 커맨드 입력형 RPG처럼 발동에 뭔가 특정한 조건을 필요로 하는 스킬이 있다고 해도 이상하지는 않다.

본 적은 없지만, 마술사들이 마법을 사용할 경우는 분명 그런 느낌일 것 같다.

……어쩌면 교회 신부님들이 스테이터스를 보여줄 때도 뭔가 쓰고 있는 거려나.

"의미상으로는 그렇습니다. 액션 스킬이라고 해도 종류는 많지만, 그중에서도 웨폰 스킬, 무기로 발동하는 기술을 말하는 건데요, 이게 모험가와 가장 관계가 많은 스킬이죠."

비장의 카드나 필살기를 말하는 건가? 그런 걸 쓰는 사람은 본 적 없는데, 희귀한 스킬인 건가.

"공격력을 일시적으로 증폭해 상대의 단단한 방어를 뚫거나, 혹은 특수 효과를 가진 스킬 등으로 전술의 폭을 넓힐 수 있죠. 그게 쓰기 힘든 스킬이라고 해도 그런 스킬을 습득하고 있어야 여차할 때 발동할 수 있는 여유가 생깁니다. 특히 전방에서 싸우는 자는 이걸 하나 가지고 있기만 해도 전술의 폭이 확실하게 넓어집니다."

강력하고 편리한 힘이 있다면 그걸 발휘하기 위한 전법이 필요해진다. 그렇게 되면 평소 싸우는 방법과는 달라질 것이다.

하나라도 신뢰할 수 있는 힘을 가지고 있으면 여유도 생기고, 싸울 때 상황을 판단하기 쉬워진다는 뜻이겠지.

"밖에서 오는 모험가라도 드물게 이걸 습득하고 있는 사람도 있습니다. 그런 분은 역시 트라이얼 돌파도 빠르죠. 다른 스킬과 달리 쓰는 방법을 모르는 사람도 있긴 하지만요."

그건 정말 안타깝군.

하지만 미궁도시에 오면 이렇게 가르쳐 준다. 자신도 모르던 비장의 카드가 쓸모 있게 되어 갑작스럽게 강해지는 일도 있을 것이다.

"무기로 사용하는 전투 스킬을 습득할 수 있는지 여부는 주로 전위의 전사계 모험가가 처음에 부딪치는 벽이라고들 하죠."

"그런데 그건 어떻게 발동하는 건가요?"

"방법은 여러 가지 있지만, 간단한 건 그 스킬을 사용하겠다는 의지를 가지고 스킬 이름을 소리 내어 말하면 됩니다. 발동 조건을 충족하면 그것만으로 발동합니다."

게임과 애니메이션에서 말하는 필살기 같은 건가.

외치는 건 부끄러울지도 모르지만 전투 중에 부끄럽니 뭐니 운운할 수도 없고, 여러 가지 방법이 있다고 하니 소리를 내지 않는 방법도 있겠지.

"나랑 유키한테는 묻고, 필로스와 가웨인한테 묻지 않았던 건 트라이얼에서 익힐 수 있기 때문인가요?"

"약간 달라. 나도 가웨인도 현시점에서는 액션 스킬이 없어."

필로스가 부정했다.

"트라이얼에서 적 몬스터가 액션 스킬을 사용합니다. 볼 기회는 2층 근처부터 생길 겁니다."

적들만 필살기가 있다는 소리냐.

"그렇다고는 해도 트라이얼에서는 딱히 강력한 스킬을 사용하지 않습니다. 그런 게 있다는 것만 기억해 두면 될 겁니다."

"모험가는 언제쯤 쓸 수 있게 되는 건가요?"

"천차만별인데, 전위라면 Lv 10에 도달할 즈음에는 대부분 습득합니다. 평균적으로 말한다면 대부분 무한회랑의 제10층 근처를 공략할 때쯤이려나요. 아까 말한 케이스처럼 트라이얼이 시작되기 전에 습득하고 있는 사람도 있습니다만 그건 독자적인 훈련을 하는 사람이거나 상당한 재능이 있는 사람이죠."

필로스와 가웨인이 습득하지 못했다는 건 그게 없어도 트라이얼은 돌파할 수 있다는 뜻이다.

전투 전문가인 기사였던 녀석이 습득하지 못했을 정도다. 밖에서 그런 걸 습득하고 있는 녀석은 상당히 드물겠지.

그게 없어도 오크 정도라면 어떻게든 처리할 수 있음을 나 자신이 증명한 바 있다.

"덧붙여 어떤 스킬을 습득하느냐는 개인의 자질에 좌우되는 면이 크고, 사용하는 무기 종류도 달라집니다. 무기 기술을 습득한다는 건 그 무기에 적성이 있다는 뜻이니까요. 드물게 적성이 없는 무기를 쓰는 사람도 있는데, 그런 사람은 주의가 필요하겠죠."

"주의가 필요하다고 말해도, 적성처럼 애매한 건 하루아침에 알아낼 수 있는 게 아니라고 생각하는데요."

"강의 내용에서 벗어나지만, 그걸 알아낼 수 있는 방법도 있습니다. 데뷔가 확정되면 마술 적성과 함께 조사합니다."

그거 대단한데. 어떤 재능이 있는지 알아낼 수 있다는 건가.

"다음으로 액션 스킬의 반대, 패시브 스킬인데요, 이쪽은 모험가가 아니어도 대부분의 사람이 습득하고 있습니다. 《검술》과 《산술》처럼 보유하고 있는 것만으로도 본인의 능력에 보정을 주는 걸 패시브 스킬이라 부르고 있죠. 기본적으로 이런 스킬은 항상 발동하고 있지만, 그중에는 조건이 성립한 단계에서 처음 발동하는 것도……."

4층 보스 룸 출구를 향하면서, 문득 초심자 강습에서 그런 말을 들었던 걸 떠올렸다.

발동에 마력이 필요한 《머티리얼라이즈》, 《간파》도 이 분류라면 자신의 의지로 발동하는 액션 스킬이다.

그리고 조금 전 싸움에서 아저씨가 쓰고 내가 습득한 《파워 슬래시》도 액션 스킬…… 검으로 쓰는 무기 기술이다.

이걸 일반적으로 언제쯤 습득하는지는 모르지만 아저씨가 말한 걸 믿는다면 트라이얼 시점에서 습득하고 있는 녀석은 별로 없는 모양이다.

실제로 아저씨한테 써 보고 체감한 건데 준비 시간과 경직 시간이 필요하긴 하지만, 위력은 정말 필살기라고 불러도 좋을 만하다. 실제로 의지가 되는 힘이라고 말할 수 있다.

그런 걸 트라이얼에서 쓰지 말라고 하고 싶긴 해도, 내가 습득할 수 있었던 건 그 덕분이리라.

이제…… 5층을 공략해야 하는데, 분명 강력한 어드밴티지가 되겠지.

유키 같은 생각을 하는 건 아니지만 트라이얼 첫 회 공략을 목표로 할 경우, 틀림없이 중요한 포인트가 될 것이다.

첫 번째 공략을 완수하면 내 생활도 좀 나아지려나.

소소하고 평범한 소원이지만 조금이라도 나은 생활을 할 수 있다면 좋을 것이다.

하루 한 끼 먹던 보리죽이 하루 세 끼가 되는 것보다, 세끼 모두 그 정식 같은 걸 먹을 수 있는 편이 당연히 더 좋잖아.

인간답게 살려면 영양이 필요하다.

∞ 제6화 『루키의 벽』

보스 공략 후의 광장은 지금까지와 마찬가지로 워프 게이트와 계단만 있는, 복붙한 듯한 구조였다.

우리가 보스 룸에서 나오자 먼저 갔던 칫타 씨가 맞이해 줬다.

"오~ 클리어했냐옹. 여기에서 탈락하는 녀석들이 많아서 좀 걱정했다냥."

역시 이곳이 최초의 난관. 도전자의 실력을 선별하는 포인트였던 모양이다.

하지만 칫타 씨가 상정했던 난이도와 우리가 체험한 난이도는 상당히 다르지 않았을까.

보스가 전부 그 아저씨라면 합격률이 무지 떨어졌을 텐데. 최소한 2층이나 3층에서 애먹은 녀석들은 들어가자마자 바로 죽었을 것이다.

"그런데 어떻게 됐나용. 규정 시간이랑 거의 같았는데 무찌른 거냐용?"

"이겼어요. 《간파》 스킬을 받았고요."

그리고 영정 사진. 필요 없다고, 이딴 거.

"굉장하다냥. 이곳을 격파로 통과하는지 아닌지로 데뷔 후의 평가가 달라질 정도니까냥. 덧붙여 《간파》는 데뷔 후 바로 살 수 있게 되는 스킬이지만, 하급 모험가에겐 비싸서 여기에서 손에 넣었다는 건 개이득이다냥."

흐음, 돈과 관련된 이야기는 상당히 기분이 좋아지는데.

"이걸로 보이는 건 이름이랑 HP뿐인가요? 간파라고 하기에는 김이 새는데."

"좀 더 상급 스킬이 있다냥. 엄밀하게는 《간파》와는 다르지만, 설명이 귀찮기도 하고 의미도 없으니 설명은 생략한다냥. 하지만 그것도 유용한 스킬이고, 독 같은 지속 대미지도 알 수 있기 때문에 있고 없고는 상당히 차이가 난다냥."

그런가, HP가 줄어든 정도로 아까 아저씨가 당한 독 같은 그

런 지속 대미지를 확인할 수 있다는 건가.

그렇게 되면 역으로 상대에게 자연 회복 능력이 있는지 어떤지도 알 수 있으려나.

어느 정도 대미지를 줬는지, HP가 얼마나 남았는지를 알 수 있다는 것도 크다. 전술을 짜기 쉬워진다.

"만약에 상대가 《은폐》와 《위장》 스킬을 가지거나 하면 이야기는 또 달라지지만 그건 뭐, 나중 이야기다냥."

"그런데 칫타 씨 때는 4층 보스를 무찔렀나요?"

"무리였다냥. 우리는 지금 단장, 부단장을 포함한 여섯 명이 도마뱀 한 마리에게 쫓겨 다니다 클리어했다냥. 우리 때도 리저드맨이었는데 트라이얼 단계에서는 리저드맨이 가지고 있는 종족 스킬인 《하드 스킨》을 깰 공격력을 좀처럼 확보할 수 없었다냥."

그 비늘 말인가. 종족 전용 스킬이었나 보네. 진짜 단단했지.

《파워 슬래시》로 간단하게 찢어발겼지만, 그 이전의 유효 대미지는 거의 독이다.

나와 유키 모두 공격은 했지만, 제대로 대미지가 먹혔는지 아니었는지는 의문이다.

노 대미지야 아닐 테지만, 가령 HP 500인 상대에게 소소하게 1 대미지씩 주는 것보다 리스크는 있더라도 필살기로 50 대미지를 주는 편이 낫다.

애초에 아저씨처럼 처음부터 리스크를 각오하지 않으면 이길 수 없는 상대는 도박을 할 수 있다는 것만으로도 상당히 달라질 것이다. 이제부터 도전하는 5층 보스에게도 그렇겠지.

"어쨌든 다음 건 더 위험하다냥. ……우리는 여기까지 6개월, 여기부터 6개월의 훈련을 거쳐 겨우 트라이얼을 클리어했다냥. 그래서 너희가 이곳 보스를 한 번에 격파하고 통과하면 정말 대단하다고 생각할 거다냥. 고블린 고기를 진지한 표정으로 먹는 건 더 대단하다고 생각하지만냥."

그건 결식아동의 필수 스킬이니까 별거 아니라고.

아무튼 이야기를 듣고 보니 이 고양이 귀는 이곳을 통과하는 데 시간이 오래 걸렸다. 본인은 보통보다 늦었다고 말하고 있지만, 어쨌든 그 정도 걸리는 사람도 있다는 소리다.

뭐, 실패하고 다시 단련해도 전투란 단순히 근육 단련으로 어떻게든 해결할 수 있는 일이 아니기에 힘들다. 경우에 따라서는 엄청난 의식 개혁이 필요한 케이스도 있을 테고.

별로 달라지지 않은 상태로 재도전하는 건 어리석은 행동이다. 그만큼 시간이 걸렸다는 것도 이해가 안 되는 건 아니다.

"자, 어차피 이대로 5층으로 갈 거라고 생각하지만, 어떻게 할 거냐옹?"

"네, 갈 겁니다."

유키는 곧바로 대답한다.

넌 어쩔 거냐는 듯 칫타 씨가 날 보지만 대답은 다르지 않다.

"저도 역시 여기에서 돌아간다는 선택은 안 할 겁니다. 여기까지 왔으니 첫 회 클리어를 노리죠."

"그러냥. 뭐, 그렇게 만만하지는 않지만 잘해 봐라냥. 너희를 보고 있으면 의외로 돌파하는 거 아닌가 하고 신경이 쓰이지 않는 것도 아니지만냥. 게다가 여기까지 와서 5층을 보지 않고 돌아가는 모험가는 거의 없는 것 같으니까냥."

들고 보니 다들 5층을 구경 정도는 하는 건가. 그러고는 대부분 탈락한다는.

3층까지라면 몰라도, 아저씨와의 전투를 체험한 지금이라 필로스가 말한 세례가 어떤 건지 살짝 두려워졌다.

"그럼 난 여기에서 이별이야옹."

"어, 끝까지 동행하는 거 아닌가요?"

"그게 규칙이다냥. 뭐, 마지막에는 보호자 없이 최선을 다하는 게 시험이라는 거라냥. 덧붙여 5층 보스전에 한 번이라도 도전하면 다음부터는 동반자는 필요 없다냥."

최종 보스 룸까지 도착해 버리면 더는 미체험 존은 존재하지 않게 되는 거라서 필요 없어지는 건가.

일부러 테라와로스 말고 다른 동반자를 찾을 수고가 줄어든다는 건 고맙다.

······가능하면 쓸모없는 규칙이길 바라지만.

"그럼 돌아가기 전에 마지막으로 질문 있냥옹."

"아, 그럼 계속 신경이 쓰였는데, '냥'이 좀 어색하게 쓰이는 건 개성을 아직 완벽하게 굳히지 못했기 때문인가요?"

"닥쳐라냥! 끝까지 버릇없는 녀석들이다냥!!"

칫타 씨는 내 말에 불같이 화내면서 게이트로 사라졌다.

아쉽지만 내 질문은 무시당한 것 같다.

◆ ◇ ◆

칫타 씨와도 헤어지고 드디어 마지막 층 공략이지만, 그 전에 준비해야 한다.

5층 정보가 없기 때문에 층을 이동하자마자 갑자기 보스와 싸우는 일도 있을 수 있다. 《간파》를 시작으로 스킬군의 검증, 연습 정도는 해 두고 싶다.

다행히 이곳은 몬스터도 출현하지 않는 안전 지역이다. 검증도 연습도 충분히 가능하다.

"일단 《간파》 말인데, 아이템은 대상이 아니야. 이름도 알 수 없고."

인간 등 생물만이 대상이라는 것이다. 어쩌면 몬스터가 아닌 동물이라든가, 모험가 이외의 일반인도 대상 외일지도 모르지만 지금은 검증할 수 없다.

아이템의 정보를 확인하는 건 《감정》이겠지. 던전에 들어가기 전에 칫타 씨가 말했던 것 같다.

"어떤 효과가 있는지를 떠올리고 스킬 이름을 생각하면 기동도 가능해. 다만 《머티리얼라이즈》도 그렇지만 대상이 없으면 불발로 끝나는 것 같아."

뭐, 당연할 것이다. 대상이 없으면 뭘 《간파》하라는 건지 말도 안 되고, 원본인 카드가 없으면 실체화시킬 수도 없을 것이다.

"《파워 슬래시》는? 아까 봤던 게 맞다면 상대가 없어도 발동하는 것 같던데."

"대상은 적이 아니라 검인 걸지도 몰라. 다만 발동이 약간 안정되지 않아."

《파워 슬래시》는 자유도가 높은 스킬인 듯, 검의 궤도 대부분에 맞춰 발동이 가능하다. 내리치든 옆으로 베든 관계없이 발동 가능하다.

말없이 발동할 수 있다는 것도 확인했다. 하지만 《간파》와 달리, 이쪽은 발동하지 않을 때도 있다.

"자신이 생각하는 참격의 이미지와 맞지 않으면 불발이 돼. 반대로 음성 기동이라면 불발은 되지 않지만, 뭔가가 강제로 몸을 움직이고 있다는 느낌이지."

말하냐 마느냐에 따라 특성이 다르다.

말해서 좋은 점은 확실성. 소리치면 확실하게 쓸 수 있지만 몇 가지 패턴으로 이뤄진 검이 그리는 선에 강제로 끌어당겨지는 느낌이다. 상대가 익숙해지면 궤도를 읽힐 염려가 있다.

말하지 않는 것의 좋은 점은 자유도. 어느 정도 검의 궤도를 조종할 수 있다. 다만 그 궤도에 맞추는 느낌을 떠올리기 어렵다. 불발 위험도 있다.

익숙해지면 주저 없이 말하지 않고 쓰는 것을 택할 것이다. 하지만 고통 때문에 머리에 떠올릴 수 없는 상황이라면 다를지도 모른다.

"나도 뭔가 무기 기술을 익히면 좋았을걸. 발동 전 준비 시간과 발동 후 경직은 어떤 느낌이야?"

"말로는 잘 표현하지 못하겠어. ……완전하게 움직이지 못하는 게 아니라 몸이 움직일 수 있는 영역이 제한되는 느낌이야."

몸의 유연성이 부족해지고, 앞구르기가 불가능할 것 같은 상황에 빠진다.

밖에서 힘을 가해서 내 몸을 억지로 움직인다면 움직일 수는 있지만, 몸에 제동 장치가 걸린 것처럼 느껴진다.

스스로 움직이는 건 힘든 것 같다.

"엄청 억지로 힘을 주면 움직일 수 있지 않나? 모션 도중에 캔슬하거나."

"격투 게임이냐. 하지만 무지 훈련하면 준비 시간과 경직의 단축은 가능할 것 같긴 해. 다만 하루아침에 극적으로 단축하긴 어려워."

"이제 있을 최종전에는 맞지 않으려나."

아마도 이건 레벨에 관계없는 순수한 기술일 거라 생각한다. 혹은 《검술》 스킬.

도마뱀 아저씨도 경직 시간은 있었지만 지금의 나보다는 짧았다. 지금 이대로라면 솔직히 결정타 말고는 사용하기 힘들다.

이후에 져서 재도전하게 된다면 우선적으로 연습하고 싶다. 일주일 정도면 상당히 달라질 것 같다.

"《파워 슬래시》로 때리면 위력이 얼마나 되는지 알아?"

"정확한 수치로는 어렵지만…… 상대의 반응으로 보면 위력은 같은 자세에서 하는 공격의 20% 정도 증가. 속도는 상당히 느려. 그리고 아마도 경직 이외에 재사용 시간 같은 게 있겠지. 한동안 못 써."

싱글 RPG에서 자주 하듯이 매 턴 같은 스킬을 연발하는 건 불가능하다.

MMORPG에서 많이 볼 수 있는 쿨타임 같은 것이리라. 길면 1일 단위로 다시 못 쓰는 스킬도 있었는데.

"MP 소비는 없는 거지? HP 소비도?"

"마법으로 분류되는 게 아닐 테니까. 그렇다고는 해도 HP를 소비해서 사용하는 것도 아니야. 이것만 그런 건지, 무기 기술은 전부 그런 건지는 잘 모르지만 말이야."

이 기준이라면, MP를 소비하는 《머티리얼라이즈》와 《간파》는 마법이다.

다만 아저씨가 사용했던 마법은 발동할 때 Magic이라는 메시지가 나왔기에 엄밀하게는 다를지도 모른다.

"두 가지 이상의 기술이 있으면 경직 캔슬하고 콤보로 쓸 수 있지 않을까."

"될 것 같긴 하지만 지금 단계에서 검증할 방법이 없어."

어퍼에서 캔슬해 연속기가 되면 좋겠지만.

"그럼 《간파》로 캔슬된다거나 하지는 않을까?"

"기술을 쓸 때마다 《간파》하는 거냐."

꽤 기묘한 느낌이다.

덧붙여 시험해 봤지만 역시 안 됐다.

다만 경직 중이든, 준비 시간이든 관계없이 《간파》는 쓸 수 있다는 걸 알았다. 그렇게 빈번하게 쓰는 것도 아니기 때문에 별로 의미는 없겠지만.

"덧붙여 네 새로운 스킬은 어떤 느낌이었냐?"

"《소검 이도류》와 《소검술》은 보정이 많이 걸리는 것 같아. 무기 탓일지도 모르지만, 《검술》보다 강력하게 걸리는 것 같아. 이거, 카테고리 범위가 작아질수록 보정이 강해지는 거겠지. 소검도 검 카테고리에 들어가니까 효과가 중복되는 것 같지만, 체감만이라면 잘 모르겠어."

중복된다면 가까운 카테고리인 《검술》과 《소검술》 두 가지를 보유하고 있다는 것에 큰 의미가 있을 것이다.

"《아크로바트》는 몸을 움직이기 쉽게 되고, 무리한 자세를 쉽게 잡을 수 있었어. 백 덤블링도 쉽게 가능할 것 같아. 해 본 적은 없지만 트리플 액셀 같은 것도 가능할 것 같고."

피겨 스케이트냐.

"《공간 파악》은 어느 정도 거리까지 공격이 먹힌다거나, 상대의 공격이 닿는 거리라든가, 그런 거리감을 알기 쉬워진 느낌이었어. 도마뱀 아저씨와 싸울 수 있었던 건 확실히 이것들 덕분이야."

실제로 그 싸움 중에 눈에 보일 정도로 움직임이 변했으니까.

딱 봐도 나는 하기 어려운 움직임이다. 유키와 일대일로 싸울 경우, 지금은 어떻게든 이길 수 있을 것 같지만, 좀 더 시간이 지나면 멋진 승부가 될 것 같다. 다채로운 움직임으로 날 가지고 놀 것이다.

"하지만 역시 화력은 없으니 최종전은 츠나의 《파워 슬래시》가 중요하지 않을까."

"역시 마지막 층 보스는 대단한 녀석이 나오는 건가. 숫자가 많다거나 할 가능성은 없나? 3층의 고블린 팀 같은 거."

"그냥 예상일 뿐이지만 하나가 아닐까. 강력한 개체가 하나."

"무슨 근거라도 있는 거냐?"

"예상일 뿐이래도. 근거라고 할 정도는 아니지만…… 1층에서 3층은 신경 쓰지 않았지만, 4층 보스전은 아저씨가 예외적으로 강했다는 건 제쳐 두고, 그 반절 정도의 강함이라도 후위가 솔로로 돌파할 수 있을 것 같지는 않아. 반드시 움직임을 봉쇄할 전위가 필요해."

그 아저씨는 무지 빨랐지.

마법사가 어떤 느낌으로 싸우는지는 모르지만 느긋하게 주문을 외울 시간은 없을 것이다. 궁술사도 버거울 것이다.

역시 지금부터는 파티 내의 역할 분담이 중요해지는 거겠지.

"그러니까 4층 이후는 솔로라든가, 소수 인원으로 공략하는 걸 상정하지 않았다는 건가. 운영 측이 상정하고 있는 노멀한 플레이라면, 거기에서 한 번 죽는다고 상정한 거 아니야? 그래서 시간을 두고 작전을 짜고, 칫타 씨가 말한 것처럼 역할이 다른 동료를 모아 여섯 명이 함께 도전한다는 흐름. '힘을 모아 강한 적을 쓰러뜨리자' 같은?"

"5층에서 그게 다시 현저하게 드러난다는 건가?"

"그게 아닐까 싶어. 그리고 게임적인 시점이라면 인해전술을 쓰는 보스는 별로 없잖아. 아무리 여기가 튜토리얼 같은 던전이라고는 해도, 그렇게 보기 안 좋은 건 없지 않겠나 하는 약속."

이 던전에 게임 지식이 상당히 많이 반영되고 있다는 건 거의 확정이라서 그런 약속이 맞을 것 같기도 하다.

RPG의 보스도 한 마리가 기본이고, 몸의 부위별로 행동한다거나 해서 행동 횟수를 버는 패턴이 많잖아. 아니면 기껏해야 부하 몇 마리라든가. 한 턴에 7회 행동하는 녀석도 있지만, 그거 융합체고.

"그럼 뭐가 나올 거라 생각하는 거야. 이왕이면 저녁밥 내기라도 할까?"

"내기하자고? 난 상관없지만……. 츠나는 어떤 게 나올 거라 생각해?"

"등용문 정도라고 하니, 문지기라는 의미로 케르베로스 같은 거? 가고일 같은 것도 있고, 뜻밖에도 절 앞에 있는 금강역사 같은 게 나오는 거 아냐? 움직이는 석상처럼 말이야."

그런데 말은 그렇게 했지만, 일반적으로 생각하면 가고일 말고는 이길 수 있을 것 같지 않다.

날기라도 하면 가고일마저 위험하다.

"그럼 그중에 하나면 츠나가 이기는 거야. 내기 대상은 밥값이고, 진 사람은 그냥 쳐다보기만 하기로 할까?"

"그건 너무해."

가령 오늘 먹은 정식을 눈앞에서 그저 지켜보기만 해야 하는 상황이 생기면 나는 울 거다. 견딜 수 없을 것이다.

"그럼 네 예상은?"

"미노타우로스."

딱 하나에 걸었다. 강심장이다.

"상당히 확실하게 대답하네. 무슨 확신이라도 있는 거냐?"

"감. ……하지만 지금까지 보스의 경향으로 본다면 이족보행의 인간형 종족에선 크게 벗어날 것 같지 않아. 보스라는 걸 생각해 보면 당연히 대형일 거구. 그래서 그걸 전제로 해서 보스가 될 만한 몬스터로 뭐가 있을까 생각하니, 미노타우로스라든가, 오거라든가 눈에서 빔을 쏘지 않는 사이클롭스라든가."

어째서 사이클롭스만 그런 제한을 넣는 거지? 굳이 그렇게 말안 해도 미국 만화 말고 다른 사이클롭스는 요상한 광선을 쏘지 않는다고.

"생각해 보면 창작물 중반쯤, 성장하는 주인공의 시련이 되는 싸움에서 미노타우로스가 나온다는 느낌이 강하잖아. TRPG에서도 초반 보스로 쓰이는 경우가 많고…… 어째서일까?"

"뭔가 크고 강할 것 같지만, 후반의 강적으로 나오기에는 너무 촌스러워서 그런 거 아닐까?"

RPG 후반에 나오는 보스 캐릭터는 작품의 독자성을 드러내는 거라서, 그 폐해일 것이다.

초반은 임팩트를 노리고, 후반은 오리지널리티를 노린다는 느낌이라 등장할 기회가 잡몹 아니면 중반 보스밖에 없다.

분명 파워 파이터이기에 대책을 익히기 위한 연습 무대라는 의미도 있을지 모른다.

원전인 테세우스의 이야기도 미노타우로스 퇴치가 제일 유명하다는 건 분명하지만 그 이후도 이야기는 계속 이어졌기에 등용문이라는 이미지 자체는 틀리지 않았다고 생각한다.

미노타우로스도 뭐도 아니지만 황금 갑옷을 입은 열두 명 중에서 실질적인 첫 상대였던 그 사람의 이미지가 섞여 있는 걸지도 모른다. 소이기도 하고.

다만 인간형이라는 건 확실히 꽤 그럴듯하다. 지금까지도 전부 이족보행 인간형이었으니. 운영…… 길드 측이 노리고 준비했을 가능성도 충분히 있다.

"미노타우로스인지 뭔지는 모르겠지만, 이족보행에 대형 보스가 나온다면 크기만으로 3미터는 거뜬히 넘을 테지. 이길 수 있을 것 같지 않은데."

실제로 커다란 몸이 풍기는 위압감과 파워, 중량은 위협적이다. 아무리 내가 크다고는 해도 차원이 다르다.

스테이터스가 있으니 아직 괜찮지만, 그게 절대적인 수치가 아니고 물리 법칙이 어느 정도 작용하는 만큼, 몸이 크다는 것만으로도 충분히 위협적이다.

모험가도 그렇다고 말할 수 있는데, 종족적인 신체 기능의 차이는 크다. 아까 아저씨도 그렇고, 순수한 신체 능력만이라면 인간은 최하위에 가까운 거 아닌가?

덧붙여 미노타우로스가 쓰는 무기라는 인상이 강한 양손 도끼라든가 해머도 그 체격에 맞춘 것이리라. 그냥 무서운 정도가 아니다.

"만약 예상이 맞으면 츠나가 핵심 딜러인 건 틀림없어. 내 공격은 가벼우니까 말이야."

"도마뱀 아저씨한테 썼던 것 같은 닌자 도구는 없는 거냐? 닌닌."

"이미 품절. 최대한 남기고 싶었지만 아낄 상황이 아니었잖습니까. 닌닌."

실제 전투에서 뭔가를 아껴두거나 하는 건 불가능하다. 그 연기 구슬만이라도 있으면 전술도 상당히 바뀔 테지만, 억지를 쓴다고 없는 게 생기는 것도 아니니까 어쩔 수 없지.

"로그라이크 게임의 기본은 아끼지 않는 거잖아. 이 던전이 로그 장르인지는 미심쩍지만 말이지."

"로그라는 거하고는 완전히 다른 거냐?"

"그렇다기보다 다른 요소가 너무 강해서 로그답지 않아. MMO든 MO든 싱글 게임이든, 아무튼 평범한 RPG 인상이 더 강해. 죽으면 아이템 로스트 같은 페널티를 먹고 지상 송환이라는 것도 딱히 신기하지는 않잖아. 랜덤 던전은 로그 같지만 말이야."

"원래는 그랬지만 업데이트로 요소가 추가된 거 아닌가. 애초에 평범하잖아?"

"그런 것 같긴 해. 그 비스듬하게 쓴 글자도 언제 적은 건지는 모르겠지만 말이야. 그래도 주의해야 하는 건 대부분 같을 거라 생각해.

· 최대한 정보를 준비한다.

· 신경질적일 정도로 신중하게.

· 아이템은 아끼지 않는다.

· 조금만 더 하자는 생각은 이미 위험하다.

라는 느낌으로."

역시, 세이브 포인트가 없는 이상 확실하게 정론이다.

다만 그걸 들어도 굉장히 신경 쓰이는 게 있다. 상당히 중요한 거다.

"무슨 소리를 하는지는 알겠지만, 그거 거의 실천할 수 없는 거 아니야?"

이곳으로 오기 전에는 정보 수집도 거의 하지 않고, 누구도 첫 시도에 클리어한 적이 없는 최하층에 도전하려고 한다.

"데헷. 아니, 트라이얼이라는 것도 있으니까 말이야. 불가능하다는 건 나도 잘 알아. 페널티가 있다거나 데뷔 후에 아무런 영향이 없다면야 좀 더 신중해지겠지만, 지금은 리스크가 있어도 리턴을 노리고 싶어. 데뷔 후라든가, 여기에서 죽거나 했을 때는 평범한 공략 스타일로 하지, 뭐."

"알고 하는 거라면 딱히 상관없지만. 실제로 거의 리스크는 없으니 리턴을 노리는 건 환영이야. 나도 더 나은 생활을 하고 싶으니."

여기에서 잘해서 나중에 편한 삶을 살 수 있다면 당연히 지치거나 아프거나 하는 다소의 리스크 정도는 허용할 것이다.

지금까지의 인생은 하이 리스크 노 리턴이었으니.

◆ ◇ ◆

계단을 내려가니 보스 룸이었다.

정확하게 말하면 첫눈에 보스 룸이라는 걸 알 수 있는 거대한 문이 있었다.

"역시, 여기에서 이대로 들어갔다가 바로 죽는 패턴이겠지?"

마지막 층에 오니 눈앞에는 보스 룸. 다만 양쪽에는 다른 길이 있다.

'왠지 강해서 이길 수 없을 것 같지만, 어떤 건지 봐 두고 싶어' 라고 생각하면 그대로 돌입하는 것 같다.

칫타 씨가 말했던, 동반자가 없는 규칙도 관계가 있을 것이다.

보스 도전이 조건이었다면 일단 그 조건을 만족시키는 자가 있다 해도 이상하지는 않다.

"이제 곧 골이라고 하면 다들 한번 해 보고 싶어지겠지. 게다가 실질적인 리스크는 거의 없으니 일단 쳐들어가는 걸로. ……안 갈 거야?"

"가긴 가야지. 탐색한 다음에 가도 늦지 않잖아. 아직 새로운 스킬도 익숙하지 않고."

"조무래기 적이 나타난다면 연습하고 싶은데."

같은 스킬의 연습이라도 상대가 있고 없고에 따라 상당히 차이가 날 것이다.

"그럼 되도록 탐색해 보자……. 구체적으로는 식량이 떨어질 때까지."

"……나한테 고블린 고기 카드가 엄청 많이 있는데."

"난 가져온 보존식이 아직 꽤 있으니까 고블린 고기는 츠나, 너 혼자 많이 먹어."

젠장……. 이 세상에 신은 없는 거냐.

"저기요, 유키 선생님. 우리는 동료거든요."

"그럼 갈까."

"잠깐, 유키?!"

내 파트너는 피도 눈물도 없는 건가.

그 뒤 우리는 마지막 층 탐색을 개시했다.

돌로 된 유적 같은 구조로, 갈라지는 길도 꺾이는 길도 대부분 직각. 하지만 지금까지의 외길과는 달리 갈림길이 많다. 제대로 된 미궁이다.

적도 4층까지 나왔던 조무래기 적과는 달리 강력하다. 고블린, 박쥐, 이리에 더해 코볼트, 오크까지 있다. 게다가 가지고 있는 무기가 다채롭기 때문에 방심할 수 없다.

《간파》로 확인해 보니 동굴 박쥐, 하운드독이라는 이름도 밝혀졌다. 고블린, 코볼트, 오크는 그대로다. 가지고 있는 무기가 다르다고 해도 같은 이름이다. 지금까지 오는 도중에 조우했던 몬스터 중, 아저씨와 고블린 리더 말고는 떼로 온다.

……아저씨가 조무래기 몬스터로 등장하는 건 절대로 생각하고 싶지 않다고.

오는 도중 상당히 많은 숫자를 학살하고 약간의 포션과 예비 무기를 손에 넣었다. 그중에는 카드가 아닌 실물로 나온 것도 있었기 때문에 그걸 우선해 사용한다.

고기는 거의 안 나온다. 지금까지의 드롭은 루키에게 그 맛없음을 가르쳐 주기 위해 확률 보정이 있었던 걸지도 모른다.

나와 유키의 연계도 현시점에서 완성에 가까워져 있다.

쓸 수 있는 스킬과 무기가 늘어나면 또 다르겠지만, 상대가 하는 것과 원하는 걸 먼저 이해하고 지원하는 체제가 확립되기 시작했다.

유키가 세심한 부분을 지원해 주기 때문에 난 대담한 행동을 취할 수 있다.

《파워 슬래시》발동 후의 경직 시간에도 유키에게 도움을 받은 경우가 많다. 그건 좀 풀어야 할 숙제이다. 발동할 상황, 타이밍을 판단하기 어렵다.

드롭된 무기는 모두 트라이얼용 무기다. 잘 만들어진 것들은 도움이 되지만, 이 던전 밖으로는 가지고 나갈 수 없고 장비 면에서 이 이상의 강화는 기대할 수 없을 것 같다.

이렇게 생각하면 유키가 가지고 있는 장비는 다채롭고, 독 나이프도 강력하다. 나도 독자성이 있었으면 좋겠다.

용도도 모르는 수갑 말고.

"이 『트라이얼 스피어』 같은 건 어떻게 할까?"

유키가 가지고 있는 건 창이다. 조무래기로 등장한 코볼트가 썼던 게 퇴치 후 그대로 드롭됐다.

드롭되는 걸 우리가 선택할 수는 없으니 쓸모가 없어 보이는 것도 당연히 떨어진다.

5층은 통로도 보스 룸도 넓을 테니 창을 휘두르기 힘들거나 하지는 않을 것 같지만, 유감스럽게도 우리 둘 다 경험이 없다.

"쓰지 못하는 건 아니지만, 굳이 일부러 쓸 것 같지는 않은데."

일단 한번 써 보자는 생각에 휘둘러 봤지만, 아무래도 난 별로다. 유키도 마찬가지인 것 같다.

"너, 《투척》 가지고 있지? 던져 보면 어떨까?"

"음, 해 본 적은 없지만 한번 연습해 볼까?"

유키는 주로 나이프 같은 소형 무기를 투척할 때 쓴다.

하지만 레벨업 어드밴티지를 받아 지금까지는 힘이 부족해 쓰지 못했던 것도 쓸 수 있게 됐을지도 모른다.

"흐읍!"

미리 다리뼈를 부러뜨려 움직임을 봉인한 오크에 유키가 던진 창이 꽂힌다.

창으로 평범하게 싸우지 않고 투척만으로 쓰러뜨려 보겠다는 시도다.

오크는 그 몸에 여러 개의 창이 박힌 채 몸부림을 치다 죽었다. 아무리 실험이라고는 해도 굉장히 잔인한 장면이다.

"잘하는데?"

고블린은 한 발로 죽었고 오크라도 서너 발 직격하면 죽는다.

나는 베는 게 빠르지만, 유키의 소검보다는 피해가 클 것이다.

"무리는 아니지만, 여전히 약간 힘이 부족해. 그리고 명중률도 좀 떨어지고, 아무래도 던지기까지 시간도 많이 걸려."

그거야 나이프와 비교하면 월등하게 큰 거니까 그렇지. 어쩔 수 없는 거잖아.

유키의 예상대로 최후 보스가 대형종이라면 쓸 기회도 있을 것이다. 뭐가 나올지 모르는 이상 비장의 카드는 한 장이라도 많은 편이 좋다.

테스트용으로 실체화한 창은 그렇다 쳐도, 카드는 가지고 있어도 좋을 것이다.

고블린과 코볼트 등을 실험대로 시행착오를 반복하면서 미궁 탐색을 계속한다.

하지만 미궁은 예상했던 것보다도 꽤 넓고 갈림길도 많다. 이대로라면 구조를 까먹을 것 같다.

어느 방향을 향하고 있는지 정도라면 감각적으로 알 수 있지만.

"유키, 이거 매핑하는 편이 좋지 않을까."

"아직 기억하고 있으니까 괜찮지만, 그래, 일단 그려 둘까. 조금 전에 있던 큰 방으로 돌아가자."

우리는 온 길을 되돌아가 큰 방에서 지금까지의 정보를 정리하기로 했다. 유키는 앉아 지도를 그리고, 나는 서서 주위를 경계했다.

유키가 지도를 그리고 있는 건 수제 식물지에 수제 펜으로, 직접 만든 작은 수판까지 있다.

대량 생산은 불가능했던 모양이지만 이 장면에서 바로 꺼내는 걸 보니 정말 대단한 녀석이라는 생각이 든다.

"흐음. 이렇게 그리고 보니 상당히 넓은 것 같네. 혹시 이 층만 랜덤 구조인 건가."

"트라이얼 공략을 위해 레벨을 올리는 장소라고 생각하면 있을 법한 이야기지."

"어느 정도에서 레벨이 올라가는 건지도 확인할 필요가 있어. 경험치 같은 게 정말 쌓이고는 있는 건가?"

지금까지의 레벨업은 모두 이벤트 보너스다. 경험치 시스템이 있다면 이제 슬슬 올려 줬으면 좋겠는데.

"지도를 그리는 건 좀 더 시간이 걸리니까 밥 먹어도 돼."

"확실히 배는 고프지만, 식욕이 생기지는 않는데……."

어차피 이제 고블린 고기밖에 없다. 이 층으로 온 뒤 오크 고기도 딱 하나 나왔는데 이미 배 속에 있다.

"나도 좀 더 식량을 챙기고 올 걸 그랬어. 츠나는 불편할 거 없겠지만 말이야."

"네가 착각하고 있는 것 같은데 나한테도 미각은 있거든. 맛없음을 허용할 수 있을 뿐이지 맛있는 게 좋은 건 남들이랑 똑같다고."

그렇다고는 해도 내가 듣기로는 나 말고 여기 고기만 먹고 지낼 수 있는 녀석은 별로 없는 모양이다. 그런 면에서 유리한 건 인정하겠다.

"하지만 카레 가루만 있으면 전혀 문제없지 않아?"

"아니…… 으음."

카레 가루는 거의 대부분의 것을 먹을 수 있게 만들어 주는 마법의 가루다.

뱀과 쥐처럼 구린 고기라도 카레 가루를 묻히면 먹을 수 있다는 이야기는 들은 적 있지만, 고블린 고기의 흉악한 풍미도 사라지게 할 수 있을까.

풍미를 완전히 지울 수는 없겠지만, 나라면 의외로 괜찮을 것 같은 게 싫다. 그렇다고는 해도 카레 가루는 위대하다. 카레 먹고 싶네.

"그리고 이제 물이 별로 없는데."

"그건 사활이 걸린 문제잖아."

실은 물에 관해서는 몇 번인가 드롭하고 있다.

다만 포션과 똑같은 병에 들어 있어서 양이 적다. 용기가 같은 거라서 실은 포션의 자투리 드롭 취급인 건지도 모른다.

가져온 것도 아니기에 실은 꽤 힘들다. 이대로라면 식량보다도 물이 바닥나는 시점이 탐색의 한계가 될 것 같다.

절약을 위해 고블린 고기도 그대로 씹는다. 이 맛없음을 물로 씻어낼 수 없다는 건 괴롭다.

그다지 생각하고 싶지 않지만 다음에 도전할 때는 식량과 식수를 잘 검토할 필요가 있겠어. 수분은 부피를 차지해서 많이 가지고 다니지 못하니까 카드로 파는 걸지도 모른다. 돈이 문제이려나.

"다른 모험가는 부피가 큰 필수품을 어떻게 가지고 다니지?"

"식수랑 식량 말이지? ……글쎄. 카드라도 사는 거겠지만, 비용 대비 효과는 좋지 않을 것 같은데. 텐트라든가 침낭도 필요하지 않나?"

여행하는 거라면 마차에 싣거나 말에 묶는 방법도 있겠지만, 여기는 던전이다.

식수와 식량, 유키가 말한 침구류 말고도 필요한 건 잔뜩 있다. 지도와 필기도구, 횃불과 석유등 같은 조명, 이곳에 들어오기 전에 들었던 수몰 던전이라면 비옷, 수영복과 방수 처리된 주머니도 필요할 것이다. 무장도 그렇지만 갈아입을 속옷도 필요하다. 마법사는 잘 모르지만, 마법을 발동하는 데 MP 이외의 촉매와 스크롤이 필요할 수도 있을 테고…… 포션 이외의 의료기구와 약이 필요한 경우도 있을 것이다. 던전 어택 시간이 길어지면 필요한 물건이 엄청나게 늘어날 것이다.

"역시 그런 짐을 옮겨 주는 전문가가 있는 거 아닐까? 드롭 아이템도 전부 카드로 나오는 것도 아니고 말이야."

아무래도 그게 자연스러운 건가.

"그렇게 되면 필연적으로 여섯 파티 중 몇 명을 비전투원으로 갖춰야 할 필요가 생기는 거잖아."

"맞아. 그렇게 생각하면 여섯 명이라는 게 의외로 빡빡할지도. 칫타 씨 같은 소위 도둑도 필요하고, 지도를 그리는 사람도 필요하잖아."

그 역할에 사람을 배분하면 전투를 맡을 사람이 줄어든다. 게임이라면 전투 중심으로 생각하지만, 실제로 던전을 탐색하는 거라면 서포트 요원이 필수다.

"전투 요원들이 각자 그런 역할을 분담해도 될 것 같은데. 요리하는 사람 같은 것도."

"밥 만드는 사람도 필요하냐?"

"보존식만 생각하면 짐이 많아지니까 현지에서 조달이 된다 다면 그게 더 낫지 않을까? ……여기는 고블린이라든가 오크만 있으니까 츠나 정도만 살아남을 수 있겠지만 말이야."

나도 싫어. 고블린 고기 수프 같은 건 끓여 준다고 해도 하나도 안 기쁘다고.

"나도 너처럼 많은 걸 할 수 있으면 좋겠다."

"많은 걸 할 수 있는 것도 중요하다고 생각하지만, 전투 특화도 중요하다고 생각해. 던전 탐색에서 전투가 없으리라곤 생각할 수 없으니까 말이야."

그건 그렇지만…… 나는 재주가 없으니까. 이렇게 지도를 그리는 유키를 보고 있으니 그 사실을 훨씬 더 통감한다.

"게다가 의문의 공간에 많은 아이템을 넣을 수 있는 《아이템 박스》 스킬 같은 게 있을지도 모르고, 마법으로 음료수를 만들어 낼 수 있을지도 모르고 하니 그런 것들은 선배들이 어떻게 하는지를 같이 조사해야만 할 것 같아."

"……그러게."

칫타 씨가 있었다면 물어볼 수 있었겠지만 이미 갔잖아.

"……좋아, 다 됐어. 짜잔!"

이야기하는 동안에 지도를 완성한 모양이다.

"어디어디…… 솜씨가 엄청 좋네."

어느 정도 구조를 파악할 수 있으면 좋겠다는 생각은 했지만, 유키가 그린 지도는 상상 이상으로 훌륭한 것이었다.

자가 있는 것도 아닌데 선은 똑바르고, 무엇보다 알기 쉽다.

무슨 이유에서인지 종이 구석에 유키 자신의 캐릭터로 보이는 그림도 있다. 뭘 그린 거야, 이 녀석. 한번 물어보는 게 나으려나?

"지도는 또 별개의 기술 같긴 하지만, 이전 생부터 그림은 잘 그렸으니까."

작대기밖에 못 그리는 내 입장에서 본다면 이런 걸 그릴 수 있다는 것만으로도 대단하다.

"전체 규모를 몰라서 대충 그렸는데 대략적인 구조는 알아볼 수 있겠지?"

"완전 최고야. 이런 서포트 기능은 본격적인 공략에도 써먹을 수 있는 거 아냐?"

"글쎄……. 이 정도로 도움이 될지 어떨지는 모르겠는데."

그거야 본직과 비교하면 떨어질 테지만, 의미가 전혀 없지는 않을 거라 생각하는데.

"여기는 평면이라 괜찮지만 계단 같은 걸 사용한 입체 구조라면 지도로 그리기 좀 어려워."

"그건 전문 기술이 있어도 힘든 거 아냐? CAD를 사용한 입체 지도를 만드는 그런 거잖아?"

"미궁도시라면 있을 법도 한데……."

있을 것 같다. 뭐, 그건 데뷔 후에 다른 서포트 기능과 겸해 조사해야 할 일이다.

"그래서 다음은 어디를 조사할 거야?"

"이 한가운데 공백이 아마도 보스 룸일 거야. 그 주변은 대충 다 끝났으니 한 번 끝을 확인하고 싶어. 갈 수 있는 곳까지 바깥으로 나가 볼까?"

유키가 가리키는 공백 부분은 확실히 그곳으로 이어지는 통로가 없었던 장소다.

나는 적당히 대충 걸어 다녔는데, 유키는 이 공간을 따라 진로를 골랐던 모양이다.

여기가 그 거대한 문에서 이어지는 보스 룸이라고 한다면 그렇게 넓은 것도 납득이 간다.

"그건 좋지만 물이 없어지기 전에 돌아올 수 있도록 하자."

공복도 그렇지만, 목이 마른 상태로 보스한테 도전하고 싶지 않다.

하지만 그 기우도 한참 안으로 들어가니 필요 없게 됐다.

먹을 수 있는 물이 솟아나는 식수대가 있었던 것이다. 아마도 훈련용으로 설치되어 있었던 모양이다.

여신상이 들고 있는 병에서 물이 흘러 아래로 모이는 거라서 RPG에서 자주 나오는 회복의 샘처럼도 보이기도 하지만 마셔 보니 평범한 물이었다.

빈 포션 병에 넣어 가져갈 수도 있을 것 같다.

5층으로 GO!

아쉽지만 이걸로 장기전이 확정됐다.

유키가 가지고 있는 식량에 따라서도 좌우되겠지만, 이 녀석은 첫 회 공략의 확실성을 올리려고 한계까지 탐색할 것이다.

내가 고블린 고기를 몽땅 소비할 때까지, 유키는 더 진행하는 걸 허락해 주지 않겠지.

"이곳은 안전지대 같아. 탐색을 시작한 뒤 꽤 시간이 지났는데 피곤하거나 하진 않아?"

이 트라이얼 던전에 들어온 지 몇 시간이 경과하고 있다.

이곳은 트랩도 없고 적도 약하기 때문에 별로 힘들지는 않지만, 본격적인 던전이 되면 몇 시간마다 휴식은 필요할 것이다.

"난 신경 안 써도 돼. 거의 안 자고 일주일을 계속 움직인 경험도 있으니까."

"어떤 상황인 거야, 그건."

여러 가지로 사정이 있었다고.

"오히려 넌 괜찮냐?"

"체력은 있는 편이지만, 이 상태라면 전투 있는 연속 탐색은 10시간 정도가 한계이려나. 그 이상이 되면 어딘가에서 본격적으로 휴식할 필요가 있을 것 같아."

앞으로 한두 시간이라는 소린가.

"잠을 자도 돼. 보스전은 체력이 최상인 상태로 도전하는 편이 좋지 않겠어?"

"이번에는 가능하면 이대로 가고 싶어. 식량도 불안하지만, 긴장감과 집중력이 풀리는 건 피하고 싶으니까."

그렇게 생각할 수도 있다. 앞으로 몇 시간 이어지는 건지는 모르지만 어쨌든 골 자체는 보인다는 소리군.

"일단 여기를 거점으로 삼고 넓혀 가는 형태로 매핑해 갈까?"

보스 룸하고는 약간 거리가 있지만 식수대도 있고 하니 그게 정답일 것 같다.

이렇게 거점을 확보한 우리는 스킬의 최적화와 검증을 하면서 던전의 매핑을 계속했다.

처음에는 이 거점을 에워싼 범위부터 시작해, 서서히 탐색 영역을 원 모양으로 넓혀 가니 전체적인 구조를 알 수 있게 됐다.

전부를 탐색한 건 아니지만, 벽 위치를 통해 판단하건대 이곳은 중심에 보스 룸을 둔 정사각형 구조 같다.

식량 문제부터 시작해 시간 내로 모든 것을 탐색하는 건 불가능하다. 애초에 그럴 필요도 없지만, 기본적으로 가지 않았던 지역을 중심으로 탐색을 계속한다.

아까 찾은 식수대처럼 뭔가 좋은 걸 찾을 수 있을지도 모른다. 식량을 찾는다면 제일 좋겠지만 말이다.

그리고 한참을 그러고 있자 전환점이 찾아왔다.

"츠나."

"왜?"

"레벨이 올랐어."

……진짜냐.

"어…… 난?"

아직 올라가지 않았는데.

"5층에 온 뒤 조무래기 몬스터를 잡은 양이 내가 약간 더 많아서인가."

그렇다는 건 파티 내에서 균등하게 경험치가 분산되는 건 아닌 모양이군.

막타를 친 녀석에게 경험치가 들어가는 구조이려나? ……그렇다면 서포트 요원에게는 너무 불리하잖아.

칫타 씨가 몬스터를 잡으면 레벨이 올라간다고 말했으니 몬스터 격파는 필수 조건일 것이다.

몬스터한테서 뭔가가 나와 가까운 곳에 있으면 경험치를 회수하기 쉽다거나. ……그렇다면 후방에 있는 멤버가 불리한데.

그렇지 않으면 파티 공헌에 따라 비율이 달라진다거나……
그런 건가. 어떻게 판단하는지는 모르겠지만 실전 전투 행동에 맞게 분배되는 구조라는 건 있을 수 있다.

"설마 필요한 경험치가 개인마다 다르진 않겠지? 레벨이 올라가기 힘든 체질이라든가."

"츠나가 레벨이 올라가기 힘든 체질이라는 소리야?"

그것만은 제발 아니었음 한다. 지금까지의 보너스가 있기 때문에 올라가지 않을 일은 없을 거라 생각하지만.

그 걱정은 바로 불식되어, 그때부터 몇 마리 몬스터를 쓰러뜨리니 익숙해진 시스템 메시지가 시야에 들어온다.

[레벨이 올랐습니다.]

완전 심플. 효과음도 없다.

어찌 됐든 이걸로 조무래기와 싸워도 레벨이 올라간다는 사실은 확인할 수 있었다.

"보너스로 레벨이 올라갔을 때에 경험치가 리셋된다고 가정해도 대략 30마리 정도 쓰러뜨릴 필요가 있어."

상당히 빡빡하다. 레벨이 올라갈수록 필요한 경험치도 늘어날 테니, 다음에는 좀 더 많이 필요할 것이다.

혹은 일정한 레벨을 넘기면 경험치를 벌기 힘들어지는 시스템일 가능성도 있다.

"이 층에서는 몬스터를 별로 만나지 않으니까 말이야."

코볼트와 오크 같은 종류는 늘었지만, 조우하는 빈도는 4층보다도 적어졌다. 층이 넓은 것과 미궁 구조가 원인일 것이다.

만약 조우한 몬스터가 동료를 부르거나 하면 수치는 올라가겠지만, 지금 상황으로 볼 때 그런 행동을 할 분위기는 없다.

"다음 레벨업까지 잡은 숫자로 필요 경험치가 올라가는 폭도 알 수 있을 테니까 그걸로 구별하도록 할까."

"남은 식량을 생각하면, 앞으로 많아야 2~3 레벨을 올릴 수 있을 것 같아."

몬스터를 잡는 것만이라면 문제가 없지만, 조우율로 볼 때도 그 정도가 한계일 것이다.

덧붙여 지금까지의 레벨업으로 볼 때 스테이터스 상승 이외의 혜택은 없다. 스킬 같은 걸 익힐 수 있으면 좋겠지만, 지금 상황으로 보면 Lv 10까지 올려도 없을 것 같다.

스테이터스의 혜택만 해도, 던전에 들어가기 전의 20%~30% 정도가 평균적으로 증가했기 때문에 분에 넘치는 바람일지도 모르지만 말이다.

이렇게 우리는 담담히 매핑과 레벨업을 계속했다.

다음 전환점이 찾아온 건 식량에 한계가 보이기 시작해서 슬슬 돌아가 보스에게 도전할까 했을 때다.

보물 상자를 발견했다. 고정 배치가 아닌 첫 보물 상자다. 아직 가지 않았던 지역 중심으로 탐색한 보람이 있었던 것이다.

"보물 상자……. 3층에만 있는 게 아니었구나."

"그러게. 뭔가 공략에 도움이 되는 게 있으면 좋겠는데."

그렇게 기대해 봤지만, 내용물은 이미 익숙한 『저품질 포션』 카드였다.

이걸로 나와 유키 모두 각각 두 개씩 확보할 수 있었기 때문에 완전히 의미가 없는 건 아니다.

하지만 좀 더 욕심을 부린다면 보스전에 맞는 필승 아이템이라도 들어 있었으면 더 좋았겠지. 다이너마이트 같은 게 들어 있었으면 완벽했을 텐데.

"자, 여유는 좀 더 있지만. 그만 돌아갈까?"

이 근처 탐색은 거의 완료했다. 가 보지 못한 에어리어를 메인으로 탐색하는 거라면 좀 더 멀리 갈 필요가 있지만 남은 식량을 생각하면 쉽지 않을 것이다.

마무리하기에는 딱 좋은 타이밍이다.

"······유키?"

"············."

나는 온 길로 다시 돌아가려 했지만 유키는 그 자리에 우뚝 선 채 생각에 잠겨 있다.

"왜 그래? 무슨 필승법이라도 찾았어?"

아직 보지도 못한 보스를 상대로 필승법이 어디 있겠냐만.

"3층에서 말이야, 칫타 씨가 보물 상자 근처에는 몬스터가 나타나기 쉽다고 말했잖아."

"그랬나? ······그런 것 같기도 하네."

진짜 보물 상자를 발견한 감동으로 흘려들은 것도 같다. 솔직히 제대로 기억 못하겠다.

실제 지금도 몬스터 여러 마리가 다가오는 기척이 나기 때문에 틀리지는 않은 것 같지만.

"여기라면 앞으로 1이나 2레벨 정도 올릴 수 없을까?"

"몬스터가 보물 상자로 모이는 습성을 이용하는 거냐. 확실히 그거라면 1레벨 정도는 어떻게든 될 것 같은데."

이야기하면서 등 뒤로 다가온 고블린을 베어 버린다.

칼날이 무뎌져 거의 둔기가 되었지만, 이 녀석들이 상대라면 예비 무기를 꺼낼 필요도 없다.

"응, 좋을지도, 여기. 올리기 딱 좋은 장소야."

최초의 전투에서 약간 긴장했다고는 생각할 수 없는 대사다. 아주 듬직하게 컸어.

"엄청난 숫자가 다가오고 있어. 힘든 싸움이 되는 건가."

멀리에서 들려오는 발소리와 기척의 숫자는 상당히 많게 느껴진다.

"두 편으로 갈라지자, 통로는 마침 두 개니까 각자 맡아서 뚫리지 않게."

"다 처리할 수 없을 정도로 나오면?"

"도저히 감당이 안 되면 도망쳐. 일단 지도를 줄게."

"넌 어떻게 할 건데?"

"난 다 외워서 괜찮아. 최악의 경우 서로 떨어지게 되면 보스룸 앞에서 합류하자."

그 가능성은 생각하고 싶지 않다고.

둘 중에 하나가 죽어서 혼자 보스에 도전해야 하면 정말 눈 뜨고 못 볼 참사다.

바로 그때 몬스터 무리가 양쪽 통로에서 몰려왔다. 예상했던 것보다 훨씬 많다.

"그럼 건투를 빈다."

"그래, 위험하면 소리 질러."

"하하, 그래."

이번에는 그리 겁내지 않는 듯했다.

그렇게 최종 레벨업을 시작했지만 몬스터는 상상했던 것보다도 끊임없이 계속 나타났다.

내내 그 정도로 나타나지 않았는데 대체 어디에 다 숨어 있었던 건지 궁금할 정도로 엄청난 규모의 몬스터 무리를 끊임없이 계속 사냥한다.

그 숫자는 시간이 경과함에 따라 계속 증가해 통로가 완전 꽉 찼다.

마화에 시간이 걸리기 때문에 방은 사체로 꽉 차 있을 것이다.

바닥은 드롭품으로 가득 차 있다. 아깝긴 하지만 대부분은 고블린 고기다. 몇 개 정도는 포션 같은 것도 있을 테지만, 그걸 고를 수 없기에 그저 방해만 될 뿐이다.

다만 실체로 드롭되는 것도 있어서 떨어져 있던 검을 주워 바꿔 쓰기도 한다. 피와 기름으로 범벅이 된 무기를 교환할 수 있어서 고마울 따름이다.

그리고 문제는 고블린과 오크가 드롭하는 몸의 부위다. 카드라면 좋지만 실체로 팔만, 다리만, 내장만 드롭하는 경우도 있다.

방해만 되고 큰 피해는 없지만 기분이 나쁘다. 사체 그 자체보다는 낫다고 할 수 있지만, 그게 산을 이루면 기분 나쁘다.

"완전 기분 나빠! 왜 팔만 이렇게 나오는 거냐고!"

뒤쪽에서 유키가 소리치고 있었다. 나도 동감이다. 팔도 그렇지만, 내장 같은 건 완전 기분이 더럽다.

고블린들 중에는 떨어진 팔을 나한테 던지는 녀석도 있다. 너희는 그 행위에 의문이 없는 거냐.

딱히 피가 흐르는 것도 아니라, 냄새가 안 나 다행이지만, 그렇지 않았다면 여기엔 지금쯤 지옥도가 펼쳐졌을 것이다.

"유키! 이제 진짜 위험한 것 같은데! 타이밍을 봐서 여길 뜨자!!"

"오케이! 마침 레벨도 올라갔어!"

뭐야, 근데 여기에서 어떻게 빠져나가지?

통로는 몬스터로 꽉 막혀 있다. 사체가 남는 것도 아니기 때문에 난 빠른 속도로 베어 버리면서 전진하면 어떻게든 될 것도 같지만, 유키의 화력으로는 그건…….

"하아압!"

옆을 살짝 쳐다보니 유키가 날아올라, 벽을 차고 몬스터 무리 속으로 뛰어드는 게 보였다.

그대로 놈들한테 파묻히는 거 아닌가 싶었지만, 유키는 솜씨 좋게 벽과 오크 몸을 발판 삼아 통로 안쪽으로 이동한다.

저 녀석…… 엄청나잖아.

"츠나!! 예정대로 입구에서 합류하는 거다!"

통로로 사라져 가면서 유키가 소리쳤다.

유키가 막고 있었던 통로에서도 몬스터가 쳐들어온다. 이대로라면 나는 깔려 죽는다.

"유키는 걱정할 일이 없을 것 같으니, 난 나대로 돌파할까."

벽을 차고 몬스터를 발판으로 삼을 재주는 없다. 이럴 때는 힘으로 돌파하자.

"아자아아앗! 비켜엇!!"

나는 정면의 통로를 향해 거세게 돌진한다.

솔직히 너무 무리한 방법이었다고 생각하지만 악으로 깡으로 돌파했다.

통로를 역주해 5층 입구까지 돌아가자 유키가 지쳐 털썩 주저 앉아 있었다. 나도 그 옆에 앉는다.

서로 극도의 피로와 공복으로 쓰러질 것 같은 상태였다.

"지, 진짜 위험했네……. 근데 그 숫자. 몬스터 하우스인가?"

"그 보물 상자, 몬스터한테만 들리는 알람이라도 울린 거 아 닐까."

뭔가 인간에게 들리지 않는 초음파라든가. 그게 아니라면 있 을 수 없는 양이었다. 특히 날아오는 박쥐가 최악이다. 떼로 덤 볐을 때에는 죽는 줄 알았다. 지금도 쫓아오는 건 아니겠지.

결국 우리 레벨은 10까지 올라가 있었다. 대체 몇 마리를 죽 인 걸까. 솔직히 숫자를 셀 시간도 없었다.

"으, 젠장. 배고파."

이 정도 공복이면 고블린 고기도 그리워진다는 게 신기하다. 앞으로 보스전인데 그 고기마저 없다. ……팔을 주워 와 먹을 걸 그랬다.

하지만 공복으로 주저앉아 있는 내게 유키가 주먹밥을 건넸다.

"자. 한 장밖에 못 주웠으니까 반씩 먹자."

"뭐야……. 너, 그 난리 중에 이걸 주워 온 거냐?"

확실히 바닥에는 카드와 고기가 잔뜩 떨어져 있긴 했는데.

"순간적으로 주워 와서 이것뿐이야. 이제부터 보스전인데 배 고프면 힘도 안 나고 하니까."

이 녀석, 여러 가지로 대단해. 게다가 그렇게 많던 고기 카드가 아니라 거의 없었던 주먹밥을 주웠다는 게 더 놀랍다.

둘로 나눈 주먹밥을 음미하듯이 한입씩 먹는다. 곰곰이 생각해 보니 15년 만에 먹는 주먹밥이다.

목구멍을 통과한 쌀이 식도를 타고 텅 빈 위로 내려가는 걸 느낀다. 공복의 영향도 있겠지만, 온몸에 스며들어 퍼지는 것 같은 황홀한 맛이다.

나는 기분파인지라 반쪽 주먹밥으로도 이번 싸움 정도는 어떻게든 해낼 수 있을 것 같은 기분마저 들었다.

"그럼 갈까, 지금까지 잘해 왔으니까 이길 거야. 하지만 이기든 지든 바로 밥 먹으러 가자."

"내기는 기억하지?"

"……………기억하고 있어."

어쩌지, 잊었다. 이 공복 상황에서 먹는 걸 그냥 지켜본다는 그딴 건 고문과 다름없다.

죽었다 부활하면 배가 빵빵해져 있다거나, 그런 건 없으려나.

좋아, 두 발로 보행하는 대형 적이라고 해도 미노타우로스가 아니라면 '안됐군요~ 땡입니다~.'라고 억지를 부리자. 귀찮으니까 대충 뭉개다 넘어가는 거야.

그렇게 다짐하면서 보스 룸의 문을 둘이서 연다.

마지막이라 조금 신경을 쓴 건지 그 문은 크고, 이 방에 보스님이 계신다는 분위기를 물씬 풍긴다. 지금까지의 보스 룸과는 다르다.

안은 암흑. 그리고 문이 완전히 열린 직후 입구 근처의 횃불부터 타오르기 시작하더니 서서히 방 안을 밝게 비추어 간다.

마지막인 만큼 진짜로 엄청나게 신경을 쓴 모양이다. 이러면 진짜 라스트 보스 배틀 같잖아.

우리는 한 번 서로를 보며 고개를 끄덕이고는 같이 방 안으로 발을 내디뎠다.

발을 디딘 플로어 안은 엄중하고 중후한, 마왕이 왕좌에 앉아 기다리고 있다 해도 이상하지 않을 분위기가 감도는 장소였다.

지금까지의 보스전처럼 들어온 문은 이미 사라져 있다. 이제 돌이킬 수는 없다.

마왕의 왕좌는 없지만 장식된 바닥과 벽, 일정 간격으로 늘어서 있는 기둥 하나하나에 조각이 새겨져 있어 왕족이 파티를 한다 해도 어색하지 않을 정도로 호화롭다.

조명은 아쉽지만 샹들리에가 아닌 횃불로, 홀 전체와 기둥에 많이 설치되어 있다.

하지만 이곳이 파티장이 아니라는 사실은 우리 정면에 있는 철창이 달린 커다란 문을 보면 확실하다.

이곳은 예를 든다면 일종의 투기장.

관중석도 없는, 그저 마수와 인간을 싸우게 하기 위해 만들어진 투기장이다.

보스가 등장할 것 같은 거대한 문은 여전히 열리지 않았지만, 거대한 땅울림 비슷한 발소리가 다가오고 있다.

"음, 내기에 이긴 걸지도."

"아니, 아직 모르지. 아직 안 나왔으니까."

분명 거대한 질량이 이동하고 있다. 발소리로 판단하면 두 다리라는 것도 알 수 있다.

문의 철격자가 열리고, 안쪽의 암흑에서 거대한 생물 한 마리가 느릿느릿 모습을 드러냈다.

압도적으로 거대한 체구. 그 손에는 양손 도끼. 두 다리로 서 있지만 멋진 뿔이 두 개나 달린 그 얼굴은 소 그 자체다.

──미노타우로스다.

그 모습을 보여준 것만으로도 압도적 위압감이 홀 전체를 에워싸는 것 같았다.

아직 대치조차 하지 않았는데도 온몸에서 식은땀이 뿜어져 나오는 게 느껴진다.

……위험해. 위험해. 위험해!

내기고 뭐고, 그딴 소리를 할 상황이 아니라고.

도끼의 *물미를 땅에 꽂자 그것만으로도 여기까지 땅울림이 전해져 왔다.

문 앞에서 직립해 양손 도끼를 겨눈 그것은, 눈대중으로 어림 잡아도 분명 4미터를 넘는다. 내 두 배 이상의 신장이다. 어쩌 면 5미터쯤 될지도 모르는 거체다.

과거 한 번도 본 적 없는 거체, 온몸을 뒤덮은 강철 같은 근육 의 압도적 질량은 서 있는 것만으로도 엄청난 위압감을 뿜어내 고 있다.

농담이 아니다. 신장이 배가 되면 위압감은 배 정도로 끝나지 않는다. 게다가 그저 거대하기만 한 게 아니라 체격도 근육도 지금까지 본 적 없는 레벨로 큰 것이다.

완전히 예상을 뛰어넘었다.

보통의 루키라면 한 번은 좌절하고, 평균적으로 6개월은 걸린 다는 정보를 통해 최대한 상향 수정했던 예상을 아주 쉽사리 배 신해 버렸다.

수많은 실전 경험을 가진 나마저도 다리가 떨리고 있다. 생물 의 본능이 도망치라고 소리치고 있다.

저딴 거, 평범한 사람이라면 대치하는 것만으로도 심장이 멈 출 것이다.

"하, ……하하, 내기는 내가…… 이겼, 네."

"미안. ……수다 떨 상황 아니거든."

* 물미: 깃대나 창대 따위의 끝에 끼우는, 끝이 뾰족한 쇠.

알고 있다. 유키도 자신을 휘감는 공포를 어떻게든 떨쳐내려고 말을 걸어온 것이다.

하지만 그걸 받아쳐 줄 여유도 없이, 머릿속은 저 절망의 상징과 어떻게 맞설 것인지로 너무나도 혼란스러웠다.

우리는 이제부터 저 초생물과 싸워야 한다. 어떻게……?

미노타우로스는 천천히 홀 중앙을 향해 걸어온다. 그 덩치는 움직이는 산에 가깝다.

우리는 그 자리에서 한 발짝도 움직이지 않고 그걸 쳐다보고 있었다.

저 덩치를 상대로 도대체 어떻게 싸우지?

파워가 있는 건 틀림없다. 저 도끼를 휘두르면 스치기만 해도 막대한 대미지다. 그렇다면 스피드는? 저 무거워 보이는 거체를 두고 볼 때 둔할 거라는 걸 기대한다? 아니, 말도 안 돼. 그런 근거 없는 기대에 매달려 어쩌자고. 게임적인 스테이터스로 보정이 걸려 있는 이상, 오히려 저 거체로 리저드맨 아저씨와 동등하게 움직인다는 것도 분명 있을 법한 이야기다. 그렇다면 4층과 마찬가지로 유키에게 원거리에서 관찰해 달라고 해 약점과 대응법을 찾아야…… 아니, 내가 앞으로 나가야 하는 건가? 내가 앞으로 나가 저거랑 붙는다? 될까? 될 리가 있겠나. 저 도끼를 검으로 받았다간 한 방에 나까지 산산조각 날 것이다. 피할 수 있을까? 이 압박감을 견디면서? 농담하냐…….

미노타우로스가 홀 중앙에 도착한 바로 그때였다.

놈은 그 자리에 우뚝 서고, 우리를 노려보며 숨을 크게 들이마신다…….

"안 좋아! 유키!"

안 좋아. 안 좋아. 오는 걸 알아도 대처할 수 없다. 처첫은 2층에 있던 놈과는 비교도 할 수 없다.

안 돼, 온닷!!

——Action Skill 《짐승의 포효》——

미노타우로스의 크게 벌어진 입에서 쏟아져 나오는 포효.

홀 전체가 울리고, 조명인 화톳불이 크게 흔들렸다.

2층에서 오크가 사용한 것과 같은 스킬일 텐데도, 마치 그 자체가 질량을 가진 몬스터처럼 우리를 덮쳤다.

——위압 효과에 저항 실패——
——상태 이상: 공포가 발생——

한순간 세계가 색을 잃었다.

"아, 아아……."

거대한 절망이 가까이 다가온다. 너무나도 무서워 다리가 움직이질 않는다. 호흡하는 방법조차 까먹은 듯 숨도 쉴 수 없다.

도망쳐야 한다. 도망치지 않으면 죽는다. 어디로……? 입구는 사라졌다. 도망칠 곳 따위 이제 없는 거 아닌가.

이 홀에서 도망친다 해도 바로 쫓아와 날 저 도끼로 완전히 둘로 쪼개놓고는 저 덩치로 짓이기겠지. 나는 잘 다진 고기가 되고 말 것이다.

"하, 하하……하……."

이제 끝장이다. 이대로 아무것도 하지 못하고 그냥 그대로 죽어 트라이얼 도전은 실패.

……그렇다, 트라이얼이다. 이번에 안 된다 해도 다음이 있고, 실제로 모두 그렇게 하고 있다. 애초에 첫 회 클리어 같은 건 무모했던 것이다.

이대로 나도 유키도 저놈에게 죽어, 지상으로 돌아가 내기에 졌기 때문에 유키가 밥 먹는 걸 분통한 마음으로 지켜보며 '아쉽긴 했지만 다음에 잘해 보자.' 라고 말하는 거다.

'공략 자체는 어렵지 않았어. 초심자를 대상으로 한 세례는 받았지만.'

이게 어렵지 않다고? 농담하냐. 세례 정도 레벨이 아니거든요.

'너희를 보고 있으면 의외로 돌파하는 거 아닌가 하고 신경이 쓰이지 않는 것도 아니지만냥.'

닥쳐, 말이 되는 소릴 해라. 그렇게 간단한 거냐, 이게.

'너희는 일본 출신이잖아? 던전 마스터와 같은 고향이라면 당연히 기대가 크지. 얼마나 대단한 나라인지는 모르지만 그 사실만으로도 뭔가 해 줄 것 같은 느낌이 들어.'

뭘 기대한 건데, 아저씨. 이딴 걸 도대체 어떻게 하라고. 당신이 생각하는 일본인은 어떤 괴물인 거야. 인종 따위 전혀 관계없다고.

등용문이 이러면, 본 게임은 대체 어떤 지옥이라는 거냐.

'자. 한 장밖에 못 주웠으니까 반씩 먹자.'

……으, 하지만 둘이서 최선을 다하자고 결정했잖아. 여기에서 포기하고 아무것도 하지 않고 끝나면 어쩌자고.

다음이 있으니까 포기한다는 식의 약해 빠진 사고방식이라 6개월이 걸리는 게 당연하다고 말하는 거야. 그래서 그 고양이 귀는 1년 걸린 거잖아.

가령 죽는다 해도 다음은 이길 수 있다고 확신할 수 있는 뭔가를 얻지 못하면 한 발짝도 앞으로 나아갈 수 없다.

어차피 죽을 거 맘껏 해 보자. 한계까지 맘껏 날뛸 테다.

그게 죽어도 되는 시스템에서 앞으로 나아가기 위해 하지 않으면 안 되는 최소한이다.

올려다보니 미노타우로스는 바로 위에서 도끼를 쳐들고 있다. 내가 움직이지 못한다는 사실을 알고 있는 건지 움직임은 느리다.

여전히 공포에 질려 있는 눈에는 그 모습이 실물 몇 배나 되는 질량으로 부푼 듯 보였다.

애초에 어린아이와 어른 정도의 체격 차가 아니다. 그게 환각으로 다시 팽창해, 산이 위에서 덮쳐 오는 것처럼 보인다.

10미터는 되는 거 아닌가 할 정도로 거대해 보이는 그걸 앞에 두고 여전히 다리가 움직이지 않는다.

움직여!

최소한 퍼스트 어택 정도는 피해야지, 안 그러면 어떻게 다음에 이기겠어.

마음은 소리치고 있지만, 몸이 하는 말을 듣지 않는다. 시스템으로 결정된 상태 이상(異常)을 거스를 수 없다.

──정말로?

"……오…….."

……아니, 다르다. 분명 거스를 수 있어!

"……오오오…….."

나는 알고 있다. 이 공포를 알고 있다. 이건 이미 뛰어넘은 적이 있는 위기다.

고향 산에서 혼자서 그 돼지들과 싸웠을 때다. 놈들의 리더로 보이는 눈에 띄는 놈과 대치한 시점과 같은 상황이 됐다.

그때는 어떻게 했었지? 몸은 움직이지 않고, 목소리밖에 나오지 않아――

――크게 소리를 질렀다.

"우오오오오오오오오오옷!!"

우렁찬 외침과 함께 공포의 주박이 풀렸다. 세계에 색이 돌아오는 걸 느꼈다.

그래, 두 번째다. 불가능하지 않다.

하지만 미노타우로스의 도끼는 이미 내려오기 시작했다.

괜찮아. 몸은 움직인다. 피할 수 있다.

덮쳐오는 거대 질량을 전력으로 피하려고 발을 힘껏 디딘다. 저건 스치는 것조차 위험하다.

하지만 의식만이 잡아 늘려진 느린 세계에서, 정말 짧은 순간 시야에 들어온 유키는 여전히 공포에 사로잡혀 있었다.

이대로라면 내가 피해도 유키는 분명 죽는다.

"제길!!"

힘껏 땅을 박찬 다리를 강제로 반대 방향으로 틀어 움직일 수 없는 유키의 몸으로 돌진한다.

유키를 껴안아 뒤로 뛰어, 도끼의 일격을 가까스로 피한다.

도끼로 파괴된 바닥이 튕기고, 무수히 많은 거대한 돌조각이 공중으로 날아오른다. 그건 우리 몸을 세게 쳐 우리는 그대로 날려졌다.

"하아아압!!"

공중에서 몇 번이나 회전하고, 지상에 떨어지고도 더 구르면서 우리는 그 공격을 회피했다.

"일어서, 유키!! 자는 거 아니지?!"

엄청나게 많은 돌조각에 부딪혀 이미 온몸이 너덜너덜하지만 괜찮다, 아직 일어설 수 있다. 전투에는 지장이 없다.

"미, 미안."

"대답할 수 있는 걸 보니 괜찮은 모양이네."

말도 안 되는 위기였지만 가까스로 피했다.

"아무것도 못하고 당하는 그런 부끄러운 짓은 안 할 거야. 저 녀석의 능력, 행동 패턴, 스킬 뭐가 됐든 하나라도 더 많이 정보를 수집해."

"아, 하하, ……응, 알았어."

아무래도 정말 괜찮은 모양이다.

돌진이 먹힌 건지, 소리를 지른 게 먹혔는지는 모르겠지만 이제 그 눈에서 '공포'의 영향은 찾을 수 없다.

"정말 확실하게 저 녀석은 벽이야. ……첫 공격에 하마터면 전멸할 뻔했지만 극복하겠어."

지금까지의 보스…… 각 층의 시련은 시련도 아니다. 단순히 준비 운동이었다.

이 녀석이…… 이 눈앞에 있는 절망의 상징이야말로 모험가가 되기 위한 최초의 시련이다.

∞ 제7화 『마지막이자 첫 시련』

솔직히 마음 한구석에서 얕보고 있었다. 어리석었다. 신중하다고 착각하고 있었다. 허들을 지나치게 낮게 잡고 있었다.

1층에서는 조무래기의 약함과 보스 룸의 우스운 장치에 기선을 제압당했고, 2층, 3층을 공략해 가는 동안 유키의 긴장도 풀어지고, 시스템을 이해해 계층 보스를 무찔렀다.

4층에서는 본래 있어서는 안 되는 강적과 대치해 이겼다.

본래 습득하는 데 년 단위의 시간이 걸리는 스킬을 몇 개나 습득하고, 레벨업해 미궁도시 밖에서는 손에 넣을 수 없는 힘을 손에 넣었다. 한계까지 적을 사냥해 당초의 상정보다도 훨씬 더 많이 준비할 수 있었다.

그래서 의외로 어떻게든 이길 수 있지 않겠나, 하고 마음 한구석에서 생각하고 있었다.

상대는 정보고 뭐고 없이 그저 강하다고만 알려진 적인데도.

"제기랄!!"

회오리처럼 휘둘러지는 거대한 도끼를, 최대한 거리를 둬 회피한다.

그건 겉모습처럼 거대한 도끼로, 둔기이기도 하고, 손잡이 부분만으로도 강철 기둥을 휘두르고 있는 거랑 별반 다르지 않다.

저런 것 앞에서 내 HP는 종이와 마찬가지라, 닿으면 뼈 같은 건 아주 산산이 조각날 것이다.

피해도 여파로 휘몰아치는 강렬한 바람이 통과할 때마다 더 큰 공포를 일깨워 간다.

그게 바닥에 꽂힐 때마다 돌조각이 날고 바닥이 부서져 나간다. 돌조각은 내 몸에 무수한 상처를 만들고, 부서진 발판은 다음 회피를 힘들게 만든다.

이렇게 도망쳐도 상대의 움직임은 멈추지 않는다. 다시 또 마찬가지로 간접적인 대미지가 축적되어 간다.

한 번도 직접 맞지 않았는데도 나는 이미 만신창이다. 등에서 폭포처럼 흐르는 건 식은땀인지, 아니면 돌조각에 맞은 상처에서 흐르는 피인지 모르겠다.

"하아아압!!"

도끼를 크게 휘두르느라 발생한 틈을 이용해 전력으로 검을 찔러 넣는다.

HP의 벽에 막혀 놈의 피부에 닿는 일은 없지만 《간파》로 겨우 몇 밀리미터, 몇 도트라도 줄고 있다는 사실을 확인할 수 있다. 실제로 도트 표시인지 어떤지는 모른다. 아주 조금이다, 조금.

공격해도 별 변화가 없는 그 상황에 위축되려 한다. 내가 가하는 직격보다도 상대의 돌조각 간접 공격 대미지가 더 크다.

내 HP바는 도트 단위로는 끝나지 않는 레벨로 감소하고 있을 것이다. 이미 0이 되어 있을 가능성마저 있다.

만약 아주 조금이나마 《간파》로 놈의 HP가 줄고 있다는 사실을 알지 못한다면 기가 꺾일 것 같다.

내 공격은 놈의 행동을 전혀 저지하지 못하고 있다. 거의 하이퍼 아머 상태다. 개의치 않고 찔러 넣는다. 갑옷도 입지 않아 피부가 드러난 상태인데도 정말 말도 안 되는 방어력이다.

미노타우로스는 바닥에 꽂힌 도끼를 들어 올리려 하지만 그 타이밍에서 어디에서 나타난 건지 유키가 도끼 위에 착지했다. 변함없이 신출귀몰한 녀석이다.

유키의 가벼운 체중으로는 도끼를 드는 걸 막을 수 없지만, 위에서 가해진 힘 때문에 정말 아주 짧은 순간 그 움직임이 멈췄다.

나는 그 순간을 노려, 미노타우로스의 사각으로 이동했다.

"이쪽이얏!!"

도끼 위를 힘껏 밟은 유키가 그 기세로 미노타우로스의 안면 가까이까지 도약해, 두 자루 칼로 얼굴을 베어 주의를 끈다.

조금 전까지 공포로 얼어붙어 있었다고는 생각할 수 없는 움직임이다.

분명 대미지는 거의 없었을 테지만 얼굴을 베였다는 사실에 놀란 건지 미노타우로스는 신음 소리를 낸다.

최고의 타이밍에서 발생한 틈을 노려 난 미노타우로스의 다리에 검을 날린다.

——Action Skill 《파워 슬래시》——

그것은 멋지게 다리에 딱 박혀서 녀석을 살짝 비틀거리게 만들긴 했다.

분명 HP도 도트 단위는 아닌 레벨로 깎였을…… 것이다. 깎이지 않았다면 끝장이다.

이게 현시점에서 우리의 최대 화력이다.

거대 질량을 휘감은 폭풍 같은 공격을 한 방도 맞지 않고, 앞으로 몇 번 더 맞혀야 할까. 이 공격으로 어느 정도 HP를 깎아내느냐에 따리 앞으로의 전개가 결정된다.

"우왓!!"

《파워 슬래시》 사용 후 경직으로 움직일 수 없는 상황에서 미노타우로스의 발차기가 날아왔다. 도마뱀 아저씨처럼 공격적이다. 그 거대한 몸으로 정말 말도 안 되는 민첩한 느낌이다.

살짝 스치면서 간신히 피했는데 완전 위험했다. 정통으로 맞았다면 끝났을지도 모른다.

스치는 것만으로도 피해가 크다. 돌조각에도 맞아 내 온몸은 상처투성이. 곳곳에서 피가 나고 있다.

하지만 아직 직격만은 맞지 않고 있다.

지금까지의 교전에서 얻은 정보를 기초로 저 녀석의 능력을 평가한다.

파워는 말도 안 되게 엄청나다. 저 도끼를 정통으로 맞았다간 바로 죽는다. 칼날 이외의 부분이라도 아웃일 것이다.

나아가 도끼로 파괴된 돌조각도 위험하다. 파편의 궤도가 랜덤인 데다 숫자가 너무 많아서 거의 범위 공격이 되고 있다. 모든 걸 다 피하는 건 힘들다.

작은 거라면 타격 정도로 끝나지만, 경우에 따라 벽돌만 한 돌이 날아온다.

한편, 스피드는 진짜 빠르지만 상상을 뛰어넘을 정도는 아니다. 도마뱀 아저씨가 부스트한 상태와 비슷한 정도다.

덧붙여 아무리 빨라도 크게 휘두르는 공격이라 빈틈은 생긴다. 아저씨처럼 공격이 하나도 닿지 않는다거나 할 정도는 아니다. 공격 자체는…… 먹힌다.

가장 큰 문제는 비정상적인 방어력과 HP다. 《파워 슬래시》의 직격을 먹어도 눈어림으로 게이지 전체의 10%도 줄지 않는다. 덧붙여 이건 지금까지의 합계치다.

즉, 일격을 먹으면 바로 게임 오버. 목숨을 내던진 보스 배틀을 수십 번 반복해 성공시키면 우리가 이긴다.

안 된다…….

내 체력도 HP도 그때까지 견디지 못한다. 이대로라면 점점 상황이 악화되어 언젠가는 반드시 직격을 먹는다. 뭔가 다른 공격 수단이 필요하다. 그것도 조속하게.

하지만 이 극한 상태 속에서 그걸 생각해 내라고?

도끼가 아슬아슬하게 스쳐 지나간다.

아저씨처럼 공격적으로 발차기와 태클도 섞여서 오는 이 상황을 어떻게 타파하라는 거지?

아무리 부드러움이 강함을 이긴다고는 해도 이렇게 체격에서 차이가 큰 경우를 상정한 건 아닐 거잖아. 육탄전을 하고 싶어도 애초에 그 정도까지 접근하는 게 무리다. 그리고 저 녀석 허리에 팬티 같은 것만 걸쳐서 유도 기술은 무리.

기분은 감옥에서 거인과 대치하는 세기말 구세주다. 다만 비장의 암살 권법은 없다.

그런 멍청한 생각만 하는 동안에, 체력이 깎여 생각처럼 몸이 움직이지 않게 됐다. 점점 위험한 국면도 증가하고 있다.

나는 지금까지 몇 번이나 피했을까. 대단하다, 힘내라, 나.

"츠나, 너덜너덜하지만 아직 할 수 있지?"

도끼의 폭풍 속 짧게 발생한 틈을 이용해 크게 거리를 두며 유키가 말을 걸었다.

"할 수 있지. 할 수 있어. 뭐든 와라. 지금 난 천하무적이다."

피범벅으로 무슨 소릴 하냐고 하겠지만, 허세라도 부리지 않으면 정신이 견디지 못한다.

다시 말해 사실은 이미 위험하다.

"저 소의 방어를 돌파하려면 보다 강한 공격이 필요해. 이대로 그냥 있으면 상황만 더 악화될 뿐이야."

"알고 있어."

아무 생각도 안 난다고. 피가 부족해. 으~ 피가 부족할 땐 간을 먹어 줘야 하는데.

"그러니까 츠나, 저 도끼를 못 쓰게 만들고는 때려눕히면 되는 거야."

"그렇…………긴 무슨, 바보냐."

그게 될 리 없잖아.

아이디어를 냈다는 것 자체에 감탄해, 그만 만담을 연출할 뻔했잖아.

나는 *야규 무네요시도 **카미이즈미 노부츠나도 아니라고. 가령 도끼를 못 쓰게 만들었다 해도 저런 괴물을 요리할 수 있을까.

뭐, 농담하는 것을 보니 유키는 괜찮은 것 같다.

"농담, 농담. ……이건 도박이야. 크리티컬을 노릴 테니 빈틈을 만들어 줬으면 해."

"응? ……응."

유키는 그렇게 말하고는 미노타우로스에게 달려들었고, 스쳐 지나가듯이 하며 일격을 가하고는 역방향으로 빠져 나갔다.

대미지가 들어가지 않는다고 해도 엄청나다. 분명 공중에서 자세가 바뀌었다. 그건 난 못하는 행동이다. 몸을 움직일 이미지조차 떠오르지 않는다.

순간적으로 유키에게 정신이 팔렸지만 미노타우로스는 그대

---

* 야규 무네요시(柳生宗厳): 16세기 일본의 무장, 병법가, 검호.
** 카미이즈미 노부츠나(上泉信綱): 16세기 일본의 무장, 병법가. 신음류의 창시자. 검성(劍聖)이라고 불렸다.

로 날 향해 왔다.

상세한 수치는 잘 모르지만 스테이터스 면에서 본다면 〈방어력〉과 〈HP〉는 유키보다도 내가 더 높다. 실제 공격에 대한 내구성은 올라간 것 같다.

하지만 그런 차이도 이놈 앞에서는 없는 거나 마찬가지다. 그렇다면 공격이 먹히기 쉬운 쪽의 숨통을 먼저 끊는 게 지극히 당연하겠지. 4층과는 달리 시간 제한은 없기에 천천히 숨통을 끊으면 된다.

그렇다면 뭐…… 저 녀석이 내게 오는 건 이치에 맞다. 아마도 녀석은 재빠른 유키보다도 내가 더 상대하기 쉬울 거라고 판단한 모양이다.

더는 움직이지도 못해 그 자리에서 미노타우로스를 기다린다.

그건 그렇고 크리티컬인가. 그렇구나, 그게 있었어.

HP를 관통해 육체 손상을 당하면 움직임이 둔해진다. 그렇게 되면 분명 또 다른 공격도 가할 수 있겠지. 나는 너무 머리가 안 돌아가는걸, 젠장.

하지만 피를 너무 흘린 덕분인지 오히려 기분은 고조되어 있다.

"하아압!! 이 자식!!"

내 외침을 들었는지, 미노타우로스가 단숨에 간격을 좁혔다.

변함없이 덩치와 무기 중량에 어울리지 않는 스피드다. 2톤 트럭이 돌진해 오는 거랑 별반 다를 것 없는 느낌이다. 충돌하면 이세계에 전생해 버릴 것 같다.

나는 이제 분주히 움직일 체력이 없다.

하지만 어째서인지 체력이 없어질수록 오히려 감각은 더 날카로워져 가는 걸 느끼고 있었다.

휘두르기만 해도 회오리바람을 불러일으키는 큰 도끼의 일격을 피한다. 거체가 반복하는 발차기를 피한다. 태클을 피한다.

파괴당해 대량으로 흩날리는 돌조각을, 모두는 무리라 해도 최대한 피해가 없게 피한다. 거리를 좁혀 조금밖에 통하지 않는 공격을 반복한다.

이따금 불타오르는 횃불에 공격과 돌조각이 날아가, 생각지도 못한 곳에서 불붙은 횃불의 파편이 날아오기도 한다. 완전 뜨겁다.

몇 번인가 절묘한 타이밍, 순간적으로라도 삐끗했다간 내가 맞는 타이밍에서 창이 날아왔다.

5층 중간에서 드롭했던, 쓸모없던 창을 유키가 투척한 것이다.

하지만 견제는 됐어도 피해는 주지 못하는 상황으로, 좀 있자 가지고 있던 게 다 떨어졌는지 그것도 날아오지 않게 됐다.

최소한의 움직임으로 최대한의 성과를 낼 수 있도록 날카롭게 갈린 감각으로 그저 피한다.

지금의 나는 회피 머신이다. 뭐든 피할 수 있다.

하지만 아직 멀었다. 아직 회피의 거리감에 군더더기 요소가 있다.

회피 후에 자세가 약간 무너진다. 중심 이동이 잘만 된다면 다시 한번 공격할 찬스가 있을 것이다.

4층에서 습득한 다섯 개의 스킬 중 《파워 슬래시》와 《간파》는 그 효과를 어느 정도 파악할 수 있다.

《검술》은 이렇게 싸우는 상황에서 보다 더 진화를 보여 내 안에서 최적화가 진행되고 있다.

하지만 남은 두 가지, 《자세 제어》와 《긴급 회피》는 아마도 아직 그 힘을 다 끌어내지 못했을 것이다.

이렇게 감각이 예민해져 있는 상태에서는 내 움직임에 불필요한 부분이 가득 있다는 사실을 확실하게 알 수 있다.

머리를 스치는 건 이곳으로 와 갑자기 월등해지기 시작한 유키의 움직임. 저 녀석은 아저씨와 대결한 뒤부터 급격하게 성장하고 있다는 걸 알 수 있다.

유키와 나의 움직임의 차이는 입체적, 삼차원적인 움직임이다.

지금의 내가 그걸 일부라도 따라 할 수 있을지는 알 수 없지만, 보다 삼차원적으로 상대의 공격을 보면 지금까지는 느낄 수 없었던 공격의 빈틈이 보일 것이다.

상대의 몸놀림과 공격을 보다 잘 보고 느끼고 몸을 움직여라. 각각의 근육이 연동해 움직이고 있다는 걸 의식적으로 느끼며 움직이는 거다.

보다 자연스러운 형태, 자세를 유지하면서 반격의 기회를 만들어 내라.

공포와 압박에 사로잡혔을 때에는 몰랐지만, 이 녀석, 스피드는 몰라도 움직임 자체는 단조롭다.

그럼 좀 더 앞을 볼 수 있을 것이다.

[스킬 《회피》를 습득했습니다.]

이 타이밍에서 상정하지 못했던 스킬이 생겨났다.

아니, 고맙긴 하지만. 《긴급 회피》와 다른 거냐, 그거.

"하핫."

잠깐이라도 정신을 딴 데 팔았다간 순식간에 다진 고기가 될 이 상황에서 굳이 아슬아슬한 공간을 선택해 활로를 찾아낸다.

그런 어이없는 상황이 약간 재미있어졌다. 뇌내 흥분 물질이 완전히 개방되어 분수처럼 터지고 있다. 완전 흥분 상태다.

내 다리를 노리는 도끼가 지면을 따라 궤도를 그린다.

불과 몇 분 전의 나라면 여유를 가지고 백스텝으로 피하던 그걸, 공중으로 도약해 회피했다.

공중은 지상보다도 회피가 힘들다는 건 알고 있다. 도끼는 피해도 이어 발차기가 올지도 모른다. 박치기가 올지도 모른다. 어쩌면 그 덩치로 그냥 덮칠지도 모른다.

그렇기에 역으로 공격해 카운터를 먹이자!

[스킬 《공중 자세 제어》를 습득했습니다.]
[스킬 《공중 회피》를 습득했습니다.]

공중으로 도약한 적을 보고, 미노타우로스가 선택한 것을 머리에 난 뿔을 사용한 공격.

원래라면 분명 피할 수 없을 그 공격을, 공중에서 몸을 회전하는 것으로 전보다 훨씬 아슬아슬하게 회피하고――

　――그 기세로 바로 회전으로 발생한 힘을 옆으로 베기에 때려 넣는다!

[스킬 《선풍참》을 습득했습니다.]
――Action Skill 《선풍참》――

"하아아아아아아아앗!!"

이젠 습득이 먼저인지 발동이 먼저인지도 알 수 없는 타이밍에서, 내 검은 빛을 뿜으며 미노타우로스의 오른쪽 어깨에 꽂혔다.

그 순간 내가 가한 새로운 스킬의 일격으로 확실하게 미노타우로스의 자세가 무너졌다.

내 공격이 HP를 뚫은 건지, 박치기 도중 옆에서 이상한 힘이 가해져 자세가 무너진 것뿐인지는 알 수 없다.

나는 《선풍참》의 기술 후 경직 때문에 제대로 자세도 취하지 못하고 지면으로 낙하했기 때문에 추가 공격은 불가능하다.

하지만 이 틈을 기다리고 있던 자에게, 그것은 결정적인 빈틈이다.

유키가 두 손에 활활 타오르는 횃불을 들고, 자세가 무너진 미노타우로스 위로 뛰어오르는 게 보였다.

그래, 저거라면 분명 효과가 있을지도 모른다. 노리는 건 머리…… 아니, 목인가.

낙하하는 동안, 나는 움직이지 않는 몸으로 그 광경을 뚫어지게 쳐다보고 있었다.

"부오오오오오옷!!"

불에 목을 덴 미노타우로스가 드디어 시작할 때 포효한 이후 처음으로 울부짖었다.

참격 같은 공격에 엄청난 내성을 가진 미노타우로스의 철벽 방어에도 불은 통하는 모양이다.

하지만 그것은 진짜가 아니다. 저 녀석은 크리티컬을 노린다고 말했다.

미노타우로스가 유키를 횃불과 함께 통째로 떨어뜨리려고 한쪽 팔과 상반신을 흔든다.

유키가 목덜미에 갖다 댄 횃불은 그대로 떨어지지만, 유키는 그곳에 없다. 유키는…… 위다.

미노타우로스의 몸을 발판으로 삼아 그 머리 위 높이로 도약해 있던 유키의 손에는 이미 숏소드와 비장의 카드인 나이프가 들려 있었다.

그렇다, 저 녀석은 미노타우로스의 엄청난 HP를 줄이기 위해 아저씨 때와 같은 독을 골랐다.

하지만 조금이라도 상대의 피부에 상처를 내야 하므로, 미노타우로스의 철벽같은 HP를 뚫으려면 아무래도 크리티컬이 필요해진다.

그래서 급소를 노려 찌르는 공격을 선택했다. 확실하진 않아도, 그게 지금 우리가 가지고 있는 정보 중에서 크리티컬의 발생 확률을 최대한으로 올리는 방법이기 때문이다.

찬스는 단 한 번밖에 없을 것이다. 두 번 다시 이 상황을 만들어 낸다는 건 거의 기적에 가깝다.

"아아아아아앗!!"

유키의 나이프가 미노타우로스의 목에 박혔다.

이제부터는 정말 운이 필요하다. 아무리 크리티컬로 대미지가 먹혔다 해도, 저 몸을 상대로는 너무 소소한 대미지다.

유일한 기회에 비장의 카드인 독이 통하면 승리. 통하지 않으면 패배.

통해도 상태 이상이 될 뿐, 다음 기회가 생길 뿐이라는 게 힘든 점이지만, 어쨌든 반드시 통해야만 한다.

승률 몇 퍼센트인지 모르는 상태 이상이라는 단 한 번의 찬스에 모든 걸 건다.

유키도 살얼음 위를 걷는 그런 도전이라고 인식하고 이 도박에 걸었을 거라고⋯⋯.

나는 그렇게 생각했다.

일어서려 했던 내 눈에 날아 들어온 건 미노타우로스의 목에 나이프를 꽂은 채, 추가 공격을 가하기 위해 또 다른 숏소드를 쳐든 유키의 모습.

그리고 그 숏소드에서 뿜어져 나오는 선명한 붉은 빛.

"《래피드 러시》!!"
──Action Skill 《래피드 러시》──

유키의 본래 신체 능력으로는 불가능한, 엄청난 속도로 왼손의 숏소드가 붉은 빛을 뿜으며 미노타우로스의 목에 박힌다.

거기에 이어 두 번째 독 나이프로 찌르기, 다시 한번 더 숏소드, 독 나이프. 도합 네 번의 찌르기가 순식간에 가해졌다.

"부오오오오오오옷!!"

미노타우로스는 다시 또 울부짖으며, 기술 후 경직으로 멈춰 있는 유키를 뿌리쳤다.

조금 전의 나와 마찬가지로 경직 상태였던 유키는 낙법도 취하지 못하고 돌바닥에 내동댕이쳐진다.

"유키!!"

목소리에 반응한 건지 미노타우로스는 지금까지 못 봤던 살벌한 표정으로 나를 노려봤다.

확실히 분노라 부르기에 어울리는 살벌한 표정에 겁이 나긴

하지만, 이걸 방치할 수는 없다.

　이쪽으로 와 준다면 좋겠지만 유키를 추격하면 끝이다. 내가 공격하는 수밖에 없다. 지금의 나라면 미노타우로스의 도끼도, 육탄 공격도 피할 수 있을 것이다.

　일단 거리를 좁힌다. 지금은 일단 유키를 공격하지 못하게 막는 게 최우선 과제다.

　대미지를 주는 것에 주안점을 두지 않고, 어디까지나 주위를 끈다는 걸 목표로 가벼운 참격을 반복한다.

　주의를 끄는 데 성공한 건지, 내게 도끼를 내리치는 미노타우로스. 나는 그 공격을 무난하게 피하고 다음 공격에 대비한다.

　이 순간 온다고 하면 발차기나 박치기, 둘 중 하나라는 선택밖에 머릿속에 없었던 나는 예상 밖의 강습을 받았다.

　그것은 물리적인 공격이 아닌…….

"구오오오오오옷!!"

　지근거리에서 가해진 포효 스킬.

　당하지 않겠어! 퍼스트 어택 때와 마찬가지로 정신을 바짝 차리고……

　……아니, 다르다, 이건 최초의 《야수의 포효》가 아니다!!

──Action Skill 《강자의 위압》──

　이곳으로 와 처음 보는 스킬이 가져온 건 공포의 상태 이상이 아닌, 직접적인 몸의 경직.

기술 후 경직과도 비슷한 것이 강제적으로 발생한 나는 이어지는 돌진 공격에 정통으로 당하고 말았다.

단순한 돌진. 메인 무장이나 멋진 뿔에 의한 찌르기도 아닌, 어깨로 들이대는 태클 한 방. 그걸 정통으로 받은 것만으로 내 몸이 산산조각 나는 게 아닌가 싶을 정도의 충격을 받아 공중을 날았다.

젠장.

이런 걸 정통으로 맞았다간 확실히 내 몸 어딘가가 문제가 생긴다. 내장이 손상되거나, 뼈가 부러지거나, 어느 쪽이든 치명적이다.

너무 큰 충격에 의식이 멀어져 가는 걸 느낀다.

······안 돼. 몸이 찢어질 것 같지만, 정신줄만은 놓지 마.

포물선을 그리면서, 물건처럼 날려진 나는 그대로 지면에 처박혔다.

공중을 나는 내 시야에 들어온 건 마치 주마등처럼 느리게 지나가는 광경이었다.

어딘가에서 들은 이야기로, 주마등은 생명의 위기를 맞아 뭔가의 회피 방법을 모색하기 위해 뇌가 고속 처리를 하는 현상이라고 한다.

정말 그럴지도 모르지만, 이런 상황에서 대체 뭘 어떻게 하면 죽음을 피할 수 있다는 거지?

지금 내가 할 수 있는 것, 앞으로 해야만 하는 것을 뇌의 한계까지 생각한다.

아직 죽지 않았다는 사실을 전제로 찰나 후의 행동을 검토하는 거라면 그 행동 내용은 제한된다.

지면에 처박힌 순간, 내 입에서 많은 양의 피가 쏟아졌다.

아…… 젠장, 안 좋아. 이거, 정말 죽기 일보 직전 아니냐.

빨리 일어서야 해. 그렇지 않으면 이 싸움은 우리의 죽음으로 끝난다.

일어서려 해도 이 몸으로는 제대로 움직이지도 못할 것이다. 그럼 어쩌지……?

"《머티……리얼……라이즈》."

극심한 고통으로 이미지가 방해되기 때문에 발성은 필요했지만, 겨우 가까스로 목소리가 나온다.

그 주마등 속, 거의 무의식적으로 손에 잡고 있던 〈저품질 포션〉 카드가 발광, 물질화했다.

안 돼…… 손이…….

하지만 마시기 위해 손을 움직일 수 없다. 회복할 수 없다면 여기서 끝이다.

손에서 흘러 떨어진 용기가 데구르르 구른다.

손을 움직일 수 없다면 입이다. 다행히 포션 병은 작다. 손은 움직이지 않지만 몸은…… 아직 움직인다.

난 거의 활동 한계에 다다른 몸을 어떻게든 움직여 지면에 떨어져 있던 포션 병을 이로 물고는 그대로 깨물어 부쉈다.

유리와 함께 포션의 내용물이 흘러 들어온다.

입 안은 아프지만 회복이 시작됐다는 걸 알 수 있다. 유리도 다소 삼켰지만 큰 문제는 없다.

"미……노."

미노타우로스는 어디 있지. 나는 얼마나 날아간 거지.

유키는 어쩌고 있지. 복귀했나? 설마 유키의 숨통을 먼저 끊으러 갔나……?

아니, 다르다. 지금 시야를 뒤덮은 커다란 그림자는 미노타우로스의 것이다.

엎드리고 있어 모르지만 그림자의 움직임과 기척을 통해 도끼를 쳐들고 있다는 걸 알 수 있다.

안 돼, 이 정도로 포기하지 마.

"끄아아아아앗!!"

도끼가 내리쳐진 순간 나는 온몸에 남은 모든 힘을 쥐어짜 바닥을 굴렀다. 부서진 바닥이 튀어오르고, 덩달아 내 몸도 다시 공중을 난다.

쌤통이다. 이걸로 몇 초는 벌 수 있겠지. 몇 초만 있으면 분명 포션의 효과가 다소나마 있을 거야. 그렇게 되면 계속 싸울 수 있어.

그러고 보니, 몇 초만 시간을 번 게 아니잖아.

공중을 날고 있는 내 시야에 순간적으로 도끼를 내리친 뒤의 미노타우로스가 들어온다.

내 희망일지도 모르지만 거의 사체 상태인 내가 움직인다는, 예상을 벗어난 사실에 경악하고 있는 것처럼 보였다.

그리고 그 뒤로 공격하려 덤벼드는 파트너의 모습에 나는 듬직함을 느끼지 않을 수 없었다.

──오늘, 오늘 하루에만 몇 번이나 저 녀석을 대단하다고 생각한 걸까.

저 녀석은 나한테 없는 것을 많이 가지고 있다.

부족한 면이 있다는 것도 알고 있지만, 그 이상으로 나는 저 녀석이 가지고 있는 걸 대단하다고 느끼고 있다.

그렇게 보이는 건 분명 우리가 여러 부분이 정반대로, 서로가 상대가 갖지 못한 걸 가지고 있기 때문일 것이다.

내 몸이 다시 바닥으로 떨어진다.

속도가 붙었던 내 몸은 바닥을 구르고, 지금까지의 싸움으로 산산이 부서진 돌조각에 몇 번이나 부딪쳤다.

지면에 쓰러진 내 모습은 얼핏 사체로 보였을 것이다.

이미 그 어떤 고통도 느껴지지 않지만 이 몇 초로 포션이 효과를 발휘했는지 손은 움직인다.

떨리는 손으로 다시 한 장의 카드를 꺼냈다.

"《머……티리얼라이즈》."

조금씩 감각이 돌아오는 손으로 물질화하는 포션을 잡아 뚜껑을 열고 포션을 들이킨다. 이게 내가 가지고 있는 마지막 포션이다.

물질화 후 마시는 동안 다시 몇 초 경과했지만, 괜찮다. 그렇게 확신하고 있었다.

아직 회복은 이제 막 시작된 단계지만, 거의 기다시피 해 억지로 일어선다.

거의 송장인 상태에서 반쯤 송장인 상태까지 회복했다. 어떠냐…… 소 대가리.

미노타우로스의 모습을 포착했다.

유키는 아직 미노타우로스를 상대로 맞서고 있다. 맞설 수 있는 것이다.

동작을 보니 저 녀석도 분명 포션 하나는 썼을 것이다. 두 개를 사용했다면 이제 우리에게 재고는 없다.

애초에 한 방 먹으면 거의 아웃인 상황에서 회복할 타이밍은 그다지 없지만.

유키는 제대로 회복한 것 같지만 나는 아니다. 이대로 기다리고 있어도 회복이 부족하다는 걸 감각적으로 알 수 있다.

죽기 직전이었던 걸 몇십 초 만에 이만큼 회복시켰으니 포션이 대단하다는 건 분명하지만, 아마도 이게 한계일 것이다.

그래. 다음 던전 어택에서는 좀 더 좋은 포션을 많이 준비하자.

"《간파》."

여전히 고통으로 이미지가 고정되지 않기 때문에 음성 기동으로 미노타우로스의 HP를 확인한다.

……아, 그렇구나. 조금 전부터 미노타우로스 쪽의 움직임이 상당히 어색하다고 생각했더니 그랬구나.

저 녀석, 독으로 거의 빈사 상태 아닌가.

지금까지 그 어떤 공격으로도 거의 감소하지 않았던 놈의 HP 게이지가 느리긴 하지만 보고 있으면 알 수 있을 정도의 스피드로 감소해 간다.

나의 《선풍참》과 유키의 횃불 공격으로 어느 정도 HP를 줄였는지는 모르지만 그래도 반으로 줄이지는 못했을 것이다.

그렇다면 이 감소 상황은 독 말고는 달리 설명할 방법이 없다. 이러고 있는 동안에도 벌써 남은 4분의 1이 줄었다.

엄청나구나, 독. 4층도 5층도 거의 독에 의존한 거 아닌가.

내 머릿속 독 학회에서 독 만능설이 제창되고 있었다. 뇌내 학자들은 만장일치 기립 박수다.

독으로 몸이 잘 움직이지 않는다. 하지만 유키의 공격력이라면 크리티컬이라도 뜨지 않는 한 대미지가 먹히지 않는다. 그렇기에 이 교착 상태인 것이다.

"······그렇다면, 이거다!"

나에게 부족한 점이 있을 때, 저 녀석은 그걸 채워 줬다.

그리고 저 녀석이 못하는 게 있으면 그건 내가 채워 줘야만 한다. 내가 우리의 최대 화력을 때려 넣어야만 할 것이다.

"《머티리얼라이즈》!!"

어딘가로 가 버린 검 대신 예비를 물질화시킨다.

너덜너덜 걸레 상태인 내가 대조적으로 신품인 검을 손에 들고 미노타우로스에게 향한다.

제대로 뛰지도 못할 만큼 몸 상태는 엉망이지만, 이대로 유키한테만 맡길 순 없다.

아무리 몸을 가눌 수 없다고 해도, 유키한테만 맡기고 쉬는 건 도리가 아니다. 적어도 이런 극한 상황에서는 서로가 할 수 있는 건 각자 사력을 다해 해내야만 한다.

이런 상황인데도 아직 진짜로 시작하기 전 트라이얼이라는 게 여러모로 납득이 가질 않지만 ······이제 막을 내리러 가 볼까.

"······츠나."

유키가 믿을 수 없는 걸 본 듯한 눈으로 가까이 다가오는 나를 응시한다.

그런 유키에게 이끌린 건지, 아니면 무서운 걸 보는 걸 좋아한다거나 단순한 호기심 때문일지도 모르지만, 미노타우로스도 나를 봤다.

그 표정은 변함없이 분노로 물들어 있지만, 어떤 기분으로 날

보고 있는지는 모르겠다.

끈질긴 나를 좀비 같은 걸로 오해하고 있는지도 모른다. 실제로 이렇게 만신창이 반 시체가 다가온다면 나도 무서울 것이다.

HP도 얼마 남지 않았고, 독으로 몸은 제대로 움직이지 않는다. 한쪽은 반 시체라 해도 유키와 나 사이에 끼인 상황.

아무래도 동시에 상대하는 건 힘들 것이다. 그렇다고 한다면 다음에 취할 행동은 뭘까?

"구우……."

그거야 움직이지 않는 상태에서 양쪽 다 대상으로 할 수 있는 포효겠지!!

"구오오오오오옷!!"

"아아아아아아아앗!!"

거기에 맞추듯이 나는 소리를 지른다.

——Action Skill 《강자의 위압》——
——Action Skill 《강자의 위압》——

이걸로는 안 돼. 몇 번이나 위압할 수 있을 거라고 생각하지 말라고.

[스킬 《강자의 위압》을 습득했습니다.]

기어코 습득과 발동이 거꾸로 됐지만, 그건 딱히 상관없다.

새롭게 익힌 건지, 습득했지만 스킬로 인식되지 않았던 건지, 왜 이 타이밍에서 시스템 메시지가 뜨는지, 이유를 모르겠다.

하지만 이 스킬 사용법은 아주 잘 알고 있다. 기시감마저 느낄 정도로 비슷한 상황을 체험했었으니까.

미노타우로스는 분노와 경악, 두려움의 감정을 발산하면서 도끼를 쳐올렸다.

아, 그딴 건 절대 안 맞는다고.

내리쳐진 도끼는 처음의 파워와 스피드는 뭐였나 싶을 정도로 느려, 반 시체인 나도 충분히 피할 수 있었다.

그대로 미노타우로스의 품으로 파고들어 스킬을 기동시킨다.

"그럼, 이만."

──Action Skill 《파워 슬래시》──

HP를 거의 잃었던 미노타우로스는 지금까지의 강인함이 거짓말처럼 느껴질 정도로 너무나도 쉽사리 베어졌다.

하지만 엄청난 덩치다. HP가 없는 맨몸뚱이 상태라도 나의 일격 정도로는 무너지지 않는다.

다음 공격이 올 낌새는 없다. 하지만 나도 기술 후 경직이 발생하고 있다.

'두 가지 이상의 기술이 있으면 경직 캔슬하고 콤보로 쓸 수 있지 않을까.'

난 이 마지막 순간에서 한 번도 연습한 적 없음에도 불구하고 그걸 쓸 수 있다는 걸 확신하고 있었다.

——Skill Chain 《선풍참》——

"아자아아아앗!!"

내리친 직후부터 거의 한 바퀴, 몸을 틀어 발동시킨 회오리 같은 옆으로 베기.
기술 후의 경직 시간을 강제로 캔슬해 가한 그 공격은 무방비했던 미노타우로스의 몸에 박히듯이 작렬했다.

미노타우로스의 거체가 무너진다.
괜찮다, 역시 반격은 없다. 왜냐면 그 녀석의 몸은 이미 마화가 시작되고 있었으니까.
그것을 보니 긴장이 풀어져 버린 건지, 난 마치 땅이 일어나 나한테 다가오는 것 같은 느낌에 사로잡혀 의식을 잃었다.

> 트라이얼 던전의 던전 보스를 공략했습니다.
>
> 첫 도전 클리어 보너스로 무기 〈미노타우로스 액스〉를 수여합니다.
>
> 트라이얼 던전 완전 공략에 의해 Lv 5 이하의 도전자만······

의식이 어둠에 감싸이는 순간, 유키가 비명을 지르는 것 같은 소리를 들었다.

◆ ◇ ◆

그건 지금도 확실하게 기억하고 있다.

무리에서 떨어진 고블린을 덫으로 죽이고, 빼앗은 철검을 신나게 휘두르던 시절의 일이다. 그러니까 지금으로부터 3년 전 겨울이었을 것이다.

내가 태어난 시점에서 이미 한계촌락이었던 마을은 전쟁에 따른 징병과 임시 세금 징수로 다시 한번 더 한계를 초월한 한계에 도달해, 궁극적인 빈곤에 휩싸였다. 아니, 계속 휩싸여 있었다.

내일 먹을 게 없는 식량 사정은 더 이상 새로울 것도 없었다.

90%가 세금, 수확의 10%만 가질 수 있는 경우 밭을 일구는 건 영주에게 바치기 위한 노동이라고 해도 과언이 아니어서, 먹

는 건 거의 산에서 밀렵으로 얻었다.

일부 몰래 숨긴 밭도 있었지만 그것마저 흉작이었다.

산에 먹을 수 있는 게 있다고는 해도 그곳을 어슬렁거리는 몬스터가 두려웠는지 마을 사람들은 아무리 배가 고파도 산에 들어가지 않았다. 그렇기 때문에 마을 식량을 확보하고 있던 건 거의 나였다.

덧붙여 내가 잡아 온 것인데도 나에게 우선적으로 배당되는 경우는 없다. 삼남이라는 건 그 정도로 열악한 위치였다. 뭐, 숨어서 먹은 적은 있지만.

전생에서 어느 정도 지식을 배웠던 나는 보통 아무리 가난한 마을의 삼남이라 해도 그렇게까지 심하지는 않다고 알고 있었다. 아니, 그게 세상의 평균이라면 인류는 멸망하는 게 낫다.

어릴 적에 일어난 전쟁 이후, 계속 심한 상태가 이어졌다.

그리고 산에서 먹을 만한 것들도 거의 찾을 수 없게 되고, 동물마저 모습을 감추게 되는 죽음의 산이 되었을 무렵, 그놈들은 들이닥쳤다.

창작물이라면 이쯤에서 원치 않는 방문자의 플래그가 세워졌을 경우 징세관이라거나 영주의 아들이 와 소꿉친구인 여자아이를 납치해 가는 그런 이벤트가 발생하기도 하겠지. 하지만 그런 이벤트는 없었다.

아니, 소꿉친구인 여자아이 같은 건 꿈같은 이야기였다.

마을 여자아이들은 이미 다 팔린 후로, 애초에 눈에 띄는 여자아이가 없는 것이다. 있다 해도 깡마르고 외모도 영 꽝이다.

　뭐, 그건 아무 상관없는 이야기로, 그때 나타난 건 몬스터였다. 야한 게임의 히어로, 오크님 무리다.
　그때까지는 산에서 사냥을 해도 고블린이나 사슴에게 도리어 앙갚음을 당하는 코볼트밖에 못 봤는데 엄청나게 많은 오크가 산을 넘어 쳐들어온 것이다.
　아마도 그 녀석들도 식량이 없었다거나 하는 피치 못할 사정이 있었겠지만 끝까지 놈들의 목적은 알지 못한 채였다.
　돼지의 사정 따위 관심도 없고, 몰라도 된다. 그때 중요했던 건 오크 무리가 쳐들어왔다는 사실뿐이었다.

　덧붙여 아무 영양가 없는 예비 지식이지만, 이 세계의 오크는 암컷이 없거나 인간의 여자를 납치하거나 하는 야한 게임의 왕자 같은 입장은 아닌 것 같다.
　암컷도 있고 인간 여자를 납치하는 걸 좋아하지도 않는다. 그냥 단순히 몬스터다.
　인간을 보면 죽이려고 덤벼드는 적대 종족. 지금 필요한 정보는 그 이상도 그 이하도 아니다.

　그날 마을 부근에서 먹을 걸 찾지 못했던 나는 성인이라도 며칠이 걸리는 먼 산속까지 들어갔다가 그 너머에서 오크 무리를 발견해 버렸다.

게다가 아무래도 마을이 있는 곳으로 이동하고 있는 것 같다는 사실도 깨달았다. 이대로라면 약탈이 아니라 지나가는 것만으로도 바로 밟혀 죽게 생겼다.

그 시점에서 이미 어디에서든 살아남을 수 있는 서바이벌 능력을 익혔던 나에게는 마을을 그냥 모른 척 넘어간다는 선택지도 있었다. 오히려 혼자면 더 좋게 생활할 수 있었을 것이다.

하지만 역시 아무리 심한 취급을 당했다 하더라도 고향을 지켜야만 한다는 영웅적 결단을 토대로, 고블린한테서 받은 철검과 애용하는 곤봉 및 그 외 많은 트랩들을 손에 들고 오크에 맞서 싸우기로 한 것이다.

물론 준비하는 도중에 마을에서 그 사실을 말해도 그들은 믿지 않았고, 설사 믿는다 해도 체념하는 사람밖에 없었기 때문에 싸우는 건 나 혼자였다. 고독한 혼자만의 전쟁이었다.

결국 오크가 어느 정도나 있었는지는 다 파악하지 못했지만, 직접 죽인 것만으로도 백에 가까우리라는 건 분명했다.

내가 직접 죽이지 않은, 요컨대 덫에 걸려 죽은 숫자가 많은 건 확실하지만 그쪽은 너무 많아서 숫자가 확실하지 않다.

놈들이 일시적인 거점으로 사용하고 있던 동굴에 인위적으로 낙반 사고를 일으키거나, 산 위에서 바윗돌을 무너뜨리거나 출렁다리를 자르는 등 다채로운 트랩으로 적을 처리했다.

그래도 놓친 건 한 마리씩 이 손으로 죽였다.

우리와 별반 다르지 않게 놈들도 식량이 없었던 것이다. 시간이 흐르면서 기아가 더 심각해지고, 점점 야윈 오크도 눈에 띄기 시작했다.

그냥도 맛없는데 먹을 부분이 줄어들어 가는 건 나에게도 사활이 걸린 문제였다.

액션 영화를 방불케 하는 그런 싸움을 일주일 정도 계속했으려나. 극한 상태에서 그렇게 싸울 수 있었던 나는 이미 미쳐 있었는지도 모른다.

아무리 머리 나쁜 오크들이라고 해도 드디어 내 존재를 깨달은 듯 진군은 일시 중단. 나를 노리고 산을 뒤지기 시작했다.

홈그라운드에 오랜 세월 돌아다녀 지리에도 빠삭했던 나는 계속 몰려오는 오크들을 때려죽이고 돌아다녔지만, 최종적으로는 물량에 밀려 오크들에게 포위되어 버렸다.

원래 죽는 게 당연한 작전이었기 때문에 나는 한 마리라도 더 많이 저승길 동무로 삼으려고 발버둥 쳤다.

왜 이렇게까지 애쓰고 있느냐고 생각할 만한 단계는 한참 전에 지났기에 아무튼 마음을 비우고 대난투를 벌였다. 엄청난 대난투다. 피투성이 대난투 스매시 브라…… 스매시 나다.

광전사라도 된 양 쓰러진 나무를 그대로 휘두를 정도로 날뛰었다.

하지만 오크 중에서 리더로 보이는 녀석, 이름은 모르니까 나는 눈에 띄는 오크라고 불렀는데 이 녀석이 터무니없이 강했다.

어딘가 미개척 땅에 사는 원주민이 달고 있을 법한 커다란 깃털 장식, 훈도시 차림으로 갑옷마저 입지 않았는데도 굉장히 언밸런스한 장식의 투구만 쓰고 있다.

내가 리더라고 과시하기 위한 차림일 것이다. 딱 보기에도 알기 쉬워 좋다.

이제 수하도 엄청 많이 있는 눈에 띄는 오크 VS 딱 한 명인 나라는 구도가 완성됐다.

본래대로라면 아무리 발버둥 쳐도 죽었겠지만 무슨 이유에서인지 그때부터 다음 날 아침까지의 기억이 없다.

에로틱한 정사신도 아닌데 완벽하게 싸악 사라졌다. 정신을 차렸을 때에는 난 수많은 오크의 사체에 둘러싸여 서 있었다.

그 안에서 강적이었던 눈에 띄는 오크의 사체도 확인할 수 있었으니, 엄청난 숫자의 오크 무리를 실질적으로 혼자서 괴멸시켜 버린 게 된다.

의식이 없는 동안 지나가던 정의의 사도가 도와줬을 가능성은 아직 남아 있었지만, 어쨌든 마을을 위기에서 구한 것이다. 해피 엔딩이다.

덧붙여 이때 무슨 일이 일어났는지는 결국 알아내지 못했다.

정말 정의의 사도가 나타났다거나 까불다가 오크들이 분열을 일으켰다거나 하는 말도 안 되는 이유는 여러 가지로 떠올랐지만 그 어떤 것도 이거다 할 만한 건 없었다.

그래서 나는 나의 히든 힘이 눈을 떴다는 설을 밀고 있다. 거대한 힘에 삼켜져 의식을 잃고 폭주해 버린 다크 히어로라는 패턴이다.

히든 힘이 해방된 나와 정체 모를 정의의 사도가 같이 싸우는 액션신을 망상하면서 개선장군이라도 된 기분으로 마을로 돌아왔지만 그런 내 피로 점철된 일주일간의 전쟁을 믿어 주는 사람은 없었고 결국 허풍쟁이 취급을 당했다. 오히려 일주일간 식량을 조달하지 못했다는 사실을 추궁당하는 비참한 결말이었다.

이럴 때 보통 평범한 가족이라면 나를 보호해 줬겠지만, 우리 가족은 앞장서서 나를 규탄했다. 특히 어머니. 정말 그들은 최악이다.

당연히 마을에서의 입장은 좋아지기는커녕 나빠지기만 했고, 그러던 와중에 장남에게 아들이 태어나 나와 차남은 버려졌다.

여기까지가 고향 마을에서 발생했던 대략적인 이벤트다.

노예상한테서 매수 거부를 당한 후 아는 사람들에게 형제가 세트로 무릎을 꿇으며 돌아다녔다. 노예와 마찬가지인 대우로 술집에서 하급 일꾼이 된 뒤 미궁도시로 올 때까지도 그저 힘든 노동만 있었기 때문에 특별히 말할 사항은 없다. 굳이 말한다면 노예상 밑에서 일했던 크리프 씨와의 만남이 제일 센세이셔널하다. 그는 존재만으로도 발매 금지 처분 대상이다.

왜 이런 이야기를 했는가. 나는 미노타우로스를 상대로 《강자의 위압》을 사용했지만, 과거 눈에 띄는 오크와 싸웠을 때 기억에 없는 부분에서도 분명 같은 경험을 한 것 같았기 때문이다.

여전히 기억은 확실하지 않지만, 같거나 비슷한 스킬을 발동했던 건지도 모르겠다.

……정의의 사도는 없었구나.

"뭐, 그런 일이 있었어."

나는 유키의 무릎을 베고서는 그런 과거 이야기를 했다.

나를 내려다보는 유키는 놀란 표정을 감추려고 하지 않는다. 지금까지 내 이야기를 들었던 사람들과 거의 같은 표정이다.

"아, 응, 따지고 싶은 게 가득하다고나 할까, 따질 수밖에 없다고 해야 하나, 할 말은 많지만, 지금까지 츠나의 행동을 보고 있으면 전부 사실인 거 아닌가 싶은 내가 싫어지네."

"뭐, 그렇겠지. 내가 말하고도 정신 나간 놈의 반평생이구나, 라고 생각하니까."

"그거, 아무런 예비 지식도 없이 들으면 미친 사람의 반평생이야."

"핫핫하, 여러 가지 극한 상태를 체험해서 이상해진다는 건 틀리지 않아. ……하지만 그래서 이겼잖아."

요인은 여러 가지 있었겠지만, 내 특수한 정신성이 미노타우로스를 처음 접하고 격파를 달성한 요인 중 하나임은 확실하다.

그 눈에 띄는 오크와의 전투 경험도 그렇다. 그게 없었다면 분명 초장에 궁지에 몰렸을 것이다.

지금 생각하면 그 눈에 띄는 녀석은 평범한 오크가 아니라, 오크 리더 같은 상위종이었던 거 아닐까. 정말 굉장하다, 나.

"그래. ……맞아, 그랬지. 우리, 이겼어."

"둘 다 만신창이지만 말이야. 네 손도 화상으로 완전 너덜너덜하고. 이제 다 끝났으니 마지막 포션은 네가 썼으면 좋았을걸."

유키의 손은 불에 타 가죽 글러브가 눌어붙은 상태다.

그런데도 이 녀석은 남아 있던 마지막 포션을 나한테 쓴 모양이다.

"하지만 츠나는 움직일 수 있는 상태도 아니었고."

"지상으로 돌아가면 원래대로 돌아가잖아. 기어서 골까지 가면 문제없다고."

"그렇게 말한다면 내 손도 마찬가지야. 아니, 그보다 나을 수 있다는 희망이 없으면 그런 터무니없는 짓은 안 해. 아마도 안 할 거야."

그건 그런가.

실제로는 나을 희망이 없어도 그게 필요할 때라면 이 녀석은 똑같은 짓을 할 것 같지만.

"게다가 모처럼 둘이서 열심히 해 클리어했으니 같이 골을 통과하고 싶지 않아?"

"그래서 무릎베개를 해 주고 깨길 기다렸다는 거냐?"

일어났다가 유키의 얼굴이 눈앞에 있어 깜짝 놀랐다. 무릎베개를 하고 있었다는 거에 두 번 놀랐다.

사실 무릎베개를 해 준다면 여자애가 좋지만, 이 녀석이 남자라는 사실만을 의식에서 지워 버리는 고등 테크닉으로 대충 넘어간다.

실제로 남자라는 사실만 없었다면 말도 안 되게 엄청난 미소녀(?)니까 말이다.

"이런 붕괴 직전인 잔해 바닥에 그대로 자게 두는 것도 너무 심하다는 생각이 들어서."

"……새삼스럽지만 돌로 만들어진 바닥을 이렇게 만든 상대한테 용케 이겼네."

주위를 둘러보면 바닥은 멀쩡한 쪽이 오히려 더 적다. 언제 무너졌는지 엄청나게 큰 기둥도 바닥에 구르고 있었다. 거대한 회오리바람이라도 발생한 거 아닌가 싶을 정도의 참상이다.

엉망진창이다. 그 녀석 혼자서 성을 다 부숴 버리는 것도 가능할 것 같다. 일격 일격이 공성 병기와 별반 다를 게 없는 공격이다. 문자 그대로 원맨 아미다.

"그러고 보니 이거 동영상으로 찍혔잖아. 나중에 보여 달라고 할까. 우리가 벌인 극한의 사투를 제삼자 시점에서 볼 수 있어."

그건 정말 관심 있다.

자신의 시점에서 보면 알 수 없었지만, 어딘가의 정글의 왕자처럼 기분 나쁜 움직임을 보여 주지는 않았을까.

특히 미노 씨와의 싸움에선 거의 회피 머신으로 변했을 테니.

"남자들끼리 무릎베개를 하는 장면도 남아 있게 되나."

"아, 그렇게 되네. 뭐, 겉만 보면 미소녀와 야수잖아."

자기 입으로 미소녀라고 말했네, 이 녀석.

"……저기 말이야, 츠나는 이곳에 오는 도중에 마차 안에서 미궁도시에 가는 건 생활을 위해서라고 말했잖아. 아까 이야기를 들어 보니, 그게 꽤나 절실한 문제로 너에게는 양보할 수 없는 소원이었다는 걸 정말 잘 이해했어."

"지금까지 인간다운 생활을 하지 못했으니까……. 그때도 말했지만 존엄을 챙길 정도의 생활은 하고 싶어."

영양 부족인데도 어째서 이렇게 엄청난 체격이 됐는지 이해가 안 될 정도인 것이다. 실은 이미 전생의 신장을 추월했다.

미궁도시의 훌륭한 영양 환경에서 컸다면 이 나이에 2미터를 넘겼을지도 모른다.

"응. 그때는 이해 못했지만 지금이라면 그 갈망도 이해할 수 있어. ……그런데 말이야, 그때 난 츠나의 이야기를 듣기만 했지 내 목적은 말 안 했어."

"그러고 보니 그렇네. 뭔가 말하기 힘든 소원이라도 있는 거냐? 내 소원은 이미 이뤄진 것 같으니 네 목적을 도와주는 것 정도는 할 수 있어."

모험가가 아니라 아르바이트를 하더라도 여기에서라면 인간으로서의 존엄을 지킬 수 있을 것 같다.

그렇다면 대신 유키의 목표를 실현하기 위해 노력해 보는 것도 괜찮겠지.

"그렇게 말해 주니 기뻐. ……정말 밑져야 본전이었거든. 내 소원은 절대 이뤄질 수 없다고 생각했어. 기분 나쁠 거라 생각하지만. 나 말이야, 여자애로 돌아가고 싶어. 정말 진심으로."

"그건…… 아니, 여기라면 이뤄질지도 모르지만."

남자 취급당하는 걸 거절하고 있어서 뭔가 사정이 있나 보다고는 생각했지만 남자를 그만두고 싶다고까지 심각하게 생각하고 있었다는 건가.

거길 싹둑 자르는 것만으로는 안 될 것 같은데, 아마도.

"태어나면서부터 계속 남자 몸이라는 게 싫었는데 그 생각은 나이를 먹고 성장하면서 더 강해졌어. 계속 어쩔 수 없나 싶었지. 하지만 그때 어떤 소원이든 이뤄진다는 미궁도시 이야기를 들었어.

실은 말이야 나, 약혼자가 있어. 아, 여자아이. 왕국 남작가의 딸로 명문가를 원하는 우리 집에서 본다면 말도 안 될 정도로 엄청나게 좋은 인연이야.

소설 같은 데에서 부모가 정해 준 귀족 약혼자라면 말도 안 되게 성격이 나쁘다거나, 집이 뭔가 엄청난 문제를 안고 있다거나 하는 게 전형적인 클리셰잖아? ……몇 번 만났는데 굉장히 좋은 아이야. 집안도 아무 문제없고, 상대 집안도 우리 집처럼 큰 상회라면 평민이라도 문제는 없다고 했어. 귀족이라면 흔히 있을 법한 평민을 깔보거나 하는 그런 것도 전혀 없었지. ……뭐

하나 문제될 거 없는 혼담이었어.

……문제가 있는 건 나 하나였지.

어떻게 거절할지, 뭔가 파혼할 수 있는 이유가 없을까 생각하다 정신을 차리고 보니 밑져야 본전이라는 생각으로 준비했던 짐을 싸 들고는 집에서 도망쳐 나왔더라고."

"그렇게 문제가 있는 거야? 그게…… 주변이라든가, 다른 가문까지 휘말리게 하면서까지."

유키의 심정은 제쳐두고 상황만 들으면, 적어도 이 세계 기준으로는 더는 없을 정도로 행복한 환경이다.

그런 행복을 손에 넣기 위해서라면 무슨 짓이든 하겠다는 사람도 많을 것이다. 왠지 수상쩍은 소문에 도박하는 심정으로 그 모든 걸 놓는다는 건 쉽지 않은 일이다.

……이 녀석은 처음부터 많은 것들을 가지고 있었지만, 그걸 전부 버리고 온 것이다. 그 유일한 목적을 위해서만.

정말 맨몸으로 이곳에 온 나하고는 완전히 정반대다.

"아마도 츠나는 이해하지 못할 거야. 아니, 누구든 이해할 리 없지. 특별히 남자아이가 좋다거나, 남자의 몸이 기분 나쁘다거나 그런 게 아냐. 나라는 존재의 근간, 영혼에 새겨진 본연의 모습이 여성으로 돌아가라고 비명을 지르고 있어. 이상하겠지. 기분 나쁠 거야. 나도 알고 있으니 어떻게 생각하든 상관없어. 옛날 ……나카자와 유키였던 시절의 난 여자라는 사실이 정말 너무 싫었는데 막상 남자가 되고 보니, 이렇게도 여자이길 갈망하고 있어. 아무리 받아들이려 해도 안 돼. 영혼이 삐걱거리고 망가져 가…….”

그건 비통한 통곡이었다.

솔직히 나는 이해할 수 없다. 하지만 얼마나 그걸 원하고 있는지는 느낄 수 있었다.

“……난 말이야, 오늘 하루 너에 관해서 대단하다고 몇 번을 생각했는지 모를 정도로 마음속에서 ‘굉장해, 굉장해.’를 연발했어.”

눈을 감지 않아도 오늘 하루 엄청 많이 본 유키의 용맹스러운 모습이 떠오른다.

처음에는 겁을 냈을지도 모른다. 하지만 그걸 순식간에 뿌리치고, 결국 몇 번이나 나를 구해 줬다.

그건 일방적인 관계가 아닌, 서로 도와줄 수 있는 파트너라는 명칭이 더 어울릴 거라고 생각한다.

“그래서 딱히 네가 남자든 여자든 관계없고, 신경 안 써. 솔직히 어느 쪽이든 상관없고, 어떤 소원을 빌든 널 보는 눈은 달라지지 않아. 까놓고 말해 오늘 하루 체험은 말이야, 인생에서 처음일 정도로 농밀하고 엄청난 극한 상태였다고 생각해. 오크 상대로 대난투를 펼쳤던 나조차도 그렇게 생각해. 하지만 그런 와중이었기에 더욱 난 널 동료라고 생각하게 됐고, 내가 할 수 없는 걸 해내는 파트너라고 확신할 수 있었어. 오늘 하루만으로 그렇게 단언할 수 있을 정도로 널 인정했어."

오늘 하루 동안 느낀 이 신뢰감은 분명 유키가 남자든 여자든 관계없다. 그렇게 믿고 있다.

"미궁도시는 회춘 같은 것도 하는 도시니까 네 소원도 이룰 수 있을 거야. 의외로 깜짝 놀랄 정도로 간단할지도. 하지만 만약 그게 곤란하고, 현실의 허들이 산처럼 높다 해도 난 개의치 않고 널 도울 거야. 맡겨만 줘."

가령 앞으로 유키가 여자가 되더라도 우리의 관계는 분명 변함없을 것이다.

"하핫, 이상하네. 나, 츠나를 몇 번이나 굉장하다고 생각했는데. 하지만, 응, 고마워. 꼭 말해 두고 싶었어."

"너랑은 오래가는 사이가 될 것 같아. 앞으로도 잘 부탁해."

이 정도로 죽이 맞는 파트너는 좀처럼 찾기 힘들 것이다.

"응, 나도 잘 부탁해. 그럼 이제 그만 가 볼까. ……일어설 수 있겠어?"

"어, 문제없어. ……그러고 보니, 클리어 안내 같은 거 나왔냐? 확실하게 끝난 거 맞지?"

의식을 잃을 때 시스템 안내가 나온 것 같기도 하지만 확실하게 확인하지 못했다.

일어나 몸을 폈다 웅크렸다 하면서 트라이얼이 확실하게 끝났는지 확인한다. 포션과 휴식 덕분에 몸은 문제없이 움직이는 것 같다.

"아, 응. 나왔어. 레벨업 보너스는 Lv 5 이하가 대상이라서 의미가 없지만 말이야. 확실하게 클리어했다고 나왔어. 구석에 워프 게이트가 있으니까 거길 빠져나가면 트라이얼 종료야."

레벨업 보너스가 그렇다는 건 Lv 5 클리어를 상정하고 있다는 뜻인가?

밸런스를 생각하고 있는지 의심스러워지는 설정이다.

"그렇다면 좋고. '사실은 아직 클리어 못했습니다, 6층에서 파이팅.'이라고 말하면 정말 싫을 것 같아."

"다음이 또 있으면 그게 정말 트라이얼이긴 한가."

아니, 현시점에서도 이미 의심스럽다고.

시간이 걸려도 전원 이걸 돌파하는 거니, 데뷔한 모험가는 모두 괴물들이다. ······이걸 다섯 살에 공략한 사람이 있다는 거 사기 아니야?

"맞다, 잊고 있었는데 첫 도전에 클리어한 상품으로 미노 씨가 사용하던 도끼를 받았어."

"도끼라니······ 그 몇 미터나 되는 그거?"

누가 쓴다고, 그딴 거. 가웨인도 무리일 거다.

아니, 인종 전시장인 미궁도시라면 거인족도 있으려나. 던전 입구에서 본 술꾼 아저씨 같은.

어쩌면 모험가인 미노타우로스도 있는 거 아니야?

"카드라서 크기는 모르겠지만, 그림은 본 모습 그대로였어. 뭐, 난 아무리 애써도 쓸 수 없을 테니, 츠나가 가지고 있으면 될 것 같아."

그렇게 말하며 유키는 카드를 건넸다.

뭐, 받아 둬서 나쁠 건 없을 것 같아 받았지만, 그딴 건 인간이 휘두를 수 있는 사이즈가 아니라고. 몬스터를 사냥하는 게임에서도 좀 더 작았을 텐데.

그러고 보니 조금 전까지 내가 썼던 검은 어디 갔지?

아마도 저 잔해 속에서 구르고 있을 테지만, 다른 렌탈 물품처럼 가지고 나갈 수 있는 것도 아니니 찾을 필요도 없으려나.

이 〈미노타우로스 액스〉는 클리어 보수니 당연히 가져갈 수 있겠지?

"쓸 수 있는지 도전해 봤다가 역시 무리라면 팔면 되는 거 아니야? 어쩌면 같은 게 무한회랑에서는 흔한 드롭일지도 모르지. 일단 처음 나온 기록에 주는 상품이니 레어일지도 모르고."

"그럼 먼저 값어치를 확인하고, 싼 거라면 한 번 정도는 도전해 볼까? ⋯⋯아니, 아무리 생각해도 무리라고 생각하지만 말이야."

"확실히 그대로 카드인 편이 비쌀지도 모르니까 가격은 알아보는 게 좋겠어."

실물은 부피가 크니까 카드 상태로 기념 삼아 가지고 있어도 좋을 것 같다. 우리에겐 훈장 같은 것이니까.

그런 대화를 하면서 우리는 잔해 더미를 뚫고 이미 열려져 있던 문을 통과한다.

문을 통과할 때 그 엄청난 거대함을 다시 한번 느끼며, 이 문과 크게 다르지 않은 크기의 괴물을 처리했구나 하는 감개에 젖기도 했다.

어슴푸레하고 긴, 오로지 긴 외길을 걷고 있자, 안쪽으로 빛이 보인다. 오늘 하루만 몇 번이나 본 워프 게이트의 빛이다.

있으면 싫을 텐데 하고, 약간 불안했던 아래로 이어지는 계단도 없다. 워프 게이트뿐이다.

워프 게이트의 모양은 똑같지만, 골이기 때문인지 지금까지 본 각층에 있던 것들보다도 훨씬 커 보였다.

"이제 힘들고, 길었던 트라이얼도 이걸로 끝입니다. 우리는 드디어 해냈습니다. 그 누구도 해내지 못했던 첫날 클리어입니다. 최단 공략 기록 보유자입니다. 죽어도 됐을 텐데 단 한 번도 죽지 않았습니다."

"오~. 박수!!"

관객은 없기 때문에 셀프 박수다.

하지만 이렇게 말로 하고 보니 대단하네. 용케 돌파했다 생각한다, 진짜.

"그런고로 지상으로 돌아가면 밥 먹으러 가자, 밥. 이만큼 열심히 했으니까 오늘 정도는 근사하게 먹어도 되겠지."

벌써 한밤중이지만 편의점은 열었을 것이다. 여러 가지로 요상한 이 미궁도시라면 24시간 영업하는 패밀리 레스토랑도 있을지 모르고.

"좋아. 좀 호화롭게 가 볼까. ……츠나는 보기만 해야 하지만 말이야."

………….

"……뭐?"

"내기에서 내가 이겼으니까 당연하지. 미노타우로스였잖아."

"아니, 뭐 그거야 그렇지만, ……어? 이렇게 열심히 했는데 좀 봐줘라."

"내기는 내기야. 내가 이겼고, 그것도 완전 딱 맞췄으니까."

확실히 완전 올인했고, 그게 딱 들어맞긴 했지.

"뭐야, 진짜…… 그럴 거야? 나 배고파 죽을 지경인데."

"그럼 그만 가 볼까."

"자, 잠깐 기다려. 기다려 주십시오."

아니, 진짜 이번만은 좀 봐주라. 지금은 축하 파티라도 해야 하는 타이밍이잖아.

"아, 그러고 보니……."

문을 열고 들어가려고 한 발짝 내디딘 유키가 멈춰서 뒤돌아 봤다.

뭐야, 역시 고생한 나한테 밥이라도 사 주려는 건가.

나는 비싼 거가 아니라도 좋아.

"전혀 중요하지 않은 이야기지만 말이야, 여기는 이세계라서 미노스랑 전혀 관계없는데도 역시 미노타우로스였어. 게임 같은 데에서도 종족 이름처럼 나오지만, 이미 미노스의 소라든가 원래 유래는 관계없어졌다고 생각하지 않아?"

정말 전혀 중요하지 않은 이야기였다.

"*코시 '미노'를 차서 그런 게 아닐까?"

내가 그렇게 대답하자 유키는 웃었지만 중요한 이야기는 여전히 안개에 싸인 채 게이트를 빠져 나갔다.

이럴 때는 같이 통과해야 하는 거 아닌가.

저기, 같이 골을 통과하려고 기다려 준 거 아니었어?

게이트를 통과하자 육상 경기장처럼 그저 넓은 공간이 펼쳐져 있었다.

먼저 갔던 유키는 나를 기다려 준 건지 광장 한가운데에 서 있다.

"저기, 그 내기 말이야, 한 번만 봐주지 않을래? 오늘은 축하해야 하는 날이잖아, 뭐 하면 무릎이라도 꿇을까?"

내가 무릎을 꿇는 값은 싸다.

"츠나……."

"왜, 왜 그래, 내기 자체는 너의 승리로 하고."

---

* 코시미노 : 허리에 차는 가리개의 일종.

"아니, 그게 아니라. ……뭔가 이상해."

"이상하다니 뭐가? ……이상하네."

주위를 둘러보니 여러 가지로 이상했다. 어째서 게이트 출구가 로마의 콜로세움처럼 되어 있는 거지?

학생들처럼 대규모 파티가 온다 해도 이렇게 넓은 공간은 필요 없을 텐데. 이젠 나가기만 하면 되니까.

게다가 보이는 하늘은 파란 하늘도 저녁놀도 밤도 아니다. 기분 나쁘게 검붉은 하늘이 펼쳐져 있다.

"이봐, 설마 트라이얼이 안 끝난 건가?"

이곳은 밖이 아니다. 아직 던전 안이다.

"제발 참아 줘……. 쉿, 누가 와."

유키가 향한 방향을 보니, 미노타우로스가 나왔던 것 같은 문이 입을 벌리고 있었다.

……그 안쪽에서 누군가가 걸어오고 있다는 걸 알 수 있다.

한 발, 한 발 다가오는 그 모습. 직접 눈으로 확인할 수 있는 곳까지 오니 익숙한 모습이었다.

"우와~. 설마 진짜 첫 도전에 클리어할 줄은 생각 못했다냥."

박수를 치면서 다가온 건 우리의 동행자인 고양이 귀인 칫타씨였다.

몇 시간 만의 재회다.

그래, 동행자와 합류해 돌아가는 건가. 이곳은 중간 지점인 거구나.

완전 깜짝 놀랐잖아, 진짜. 우리는 보스전 때마다 상정하고 있던 것과 격렬하게 난이도가 달랐기 때문에 솔직히 쫄았는데.

"정말 대단해. 말도 안 된다냥. 나도 조금 전 시스템 메시지를 보고 심장이 떨어지는 줄 알았다냥."

"진짜로 몇 번 죽을 뻔했는데."

실제로 마지막에 좀비 같은 상태로, 어떻게 움직일 수 있었는지 이해가 안 될 정도다. 상처는 포션으로 나은 것 같지만, 내 옷 같은 건 이미 원형을 찾아볼 수 없다.

젠장, 보통 전위는 방어구 같은 걸 입고 싸우지 않나? 어째서 옷만 입고 싸운 거냐, 나.

"그래도냥. 실제로 싸워 봤으니 알겠지만, 그거 보통은 두 사람으로 이길 상대가 아니다냥. 게다가 끝난 뒤라 말할 수 있지만 첫 도전인 루키가 한 사람이라도 있으면 강화 버전의 미노타우로스가 된다냥."

"켁!"

그럼 뭐야. 사실은 좀 더 약한 걸 이기고도 클리어할 수 있다는 건가?

아니, 그 싸움이 무의미했다고는 말할 수 없지만.

"두 번째 이후라면 루키에게 맞게 조정된 미노타우로스가 나와서 그거랑 싸운다냥. 그것도 기준은 대부분 여섯 명 정도에다 몇 번 도전해 철저하게 준비를 한 파티를 상정하고 있으니까냥. 이번 건 아마도 업계에서 충격적으로 받아들일 거야옹. ……아니, 내 안에서는 이미 대지진 클래스의 충격이다냥."

우리는 군이 클리어할 필요도 없는 높은 허들을 기를 쓰고 공략했다는 소리다.

"뭐어——. 싸우면서 나, 이런 괴물을 이겨야 겨우 데뷔할 수 있다니, 모험가의 기준이 진짜 대단하다고 생각했는데."

"뭐, 4층에서 말한 것처럼 중급까지 오면 대부분 첫 번째인 강화 미노타우로스도 솔로로 여유롭고, 하급이라도 어느 정도 경험을 쌓으면 무리는 아니니까, 잘못 인식한 건 아니다냥."

새삼 대단하네. 중급이 아니라 약간 위의 일행들도 솔로로 클리어할 수 있다는 건가.

그럼 우리에 대한 평가는 기껏해야 굉장한 루키 정도인 건가. 10년에 한 번 나오는 인재라는 소리를 듣다가 프로 야구계에 파묻혀 사라져 가는 느낌의.

"그런데 뭐죠, 이 연출? 칫타 씨는 그만 간다고 하지 않았나요? 혹시 봤나요?"

"연출?"

유키가 알아채지 못한 건지, 아니면 모르는 척하고 있는 건지는 모르겠지만, 조금 전부터 서로 약간씩 애매하게 말하는 건 분명 느꼈을 것이다.

"아니. 난 4층 워프 게이트에서 이곳으로 직행했다냥. 이건…… 그래, 맞다냥…… 뭐라 할까냥. ……실은 나도 조금 전에 막 알았는데냥, 히든 이벤트 같다냥."

"히든 이벤트?"

……혹시 첫 도전 클리어가 발동 조건인 건가?

설정만 되어 있고, 아무도 경험한 적 없는 이벤트가 발생했다는 뜻인가?

"아마 발생한 건 처음일 거다냥. 아무도 죽지 않고, 첫 도전 클리어라는 조건이 맞았으니까냥."

"뭐야? 보너스라도 나오는 거냐?"

으~ 싫어. 한때 (라이트) 게이머의 감이 정답을 말하고 있다. 대답을 듣고 싶지 않아.

"나도 좀 내키지 않는다냥. ……갑자기 미안하지만냥 두 사람은 모험가에게 제일 필요한 재능이 뭔지 아냐옹?"

"갑자기 무슨 소리예요. 강함 같은 거 말인가요. 하지만 함정 같은 것에 대한 대처 능력이라든가, 긴급 사태에 대한 반응도 중요하잖아요. 남은 건 스스로에게 자신감을 가지고 있느냐, 혹은 커다란 목표가 있느냐."

유키의 대답은 지극히 정상적이다.

하지만 그건 분명 칫타 씨가 원하는 대답이 아닌 것이다.

"뭐, 그것도 중요하다냥. ……츠나는?"

"강인한 멘탈."

"아, 츠나는 그건 넘치는 것 같아."

"음, 뭐, 정답은 분명 여러 가지가 있겠지만 모험가 중에서 일반적으로들 말하는 건 츠나가 정답이다냥."

으~ 싫어. 어째서 이런 경종 소리가 땡땡 울리는 거지. 그냥 순순히 좀 끝내 달라고.

"강인한 멘탈 말인가요?"

"그렇다냥. 난 상당히 천하태평으로 보일 테지만냥, 실제로 모험가는 가혹한 직업이다냥. 높은 보수, 명성, 혹은 강함을 손에 넣는 대신 육체적인 고통, 정신적인 부담, 되살아나는 시스템이 있긴 해도 여러 가지 힘든 일이 많다냥. 그건 일반인 사회에서 말하는 그런 스트레스와는 다른, 좀 더 직접적인 부하다냥."

"맞아요……. 게임이 아니니까 검으로 베이면 무지 아프고."

"하지만 실은 모험가라면 누구나 뛰어넘지 않으면 안 되는, 좀 더 강렬한 정신적 부하가 존재한다냥."

"…………."

"츠나는…… 그 얼굴은 이미 알고 있는 거 아니냥옹."

굳이 칫타 씨는 나에게 말을 돌린다.

"아, 응, 맞아. …………죽는 거겠지."

하고 싶은 말은 알고 있고, 앞으로 벌어질 히든 이벤트의 내용도 예상은 된다.

"빙고, 이야~ 대단하다냥. ……그래, 죽는 거다냥. 사망부터 부활은 모험가라면 누구나 거치는, 반드시 극복해야 하는 의식 같은 거라냥. 아직 죽은 적이 없는 너희들이라 모를지도 모르지만, 이게 또 엄청 힘들다냥. 아주 견딜 수 없을 정도다냥. 마음이 꺾인다냥. 죽어서 영혼을 직접 주무르는 것 같은 엄청난 고통을 받고도 다시 일어설 수 있는 자만이 모험가로 일할 수 있다냥."

"그래서? 죽지 않은 우리는 아직 완전하지 못하다?"

"저기…… 어, 뭐야, 그게?"

당연히 혼란스럽지, 그렇게 지독한 시련 뒤에 갑자기 이거다.

그 누구도 클리어한 적 없는 미달성 조건에 도전해, 죽을 각오로 클리어했더니만 어디서 모자란 인간 취급이야.

우리가 달성한 사실에 찬물을 끼얹는 거냥.

"그래서 다시 말해 이 히든 이벤트의 의미는 말이다냥——."

"—— '일단 한 번 죽어' 라는 거겠지, 망할!"

나와 칫타 씨, 보기 좋게 그 말만 동시에 겹쳤다.

내가 화를 토해도 칫타 씨의 표정에 딱히 변화는 없다. 이 반응도 예상하고 있었던 것이리라.

"어, ……어?"

"미안하다냥. 이거, 내가 봐도 정말 악취미다냥. 게다가 상대는 루키를 안내한 선배 동반자로…… 그냥 저질 농담 같다냥."

아까부터 우리를 칭찬하긴 했어도 내키지 않는 분위기였던 건 이거였어.

"츠나, 내가 잘못 이해한 것 같아서 묻고 싶은데 말이야."

"……어."

"설마 아직 트라이얼이 안 끝난 거야?"

"아니, 트라이얼은 끝났다냥. 너희들이 전대미문의 기록 보유자인 건 분명하고, 트라이얼 던전을 더 공략할 필요는 없다냥."

대답한 건 내가 아니라 눈앞에 있는 고양이 귀다.

다시 말해 그것만이 목적인가. ……최악이다. 악취미라 부를 만한 레벨도 아니다.

"즉 '트라이얼은 클리어했습니다. 데뷔는 가능합니다, 축하합니다. 하지만 당신들은 아직 죽지 않았군요. 역시 제대로 된 모험가가 되기 위해서는 한 번 정도는 죽어야만 합니다.' 라는 거지. ……그리고 이 눈앞의 고양이 귀가 우리의 사신이라는 거구."

"…………농담이지?"

이해는 해도 인정하고 싶지 않았는지 딱 봐도 알 수 있을 정도로 유키의 얼굴이 새파래졌다.

"츠나가 말한 대로 내가 히든 보스다냥. 4층의 리저드맨처럼 능력이 제한되지 않은, 완전한 상태에서 상대한다냥. ……나도 그리 좋은 기분은 아니지만, 아니 최악이고 토가 나올 것 같아. 정말 해도 해도 너무한 거니까 바로 끝내 줄게."

[트라이얼 던전 히든 스테이지 START]

보고 싶지 않았던 시스템 메시지가 뜨고, 최악의 보너스 스테이지가 시작됐다.

∞ 제8화 『한계촌락의 고독한 영웅』

"이제 자세 잡아. 아무리 보너스 필드라고는 해도 루키를 상대로 불의의 습격을 한다거나 하는 거 좀 너무 꼴사나우니."

그건 패배도 고전도 절대 있을 수 없다는 자신감의 표현.

상당히 내키지 않는 표정인 것은 연기가 아닐 것이다.

트라이얼 던전에서 본 성격이 진짜였다면 이런 상황에서 신입을 괴롭히고는 즐거워할 사람은 아니다.

이게 동반자의 일이라고는 해도 신입을 죽이는 일에 전혀 의미가 없다면, 가령 단순히 괴롭힘의 일환이라면 절대로 하지 않을 사람이다.

그래도 이 일에 조금이라도 의미가 있는 이상 그 상대가 자신이 안내한 루키라고 해도, 아무리 말도 안 되는 상황이라 해도 내키지 않는다며 일을 그만둘 이유는 되지 않는다.

그런 생각을 하고 있는 거 아닐까 하고 멋대로 나만의 상상을 하고 있었다.

"저기요, 그만두죠. 어째서 이런…… 의미도 없는……."

유키는 그녀가 시키는 대로 무기를 잡으면서도 비통한 표정으로 그렇게 말했다.

상황이 이래서 더 의미를 찾지 못하고 있다. 아니, 찾고 싶지 않은 걸지도 모른다.

의미는 있겠지. 그저 그걸 실행하는 상황이 최악일 뿐이다.

"의미는 있어. 아쉽지만 말이야. 방금 말한 것처럼 죽음이 넘어야 하는 허들이라는 건 나 자신이 체험하고 납득했어. 의미가 있는 거니까 이런 일도 꼭 해야만 하는 거야. ……그만하고 자세 잡아."

"하지만…… 그래도……."

"츠나도. 무기는 가지고 있지 않지만, 예비 정도는 있겠지?"

나는 한숨을 푹 쉬었다.

이 가슴 안쪽에서 소용돌이치는 거무튀튀한 감정은 분노일 것이다. 하지만 분노를 터뜨려야 할 곳을 찾을 수 없으니 이렇게나 답답하다.

이 얼마나 의욕 없고, 이 얼마나 화나는 싸움인가.

"《머티리얼라이즈》."

나는 카드를 꺼내서 쓸 마음도 없었던 마지막 〈트라이얼 롱소드〉를 물질화했다.

각오를 다진다. 할 마음이 있든 없든 눈앞의 이 녀석은 적이다.

"그래, 그래야지. 괜찮아, 딱히 여기서 죽는다고 끝은 아니잖아. 오히려 반대로 스타트 라인이라고. 필요한 경험이니까 해치워 버리면 돼."

그야 당연히 다시 살아나겠지. 아무것도 잃지 않을 것이다. 필요한 일이라는 것도 알고 있다.

그렇다고 그냥 쉽게 죽을 생각도 없다. 이런 상황은 절대로 웃어넘길 수가 없다.

미노타우로스의 위압을 물리쳤을 때 이해했다. 아무것도 얻지 못하고 포기하는 녀석이 앞으로 나아갈 수 있을 리 없다. 지금 이 상황도 그것과 다르지 않다.

"유키도 어서……. 어쩔 수 없잖아. 그럼 개시 신호를 정할까? 이 코인. 이게 땅에 떨어진 순간에 전투 개시. 시작하면 그쪽이 할 마음이 있든 없든 관계없이 죽인다."

'죽인다' 라는 말에 유키가 움찔 반응한다.

"츠나는 준비됐지?"

"그럼. ……각오는 돼 있어."

내 준비는 끝났다.

"유키도 빨리 자세 잡아. 각오해야지. ……죽을 각오 말고, 이 녀석을 죽일 각오 말이야."

이 고양이 귀도 분명 그렇게 서로 죽일 각오가 있을 것이다.

진다는 생각 따위 손톱만큼도 없겠지만, 역으로 우리한테 죽는다고 해도 불평할 수는 없겠지.

하지만 그것도 승부가 성립되는 게 전제다. 그저 잠자코 죽었다간 그런 상황은 발생하지 않는다. 일단은 같은 곳에 서지 않으면 아무것도 시작할 수 없는 것이다.

"아핫, 그래. 좋아, 좋아, 츠나. 그렇게 아무리 불합리한 상황이라도 각오를 할 수 있다는 건 모험가로서는 딱이야. 굉장히 적합해. ……그럼 시작해 볼까."

그렇게 말하면서 칫타 씨는 우리와 약간 거리를 뒀다.

그리고 손가락으로 튕긴 코인이 팽그르 회전하면서 하늘 높이 올라간다.

"아아아앗, 진짜, 뭐야! 알았어! 하지, 뭐! 하면 되는 거잖아!! 까불지 말라고!!"

유키가 소리친다. 아마도 각오는 안 되어 있는 모양이지만 전투태세로는 들어갔다.

이걸로 됐다. 시작되면 싸우는 수밖에 없는 것이다. 저 녀석이 제대로 각오를 할 때까지 나 혼자서라도 전선을 유지하면 된다.

능력 차가 너무 심해서 승기는커녕 어떻게 싸워야 좋을지조차 떠오르지 않는다.

그래서 지금 할 수 있는 일을 한다.

……개시하면 죽을 각오로 파고든다.

페인트고 뭐고 없이. 최단거리에서 최대 화력인 《파워 슬래시》를 때려 넣는다.

코인이 떨어지는 동안 한계까지 의식을 날카롭게 갈아 간다.

주저 없이 놈을 벤다. 그 코인만을 선명하게 머릿속에 그린다.

……걱정 마, 의미 따위 없어도 난 상대가 그 누구라도 관계 없이 죽일 수 있다. 분명 그렇게 바뀔 수 있을 것이다.

"그럼 가자."

코인이———— 떨어졌다.

◆ ◇ ◆

폭발하듯이 엄청난 기세로 땅을 박찬다.

지금 상황에서 가능한 최대 속도로 돌진. 레벨에 의해 이미 보정을 받고 있는 몸은 육상 경기의 스프린터 따위 비교도 안 될 정도 속도로 놈에게 달려간다.

공격은 발밑을 노린 《파워 슬래시》.

현재 가능한 최고 속도를 내면서, 그 가속 중에 《파워 슬래시》를 쓰기 위한 준비에 들어간다. 움직인 뒤라면 기술을 위한 준비 시간 따위 관계없다.

저 녀석은 여기까지 오는 동안 우리와 동반하긴 했지만 우리의 보스전을 관전하지 않았다. 보고한 《간파》 말고 우리가 트라이얼에서 얻은 스킬은 모른다. 그렇다면 분명 기습이 성립될 것이다.

통상적인 참격으로 맞히는 게 힘들다면 스킬로 가속된 검술로 맞힌다.

상대는 아직 움직이지도 않고 있다. 이미 스킬은 기동 상태로 들어가 있다.

남은 건 명중시키는 것뿐.

——Action Skill 《파워 슬래시》——

방심하고 있었는지, 아니면 정말 의식이 따라오지 못했던 건지는 모르지만 이 거리라면 빗나가지 않는다.

아저씨도 미노타우로스도 모두 당한 타이밍이다.

내 검이 빛을 발하며 놈의 발밑으로 빨려들어 간다.

그리고 그게 명중하려는 순간, 믿을 수 없게도 대상이 사라졌다.

"뭐지……?"

받아쳤다거나, 뛰어 회피했다거나 그런 게 아니다. 대상이 그냥 통째로 사라졌다.

내 검은 대상을 잃어, 그대로 요란스럽게 하늘을 갈랐다.

"크……아앗!!"

어디로 사라졌는지, 찾기도 전에 내 등에 강렬한 충격이 달리더니 내 몸이 공중으로 날려진다.

뭐지, 발차기……인가? 그렇다고 하면 각도로 볼 때 저 녀석이 있었던 건 내 뒤.

그 짧은 순간에 이동했다? 아니, 아무리 그래도 말이 안 되잖아, 장난 아닌데.

위력도 보통이 아니다. 미노타우로스 정도는 아니라고 해도, 이렇게 짧은 순간의 카운터로는 말도 안 되는 위력이다.

날아가면서도 겨우겨우 쓰러지지 않고 지면에 서, 녀석의 모습을 찾는다.

그 녀석은 아무 일도 없었던 것처럼 내가 공격을 당했던 장소에 서 있다.

뭐야, 완전 초 스피드잖아, 장난 아니네.

"액션 스킬…… 이런 단계에서 습득했단 말이야?"

놈은 내가 《파워 슬래시》를 썼다는 사실에 놀란 듯, 추격도 못하고 눈을 부릅뜨고 있었다.

"굉장해, 의미를 모르겠군. 엄청난 루키야, 진짜. 정말 재미있긴 하지만."

그 눈이…… 포식자로 변했다.

조금 전까지의 의욕 없는 눈이 아니라, 육식 짐승의 눈이다.

"하지만 그럴 만한가. 그걸 한 번에 돌파하고 왔으니. ……그정도는 하나. 그렇게 되면 유키도."

칫타의 시선이 유키에게 향한다.

유키는 여전히 처음 서 있던 자리에서 그대로 움직이지 않고 있다. 아니, 움직일 수 없다.

다음 순간 칫타의 모습이 사라졌다. 비유가 아니라 진짜로.

"안 돼! 유키, 피해!"

어디로 피했는지 알려줄 수도 없다. 그도 그럴 것이 모습이 전혀 보이지 않는다. 어디에서 공격이 올지 전혀 알 수가 없다.

"어?"

어이없어하는 유키의 목소리. 쳐다보니 유키 곁에는 이미 칫타의 모습이 있고……

유키의 목이 크게 옆으로 베인 뒤였다.

이럴 수가, 아무리 그래도 그렇지 너무 말도 안 되잖아.

난 그 녀석이 사라지기 전부터 계속 유키의 모습을 지켜보고 있었다. 그럼에도 불구하고 나타난 순간조차 인식할 수 없었다.

유키의 목에서 엄청난 피가 분수처럼 뿜어져 나온다.

유키는 죽는 건가?

지금까지 오늘 하루에도 몇 번이나 궁지에서 기사회생하던 그 녀석이 이렇게 쉽게 손가락 하나 까딱해 보지도 못하고 죽어?

……뭐야, 그게. 어쩌라는 거냐고.

"커컥…… 하…… 아."

뿜어져 나오는 피를 누르려고 숏소드를 떨어뜨린 오른손으로 목을 감싼다.

안 돼, 그렇게 한다고 멈출 리 없어.

"……유키 쪽은 끝인가. 역시 저쪽이 이상할 뿐인가. ……유감, 먼저 가."

칫타는 진심으로 유감인 듯이 그렇게 말하고는 유키에게 다가가, 숨통을 끊기 위해 손에 든 나이프를 쳐들었다.

솔직히 그때 나는 이미 포기하고 있었다.

아무것도 하지 못하고 오히려 역습을 당해, 지금까지 고난을 함께한 파트너가 아무 대응도 못하고 당하는 모습을 지켜보며 완전히 발이 얼어붙어 있었다.

역습의 한 발짝조차 내밀 수 없었다.

"유키이이이잇!!"

다가가지도 못하고 유키가 그대로 주저앉으며 숨통이 끊기는 걸 멍하니 지켜볼 수밖에 없었다.

최후의 일격이 유키의 등에 박힌다. 도저히 손을 쓸 수 없는 완전한 치명상이다. 애초에 만에 하나 살았다 해도 우리에게 회복 수단은 없다. 완전히 끝이다.

분명 나는 얼빠진 표정을 짓고 있었을 것이다.

하지만…… 순간적으로 눈이 마주친 유키의 표정은 그런 얼빠진 날 위로하는 것 같은 미소였다.

그 미소는 트라이얼 동안 몇 번이나 보였던, 위기를 어떻게든 넘길 때의 표정으로……

……무너져 내리고 있던 내 안에서 뭔가가 이어졌다.

"응?"

이미 죽은 몸인 유키의 오른손이 칫타의 몸을 잡는다.

힘없이 바닥으로 무너져 내릴 때까지, 그 찰나의 순간에 유키는 그 각오를 보였다.

──Action Skill 《래피드 러시》──

왼손의 나이프가 빛을 발하고, 시스템의 도움을 받아 검으로
공격을 날린다.

"으응?!"

칫타는 붙잡힌 채로 거의 제로 거리에서 《래피드 러시》를 정
통으로 맞았다.

"뭐, 뭐얏!"

이도류는 아니기에 미노타우로스와 싸울 때보다도 약한 2연격.
대미지가 들어간 흔적은 없지만 유키는 그 공격을 성공시켰다.

커다란 희생을 치렀지만, 내가 습격을 강행했어도 닿지 못했
던 벽에 쉽사리 도달해 보였다.

죽기 직전의 대미지를 입어 기술을 머릿속에 떠올리기 곤란한
상황에서도, 결코 공격이 닿지 않는 상대가 아니라는 사실을 알
려준 것이다.

그게 끝나자 유키는 그대로 땅으로 무너져 내려 순식간에 안
개가 되어 사라진다.

남은 건 그걸 보고 있을 수밖에 없었던 나와 놀라 멍하니 서
있는 칫타뿐이었다.

"〈유격사〉의 Lv 15 스킬…… 게다가 상태 이상 독 공격…….
뭐야, 이거. 어째서 이렇게 나 때와는 다른 거지?"

아, 그런가. 칫타가 놀랐던 건 자신의 루키 시절과는 너무 다

른 모습을 봤기 때문일까.

움직일 수 없는 건 나도 마찬가지이지만 느끼는 건 완전히 달랐다.

내가 느끼고 있던 건 역시 유키는 최고의 파트너였다는 확신과 그런 유키가 쓰러지는 동안에도 아무것도 할 수 없었던 내 자신의 무력함에 대한 분노다.

상황을 이해하지 못해 혼란해하고 움직일 수 없었음에도 불구하고, 마지막 순간에는 그 각오를 보여 주고 갔다.

그래, 대단해. 정말 대단해. ……이 얼마나 멋진 선물을 주고 간 건가.

그 녀석은 이제 이 자리에 없지만 내 몸은 이렇게도 힘이 넘치고 있다. 전에 없을 정도로 다양한 감정의 분류가 내 몸을 밀어붙이듯이 움직이게 만든다.

"대체 나랑 너희가 무슨 차이가 있다는 거지?"

칫타는 망연자실한 모습이다. 유키가 죽어가던 모습에 심경이 복잡한 모양이다.

"하핫, 아하하하핫!! 우와, 대단해. 진짜 대단해. 어때, 내 파트너? 당신, 아무래도 우리는 공격 한 번 못 할 거라고 생각했던 모양이지? 아쉽군. 유키와 당신의 차이는 완전 분명하잖아. ……트라이얼에 발목 잡혀서 1년이나 걸린 녀석이랑 똑같이 취급하지 말라고."

나의 값싼 도발에 칫타의 표정이 분노로 물들었다.

다소라도 마음을 흔들어 놓으면 뜻밖의 횡재 정도로 생각하고 있었는데 그건 녀석의 심금을 울리는 말이었던 모양이다.

"네놈……!"

그저 단순히 끓는점이 낮은 건지, 아니면 뭔가 트라우마에 걸렸던 건지는 모르지만 내 도발은 상당히 잘 먹혀 들어간 듯 그 모습은 몹시 성난 미노타우로스와 다르지 않다.

도저히 남한테 보여 줄 수 없는 심한 얼굴이다.

"아~ 하지만 말이야 ……난 아직 차이를 보여주지 않았다고. 유키가 한 거 이상은 보여줘야겠지!!"

괜찮아. 나는 괜찮다! 잘할 수 있어. 그 녀석이 보여 준 최후의 각오만으로 일어설 수 있다.

나는 아직 내가 뱉은 도발에 마땅한 자격은 갖추지 못했다. 칫타에게 그런 말을 할 자격 따위 손톱만큼도 없다.

하지만 내뱉은 말을 주워 담을 생각도 없다. ……그렇다면 그런 말을 할 자격이 있다는 걸 증명하지 않으면 안 된다.

"와라. 정 그렇게 알고 싶다면 우리와의 차이를 보여주지."

분노한 채로 공격에 들어간 칫타의 스피드는 압도적. 다시 사라진 그 모습이 보이지 않는 채로, 칼날의 비가 내렸다.

도대체 얼마나 빠른 걸까. 이젠 어느 정도 빠르기인지 짐작도 되지 않는다.

스킬로 세공하고 있는 건지는 모르겠지만, 지금 이 상황에서면 아무리 빨라도 똑같다. 보이지 않는다는 건 변함없다.

놈의 모습이 보이지 않게 되기 전에 독이 효과가 있는지 정도는 확인하고 싶었지만 그것도 더는 불가능할 것이다. 《간파》는 적어도 대상을 인식하고 있지 못하면 발동하지 않는다.

내 몸 여기저기에 참격이 가해져, 그때마다 피부와 함께 옷이 찢겨 간다. 오랜 세월 함께했던 나의 단벌옷은 너덜거리는 걸레 이하의 천 조각으로 변했다.

난 놈의 공격이 가해질 만한 타이밍을 감지해, 치명상만은 받지 않고 끝내기 위해 회피 동작을 취하고 있었다.

보이는 것도 감도 아니다. 이것은 스킬의 효과다.

《회피》와 《긴급 회피》를 풀 가동해 상대의 공격을 예측해서 회피 동작을 취한다.

이 두 가지는 RPG에 자주 있는, 습득하고 있기만 하면 회피 율이 올라가는 그런 보정 스킬이 아니다.

지금까지의 경험을 통해 알게 된 이 스킬의 특성은 공격 경고 와 회피 자세의 보조다.

두 가지 스킬의 차이는 그 거리.

《긴급 회피》는 손이 닿을 만한 좁은 범위, 《회피》는 그걸 포함한 보다 큰 범위에서, 어디에서 어떤 공격이 오는지를 감지하게 해 준다.

중복되는 부분은 둘의 성능이 더해져 보다 정밀도가 높은 정보를 얻게 해 준다. 회피 머신에는 필수인 기능이다.

전투에서 두 스킬은 다 결코 넓은 범위가 아니라 기껏해야 무기를 사용한 근거리 공격이 닿는 정도의 거리에서만 효과가 나온다.

하지만 이 두 가지가 있음으로써, 가령 보이지 않는 공격이라 해도 감지할 수가 있다. 감지는 가능하다.

이곳으로 오면서 경험한 전투가 피와 살이 되어 내 안에 숨 쉬고 있다는 걸 느낀다.

이제는 예지와도 가까운 감각으로 치명상을 피하는 것에만 온 신경을 집중한다.

치명상만 아니라면 문제는 없다. 그런 건 무시다.

그 녀석이 조바심이 나 계속 크게 휘두를 때에 승부를 건다.

몸이 찢기고 피가 뿜어져 나온다.

포션으로 상처가 치료된 것처럼 미노타우로스와 싸웠을 때 흘린 피가 보충되지 않았다면 과다출혈로 죽었을 것이다.

실제로 피가 채워졌는지는 체감으로 알 수 없지만 일반인이라면 이미 위험한 수준이다.

이 짧은 시간에 몇 번이나 칼을 맞은 걸까? 내 몸은 베인 상처투성이로, 온몸이 진홍으로 물들었다.

이 정도는 대단한 것도 아냐. 남자라면 참아.

유키는 남자를 그만두고 싶어 했으니까 탈락해도 용서되지만, 나는 뿌리부터 남자라서 끝까지 버티지 않으면 안 된다고.

절대 쓰러지지 않아. 이까짓 스친 상처, 아무리 많이 입어도 쓰러진다는 건 말이 안 돼.

저 녀석은 어째서 제대로 맞지 않는지 모르겠지만 말이야.

몸으로 받은 검격을 통해 동요가 전해져 온다. 이제 조금만 더 있으면 분명 찬스는 올 것이다. …… '조금만 더'가 아니어도 한계까지 같이 해 주마.

그런 걸 생각하는 동안에 드디어 그 찬스가 왔다.

서서히 공격의 랜덤성이 사라져 읽기 쉬워지고 있다는 걸 알 수 있다. 노리는 건 다음 공격. 그 타이밍에 맞춰 피하는 것과 동시에 최소한의 움직임으로 검을 부딪친다.

오는 건 아마도 오른쪽 대각선 전방에서…… 직선 공격──!!

"으윽!!"

검을 휘두르는 대가로 받은 상처는 깊어졌지만 허용 범위다. 내 공격도 스쳤다.

고작 스치는 일격과 맞바꾼 나의 피해는 막대했지만 공격이 먹혔다는 사실은 의미가 크다.

……이걸로 유키를 쫓아갔다. 이제 남은 건 뛰어넘는 것뿐.

많은 공격을 받은 덕분에 내 안에서 공격 패턴의 정보가 수집, 분석되어 간다.

《회피》와 《긴급 회피》가 극한까지 끌어올려 주는 그 정밀도를 정보의 축적과 감으로 보충한다.

그러니까, 봐. 상처도 얕아졌잖아.

"하아앗!"

다시 한번 더 타이밍을 맞춰 검을 휘두르자, 이번에는 조금 전보다도 큰 공격이 먹혔다.

대미지가 있는지, HP를 줄였는지 그딴 건 관계없다. 우선 공격이 명중하지 않으면 이야기가 진행되지 않는다.

어차피 스테이터스의 차이를 생각하면 제대로 된 대미지는 통하지 않는다. 전력으로 《파워 슬래시》를 먹여도 대미지가 0일 가능성마저 있는 것이다.

상대가 보이지 않는 이 상황에서 《파워 슬래시》를 맞추는 건, 스킬과 감으로 극한까지 움직임을 간파한다 해도 불가능하겠지.

이 스피드 차이라면 이쪽이 정확한 타이밍으로 때려 봤자, 저쪽이 엄청나게 큰 실수라도 하지 않는 한 맞지 않으리라는 사실을 알 수 있다.

TRPG로 말하면 내가 6 더블로 크리티컬, 그 녀석이 1 더블로 펌블. 두 결과가 동시에 나오지 않으면 불가능한 레벨이다. 다시 말해 무리. 기대하지 않는다.

그러니까 일단 이 상황을 돌파하기 위한 기점으로 공격을 명중시킨다.

"으으윗!!"

이런, 위험해! 이상한 걸 생각하다 옆구리로 들어오는 참격에 대응이 늦었다.

내가 실수하면 안 되잖아, 이봐.

뭐야, 기척이 바뀌었다. 깊은 대미지를 먹은 걸 보고 욕심을 냈군.

⋯⋯지금까지 중에서 최대의 찬스가 온다.

이번에는 죽어도 부딪친다. 방향은 바로 옆, 오른쪽에서다! 다시 직선 공격──!!

힘은 별로 들어가지 않았지만, 완전 회피, 검도 직격 코스다. 카운터 느낌으로 직격이⋯⋯ 들어온다!

"하아아아아아앗!!"

"꺄아아아아악!!"

완전히 포착한 그 순간, 그제야 겨우 고양이 귀의 모습을 확인할 수 있었다.

확실히 공격은 명중했다. 하지만 예상대로 공격의 감촉은 HP의 벽에 막혀 조금도 몸에 닿지 않았다는 사실을 감촉으로 알았다. 게다가 그 HP를 줄이는 일조차 불가능했을 것이다.

검이 명중해 자세가 무너진 칫타는 공격하는 기세에 밀려 지면을 뒹군다.

모습이 보이는 지금이 찬스라 그걸 추격, 지면에 구르는 칫타 쪽을 향해 검을 때려 넣었다.

칫타는 그 검을 아슬아슬하게 피하고 옆으로 회피 행동을 하고는 다시 그 모습을 지웠다.

무의식중에 입꼬리가 올라가는 걸 느꼈다.

추격은 스치지도 못하고 다시 모습을 놓쳤지만 수확이 있었다. 아주 엄청난 걸로.

◆ ◇ ◆

애초에 모습이 사라지는 그런 초스피드를 그렇게 장시간 유지할 수 있는 건지부터가 의문이었다.

계속 그렇게 빠른 속도로 움직이고 있으면 극단적인 공기의 흐름이 발생하고, 나는 것도 아니기 때문에 발소리도 분명 엄청나게 시끄럽게 될 것이다.

공기의 흐름도 발소리도 스킬로 지우고 있을지 모르지만, 그것 또한 한계가 있다.

저 녀석이 사라져 있는 동안 발소리는 거의 들리지 않는다. 초스피드로 계속 움직이기 위해서는 분명 끊임없이 발생할 터인 발소리가 분명 너무 적다.

온몸으로 공기의 흔들림을 쫓아도 공격할 때 말고는 흐트러지지 않는다.

그리고 분명한 것이 조금 전의 사라지는 방법이다. 분명 스피드로 놓친 게 아니라 내가 시야에 담고 있는 범위에서 사라졌다.

다시 말해 그 녀석은 계속 고속으로 움직이고 있는 게 아니라, 모습을 지우고 있다. 혹은 시각을 속이고 있다. 상당히 괜찮은 식스맨이 될 수 있을 것 같다.

게다가 그건 공격할 때에는 풀리는 종류인 모양이다. 나에게 공격을 가하는 순간만 눈으로 확인하기 어렵게 직선적인 움직임으로 가속하고 있다고 예상한다.

그 전제 조건이 있으면 나머지는 간단하다. 아무리 직선의 움직임이 빠르든, 모습이 보이지 않든 지금 완전히 열 받아 있는 나라면 잡아낼 수 있다.

"하아아아아앗!!"

"크으으읏!!"

다시 한번 더 공격에 카운터를 먹었다는 게 예상 밖이었을 것이다.

칫타는 지면에 구르고는 그 기세로 바로 일어서 모습을 지우지 않고 날 노려봤다.

"어…… 어떻게……."

"어떻게 맞힐 수 있었냐고? 오히려 내가 묻고 싶은데, 어떻게 그렇게 같은 공격만 계속하면서 잡히지 않을 거라 생각한 거지? 하나만 아는 바보냐? 몇 번이나 계속해서 같은 공격이 통할 리 없잖아. 내가 아무 생각도 없는 고블린으로 보이기라도 한 거냐."

내가 아니어도 이 정도로 당하다 보면 대책이 보일 것이다. 그걸 모른다면 단순히 대인 전투 경험이 부족한 거겠지.

"아아아아앗!!"

더는 통하지 않는다고 판단한 건지 모습을 감추는 걸 포기한 칫타는 직선 공격, 그대로 스피드로 나를 베려고 덤벼들었다.

겨우 공격을 눈으로 볼 수 있게 됐다. 무기는 유키와 같은 이도류. 다만 둘 다 단검이라 공격의 회전 속도가 엄청나게 빠르다.

두 개의 단검으로 교대로 참격을 반복한다.

모든 게 급소를 노리고 있고, 공격해 들어오는 곳이 정확하다. 인체의 어디를 손상시키면 죽일 수 있는지, 어떻게 기능을 떨어뜨릴 수 있는지를 알고 있다.

대인 경험은 모르지만, 적어도 인체를 파괴하기 위한 지식은 가지고 있는 것 같다.

"큭!!"

단검에 의한 하이 스피드 러시가 이어진다.

내 검의 기량도 그렇지만, 무기의 차이로 볼 때도 모든 것을 막고 피하는 건 무리다.

그렇다면 할 일은 변함없다. 애초에 모든 걸 막지 않으면 되는 것이다. 치명상으로 이어지는 공격 이외는 맞아도 상관없다.

죽지 않을 정도의 공격은 맞는 걸 전제로, 검으로 막아야만 하는 공격과 회피할 공격을 취사선택해라.

"젠장! 어째서! 좀 맞아라!!"

맞았을 텐데. 녀석의 공격으로 난 온몸에서 피가 뿜어져 나올 텐데.

하지만 치명적인 일격만은 절대로 맞아서는 안 된다.

살이 찢어지고, 뼈가 보이는 상태가 돼도 내가 움직일 수 있다면 아직 괜찮다. 그건 치명상이 아니다.

온몸에서 피를 뿜으면서도 여전히 움직임이 멈추지 않는 나를 보며 확실히 동요하기 시작했다는 걸 알 수 있다.

지금까지 내가 이 녀석에게 준 피해는 거의 없다. 승산 따위 지금 이 상황에서도 전혀 보이지 않는다.

그런데도 어째서 이렇게까지 하면서 계속 싸울 수 있는지, 이 상해서 견딜 수 없겠지. 어째서 쓰러지지 않는지 이해할 수 없을 것이다.

하지만 치명상을 피하기만 한다면 계속 싸울 수 있다는 건 미노타우로스보다는 공격력이 없다는 뜻이다.

통상적인 공격마저 치명상 확정이던 그 폭풍 같은 공격과 비교해, 급소만 피하면 견딜 수 있는 공격은 맞아도 되는 만큼 훨씬 편하다.

속도가 아무리 빨라도 위험이 전혀 없다. 피의 양에 한계는 있을 테지만, 지금 나라면 얼마든지 견딜 수 있을 것 같다.

아마 상성 문제도 있겠지. 이것이 전사거나 마법사라고 한다면 분명 공략 난이도는 더 올라갔을 것이다.

그냥도 절망적인 난이도가 루나틱까지 올라갈 게 분명하다. 이 녀석은 고작해야 슈퍼 하드 정도다. 칫타 하드다.

이 녀석이 미노타우로스를 단독 공략 가능하다는 건 거짓말이 아닌 사실이겠지. 하지만 이 상황에서 대치하는 상대로서는 제일 상성이 맞는다.

전투를 메인으로 하지 않는 척후직이기에 나도 아직 싸울 수 있는 것이다.

"우아아아아앗!!"

"오오오오오옷!!"

두 개의 단검과 검이 몇 번이나 교차한다.

나의 《검술》에는 아직 성장의 여지가 있는 건지, 서서히 치명적인 공격 이외에도 튕겨낼 수 있게 되었다.

도마뱀 아저씨 정도는 아니지만 《회피》, 《긴급 회피》에 맞춰 검의 벽이라 부를 정도의 방어는 구축할 수 있다.

피를 너무 많이 흘린 건지, 공격을 너무 많이 받은 건지는 모르지만 검을 휘두르는 감각이 이미 사라졌다.

하지만 내 몸은 여전히 검을 쥐고 있다. 몸은 움직여, 두 자루 단검의 공격을 계속 처리하고 있다.

그리고 드디어 싸움의 향방이 변할 시간이 왔다.

먹히지 않는 공격에 지친 건지, 교차하던 단검이 오렌지색으로 흐리게 발광하는 게 보였다.

그것은 내가 이 싸움에서 아직 체험하지 못한 미지의 행동.

그 공격이 먹히면 한다면 확실하게 나의 숨통을 끊을 수 있을 필살의 일격.

하지만 그 발동은 분명 빈틈을 허용하는 양날의 검이다.

지금까지 스킬을 쓰지 않았던 건 그런 건 필요 없다고 판단했다는 것. 기술 후 경직이 발생하고, 그 빈틈을 찔릴 수 있다는 걸 경계했던 것이리라.

방금 공격한 그 스킬을 내가 뛰어넘으면 그때는 분명 역으로 치명적인 빈틈이 생길 것이다.

——Action Skill 《샤프 스팅》——

발광 현상을 일으킨 단검이 그 모습을 빛의 점으로 바꿔, 나를 향한 최단거리로 날아온다.

그건 유키가 사용한 《래피드 러시》와 같은 찌르기 기술이지만 그쪽이 연속 공격인 것에 비해 이쪽은 그저 한 점을 꿰뚫는 바늘 같은 일격이다.

하지만 미지의 것이든 뭐든 스킬이 온다는 걸 알고 있던 난 그걸 받아치기 위해 칼을 휘둘렀다.

——Action Skill 《파워 슬래시》——

정말 한순간 앞서 준비 자세에 들어갔던 《파워 슬래시》를 《샤프 스팅》의 궤도에 퍼 올리듯이 발사한다.

두 개의 빛이 교차하고 《파워 슬래시》가 《샤프 스팅》의 궤도를 크게 어긋하게 해 회피에 성공했다.

공격이 크게 어긋난 칫타는 기술 후 경직이 발생해, 스킬의 관성에 휘둘리듯 몸을 띄운다.

거기에 맞춰, 나는 미노타우로스와의 싸움 때와 마찬가지로 스킬 경직 시간 중에 후속 스킬을 발동시켰다.

——Skill Chain 《선풍참》——

몸을 한 바퀴 회전해, 경직된 칫타의 등을 노리고 《선풍참》을 날린다.

그 순간 난 칫타가 이 스킬 연계라는 기술 자체를 습득하고 있지 못했다는 사실에 확신을 가졌다.

"하아아아아아압!!"

전력이다. 지금이 모든 걸 쥐어짜는 타이밍이다.

상대는 경직 상태. 이쪽은 연계에 의한 전력 스킬 공격. 지금의 나에게 이 이상 대미지를 뽑아낼 방법은 없다.

낼 수 있는 힘을 한계까지 쥐어짜, 《선풍참》의 궤도에 실리게 힘을 넣는다.

발성 없는 스킬 기동에서 볼 수 있듯이 스킬 발동에 필요한 건 상상력이다.

《파워 슬래시》도 의식적으로 덧그려 궤도를 제어해서 성능이 바뀌도록, 회전 가로 베기라는 검기에 맞춘 이미지를 전개한다.

그것은 회오리다.

나 자신이 회오리인 것처럼 강력한 이미지를 전개해, 그 기세를 가속시킨다.

다음 순간 완전히 무방비했던 칫타의 등에 나의 《선풍참》이

꽂혔다.

◆ ◇ ◆

《선풍참》을 날리는 것과 동시에 《간파》를 병행 기동. HP 게이지가 어떻게 감소하는지 확인을 시작한다.

반응은 변함없이 HP의 벽에 막힌 채지만, 그것은 예상했다. 이 한 방으로 끝나는 건 처음부터 기대하지 않았다.

그래도 이걸로 HP를 얼마나 줄였을지에 따라 판가름이 난다.

기술의 모션이 완료됨과 거의 동시에 뭔가가 부서지는 반응을 느꼈다. 이것은 뼈를 부러뜨렸다거나 그런 느낌이 아니다.

나의…… 검이 부서지는 느낌이다.

휘두른 검이 부러져, 칼날의 밑동 부분만 남기고 땅으로 떨어졌다.

《선풍참》의 일격을 받은 칫타는 그대로 앞으로 고꾸라진다.

나는 기술 후의 경직을 느끼면서 쓰러진 칫타의 HP를 봤다.

장난하냐, 젠장!

나의 혼신의 일격, 무기마저 희생시킨 최대 대미지를 줬는데도 칫타의 HP 게이지는 5%…… 3%도 감소하지 않았다.

경직 시간 때문에 추가 공격은 불가능하다. 게다가 공격하려 해도 내 손에 쥐어진 검에는 이제 칼날이 없다.

수중에 고블린 고기라도 있으면 강제로 입에 처넣어 정신 대미지를 줄 수 있었을지도 모르지만, 아쉽게도 그것마저 다 떨어졌다.

경직에서 회복한 난 쓰러진 칫타가 일어나는 걸 경계하면서 지켜봤다.

모든 방법을 다 쓴 건가…….

그 일격은 누가 뭐래도 나의 모든 것을 쥐어짜 때려 넣은 일격이었다.

이걸로도 대미지가 거의 들어가지 않는다면 나한테는 더 이상 방법이 없다.

지금부터 같은 걸 20~30번 반복한다는 건 꿈같은 소리. 게다가 무기가 없는 이상 같은 대미지를 주는 것조차 불가능하다.

거의 손잡이만 남은 검을 던져 버렸다.

이제 허리에 차고 있는 손도끼가 마지막 무기다. 하지만 이걸로는 《검술》 스킬의 효과가 나오지 않고, 쓰러진 칫타에게 던져도 크리 큰 대미지는 바랄 수 없을 것이다.

그렇다면 어떻게 하지? 몸 하나로 저것과 맞서 싸우라는 건가? 무기를 부술 기세로, 최대한의 전력으로 베어내도 5%도 대미지를 줄 수 없는 상대에게? 바보냐.

그렇다고는 해도 달리 무기는 없다. 이 손도끼나, 바닥에 떨어진 칼날만을 쓰는 수밖에…….

……아니.

하나 더 있잖아. 맞으면 확실하게 대미지가 통할 것 같은 게.

5층에서 우리가 전력으로 공략했던 미노타우로스. 그가 손에 쥐고 있던 거대한 무기가 아직 내 품에 있다.

그거라면 칫타의 방어도 깨부수고 대미지를 박을 수 있다.

다만 휘두를 수 있어야 한다는 전제가 붙는다.

솔직히 말하자. 불가능하다.

내가 완전한 상태라도 불가능하다고 단언할 수 있는데, 지금의 나는 온몸이 만신창이라 서 있는 것조차 기적에 가까운 상태. 이 상태로 저 거대 질량을 휘두를 힘은 없다.

하지만 무기 자체는 있다. 물질화 타이밍으로 놈을 계속 몰아치면 가령 단 한 번의 찬스라고 해도 필살의 일격으로 변할지도 모른다.

지금까지도 간당간당한 외줄타기였다. 가능성은 희박할 테고 연습도 못 하는 한 방 승부지만, 모두 성공시키겠어.

그 한 번을 성공하려면 일단 놈의 발을 묶을 필요가 있다.

난 일어난 칫타를 계속 노려봤다.

그 얼굴은 당황한 채로, 어째서 내가 이렇게까지 싸울 수 있는지 이해할 수 없다는 표정이었다.

거의 대미지가 없다고는 해도 현역 모험가가 정말 격이 너무나도 다른 루키에게 어이없게 당하고 있는 상황.

그저 평범하게 공격하는 것만으로도 분명 끝날 상대인데 무슨 이유에서인지 도저히 처리할 수 없다. 프라이드가 무너진다 해도 이상하지 않은 상황이다.

"어째서 쓰러지지 않는 거지……? 이미 아까부터 계속 HP는 0이잖아."

그 녀석이 말한 대로 아마도 내 HP는 꽤 오래전부터 0이었을 것이다.

피투성이 만신창이 상태로도 이렇게 서 있을 수 있는 건 시스템에 의존한 힘이 아니라 나 자신의 능력이다. 남자의 의지라는 것이다.

그렇기에 HP 0이 되면 끝장에 가까운 세계에서 살고 있는 인간에게는 기적으로 비칠지도 모른다.

"0이 되어도 내 몸은 무너지지 않아. 날 멈추게 하고 싶다면 내 사지를 조각조각 잘라내."

"바보 아니야?! 얌전히 죽기만 하면 끝날 이야기인데, 죽어도 어차피 되살아나는데 어째서 그런 상황에서 이렇게 저항하는 거지?"

"훗, 죽으면 되살아나니까 얌전히 죽으라는 거냐? 너야말로 바보 아니야? 아무것도 하지 않고 포기하는 녀석한테 다음이라는 게 있을까. 아무것도 하지 않고 포기하는 녀석이, 다시 살아 돌아오든 다시 하든 앞으로 나아갈 수는 없는 거잖아. ……모험가가 그런 직업인 건 알고 있어. 죽는 게 당연하고, 그게 일상이 된다고 하는 거라면 그거야 트라이얼에서 죽는 경험 정도는 반드시 해야만 하겠지. 일부러 중급 랭커님이 루키한테 가르쳐

주시는 것만으로도 고마워서 눈물이 난다고. 그래, 이해는 해
——.

　——하지만 마음에 안 들어.”

　내가 고집을 부리며 지금까지 서 있을 수 있는 이유는 그것뿐
이다.

　이런 시련을 준비한 녀석도 마음에 안 들고, 그렇다고 얌전히
죽을 거라 생각한 이 녀석도 마음에 안 든다.

　유키한테 그런 표정을 짓게 만든 나 자신도다.

　“검도 부러지고, 무기가 없는데도 여전히 할 생각인 거야?”

　“할 거야. 난 아직 널 죽이는 걸 포기하지 않았어. 팔 하나만
남는다 해도 끝까지 싸울 거야.”

　“……미친 거 아니야?”

　새삼스럽다. 굳이 그렇게 말하지 않아도 옛날부터 계속 미쳐
있었다. 자각 증상이 있는 본격파다.

　미쳤기에 그렇기에 더욱더 양보할 수 없는 선이라는 게 있는
거다.

　난 맨손으로 칫타에게 저항하기 위해 자세를 잡는다.

　격투기는 잘 못한다. 검문할 때 호모한테 썼던 프로레슬링 기
술은 그저 놀이의 범주였고, 유도도 학교 수업에서 배운 정도
다.

　하지만 그렇게 이야기하면서 2층에서 눈앞의 고양이 귀가 말
했던 걸 떠올렸다.

체술은 전반적으로 크리티컬 확률이 높다고, 확실히 그렇게 말했다.

지금 싸우고 있는 상대의 말이고, 아마추어의 체술이 의미가 있다고는 생각하지 않지만, 그것에 기대해 보는 것도 좋을지도 모른다. 어차피 그거 말고 변변한 수단은 없는 것이다.

칫타가 변함없는 스피드로 파고든다. 확실히 빠르지만 무슨 이유에서인지 모습을 감추는 건 하지 않는다.

이런 장면에서 고찰할 여유 따위 없지만, 역시 거기에도 뭔가 조건이 있는 모양이다.

초 스피드로 날아드는 검격을 한 번, 두 번 피한다. 그리고 틈을 두지 않고 내 배를 향해 날아드는 세 번째 공격을, 난 일부러 받는 걸 선택했다.

급소는 피했지만 배에 칫타의 나이프가 꽂혔다.

"──어?"

이 정도로 쉽게 공격이 통할 거라 생각하지 못했는지 놀란 표정을 짓는 칫타.

지금까지 해 왔던 '살은 찢겨도 뼈는 잘리지 않는다' 전법을 더 발전시켰을 뿐이다.

검도 없이 주먹으로 때려 움직임을 막는다는 건 말이 안 된다. 그렇다면 공격을 받아내 발을 멈추게 한 뒤 반격하면 된다. 대미지가 어쨌든 살 정도는 얼마든지 줄 수 있다.

나는 배에 나이프가 꽂힌 상태로 칫타의 소맷자락을 잡았다.

"······잡았다."

다음으로 노리는 건 메치기다.

미노타우로스와의 싸움에서는 너무 큰 체격 차이로 불가능했다. '부드러움이 강함을 제압한다'는 말도 이 녀석이 상대라면 분명 가능할 것이다.

"하아압!!"

예상대로 HP의 벽은 던지기 기술과는 관계없다. 상대를 내던짐으로써 가할 수 있는 충격은 그리 강하지 않을지 모르지만, 던지는 것 자체는 가능하다.

무슨 일이 일어난 건지 이해 못하겠다는 표정으로 칫타의 몸이 공중을 난다.

대미지는 없을지도 모르지만 유도처럼 손을 풀거나 하지 않고, 오히려 힘을 담아 지면에 때려 박았다.

"크으읏!!"

등을 내동댕이쳐진 충격으로 칫타의 입에서 한숨이 터져 나온다. 어쩌면 HP는 이런 내부 충격에 끄떡없을지도 모른다.

여전히 배에 나이프는 꽂힌 채였지만 상대를 땅에 쓰러뜨리는 것에는 성공했다.

그리고 내가 진짜 노리는 건 다음이다.

난 그대로 칫타의 왼팔을 잡고 팔을 꺾어 십자굳히기로 들어간다.

내가 한 일이지만 정말 반할 정도로 물 흐르듯 부드러운 동작으로 완벽하게 십자굳히기를 성공시켰다.

"냐아아앗?!"

이 녀석이 관절기에 당한 적이 있는지 없는지는 모른다. 하지만 알든 모르든 이건 힘만으로 빠져나올 수 있는 게 아니다.

이대로 팔의 인대를 파괴, 가능하다면 뼈를 부러뜨려 주지!!

"아아아앗―― 놔! 놓으라고!"

누르고 있는 팔에 확실하게 반응이 온다.

이걸로 확신했다. HP는 밖에서의 공격에는 효과를 발휘하지만 관절과 몸 내부에 대한 직접 대미지에는 무력하다.

비명 같은 소리를 지르면서 칫타가 오른손에 들고 있던 나이프로 내 발을 찌른다.

"크으으으웃!! 안 아파! 하나도 중요한 거 아니거든!"

그런다고 놔줄 줄 알고!!

지금까지 중 최대 찬스다. 같은 걸 다시 또 하면 상대는 경계하게 된다. 만약 이번을 놓치면 다음은 없을 것이다.

전력으로 칫타의 인대를 끊기 위해 덤빈다. 팔 하나라도 끊어놓으면 전투력은 대폭 떨어진다. 손발을 하나씩 파괴하면 아직 승산은 있다.

"아자아아아앗!!"

그때――

――칫타의 팔에서 파멸의 소리가 울렸다.

"으악! 꺄아아아악!!"

됐다. 확실하게 칫타의 왼팔을 망가뜨렸다.

하지만 아직이다. 지금 느슨하게 풀어 줘 도망이라도 가면 자세를 다시 잡을 수 있다. 밀어붙여라!!

난 팔을 놓고 고통으로 움직이지 못하는 칫타를 상대로 다음 행동으로 들어간다.

칫타의 목을 잡고 몸을 일으켜 등 뒤에서 목을 손으로 감아, 그대로 슬리퍼 홀드를 건다.

"큭…… 헉!!"

기관을 꽉 조여 강제적으로 호흡을 차단한다.

칫타는 필사적으로 저항하지만 조르기도 관절기도 모르면 빠져나올 수가 없다.

지금이다. 지금 끝장내게 해 줘!!

"아아아아아앗!!"

"으허어어어억!"

전력으로 목을 조이며 절대 놓지 않겠다는 생각으로 힘을 집중한다.

하지만 이대로 끝나는가 싶었더니 다음 순간, 칫타는 남은 팔로 내 팔을 나이프로 찔렀다.

"크아아아앗!!"

아파, 아파, 아프다고!! 아프지 않아아아!! 아프지 않다고!!

내 통각, 장난 아니다!! 절대 놓치지 않겠어!!

"으, 으윽, 커, 헉!"

몇 번이나 수도 없이 나이프에 찔려, 내 왼팔에서 피가 분수처럼 뿜어져 나온다. 나이프가 뼈에 닿아 근육이 끊어지고, 신경이 절단되어 간다.

좋지 않아, 안 좋아, 안 돼, 절대로 안 놔!!

한계까지 통각을 차단해 홀드를 유지하지만 힘이 하나도 들어가지 않게 되는 걸 느꼈다.

오히려 내 왼팔이 파괴당했다.

"으냐아아앗!!"

힘이 느슨해진 팔을 풀고 칫타가 탈출한 다음 순간 강렬한 팔꿈치 치기로 칫타의 안면을 강타한다.

빗나갔다. 피했다. 어쩌지? 끝장이다, 지금 놓치면 안 돼.

팔꿈치 치기가 안 먹혀, 나는 아무 대책도 없이 머리부터 다시 칫타에게 돌진했다.

"으읏, 커……헉!!"

일어선 칫타의 허리를 잡고 늘어지는 건 성공하지만 다음이 없다.

HP가 얼마가 있든 던지기, 조이기, 관절기는 통용된다. 그건 알고 있다. 그렇다면 이대로 백 브레이커나, 잡아당겨 쓰러뜨리고는 마운트 자세에 들어갈까.

안 돼, 힘이 부족한 데다 왼팔이 치명적인 손상을 받고 있다. 쓸 만한 게 나올 리 없다.

"아, 안 돼…… 놔, 놓으라고우!!"

뭔가 할 거라는 위협을 느낀 건지 겁을 먹은 칫타는 허리를 잡고 늘어진 내 등을 나이프로 찔러대기 시작했다.

"~~~~~!!"

소리가 되지 못한 비명을 지른다.

"놔, 놔, 놓으라고!!"

두 번, 세 번, 나이프로 찔리는 걸 느낀다.

멍청한 자식, 이제 힘 따위 없잖아. 대체 더 이상 뭘 할 수 있다고…….

……아니, 있잖아, 비장의 카드가. 잊지 마!

"……쓰는 걸 깜빡했어."

"……뭐?"

내가 뱉은 말에 반응해 순간적으로 힘이 풀어지는 걸 느꼈다.

"으아아아아아——앗!!"

나는 그 순간 그대로 몸을 밀어, 칫타의 몸을 넘어뜨린다.

마운트를 걸어도 다음에 쓸 방법이 없다. 그래서 남은 방법은 오직 하나밖에 없다.

칫타를 누른 채로 틈을 주지 않고, 곧장 남은 방법인 카드를 꺼냈다.

"뭐……뭐야……."

"《머티리얼라이즈》!!"

빛을 뿜으며 물질화하기 시작한 카드를 공중에 던진다.

"……가장 확실한 최종 수단이다. 뭉개져 버려라."

"안…… 돼에에에엣!!"

우리 바로 위에서 그 거대 질량이 물질화되어 가는 걸 느꼈다.

그것은 순식간에 거대화, 원래의 모습을 되찾아 우리를 뒤덮는 그림자를 드리웠다.

나는 칫타가 도망갈 수 없는 아슬아슬한 타이밍을 노려, 전력으로 옆으로 굴러 피한다.

다음 순간 물질화한 〈미노타우로스 액스〉가 굉음과 함께 그 막대한 질량을 땅에 꽂았다.

∞ 제9화 『굶주린 짐승』

"하앗, 하앗, 하앗……."

전력으로 옆으로 굴러 〈미노타우로스 액스〉의 추락을 간발의 차로 피했다.

대질량이 추락한 그곳에는 흙먼지가 올라와 시야를 가린다.

이럴 때 뜬금없겠지만 플래그라는 말이 있다.

깃발이라는 본래의 의미가 아닌 게임 시스템 등에서 사용되는 이벤트 플래그 말이다. 2000년대 일본에서는 약속처럼 소재로 사용되던 그거다.

'나, 이 전쟁이 끝나면 고향으로 돌아가 결혼할 거야.' 라든가.

'이런 곳에 더는 못 있어! 난 내 방으로 돌아갈 거야.' 같은 말을 한 다음 장면에서 등장인물이 죽는, 소위 사망 플래그다.

지금까지 거의 출연이 없었던 캐릭터에게 갑자기 초점이 맞춰지는 것도 죽음에 대한 전조다.

그 외에도 다른 의미로 사용되는 생존 플래그라든가 연애 플래그 같은 것도 존재한다.

지금 소개하고 싶은 게 다음 같은 패턴.

싸우는 상대에게 기사회생의 필살기를 쏜다. 흙바람이 말려 올라가 보이지는 않지만 분명 직격했을 것이다.

이런 상태에서 사용되는 '해냈나?!' 하는 대사는 '해내지 못했다' 플래그다.

그렇다, 딱 이 상황에서 사용되는 대사다.

그래서 난 그 약속을 믿고 '해냈나?!' 따위 목에 칼이 들어와도 하지 않는다. ……마, 말하지 않을 테니깟!!

……뭐, 실제로 말하든 말하지 않든 결과는 변하지 않겠지만 말이다.

거봐, 흙바람 속에서 사람이 일어서는 게 보인다.

"하……. 그만 좀 죽어라."

이제 다 글렀다.

이젠 진짜 방법이 없다. 그게 누가 뭐래도 최후의 수단이었다. 그걸로 숨통을 끊지 못한 게 되면 이제 도저히 어쩔 도리가 없다.

그보다 피가 너무 부족해 이대로 서 있어도 죽는다. 한계라든 가 초은하를 뛰어넘어 천원돌파 끝이다. 사실 어떻게 서 있을 수 있는지 스스로도 의아하다.

먼지가 걷히고, 그 안에 서 있는 사람이 모습을 드러내기 시작한다. 익숙한 고양이 귀 실루엣이 보이기 시작했다.

"못 해치웠나."

일말의 희망을 걸고 역플래그에 걸어 본다.

아니, 아무리 그래도 무리라는 건 알고 있지만 달리 방법이 없다. 이런 바보 같은 대사 다음에 실제로 '해치웠답니다' 같은 모습이면 분명 개그밖에 안 될 테니까.

"…………."

흙먼지 속에서 모습을 드러낸 칫타는 아무리 좋게 보아도 너덜너덜했다.

왼손은 부러져 축 늘어진 채로 움직이지 않는다.

〈미노타우로스 액스〉가 직격했는지 어땠는지는 모르겠다. 하지만 그 표정은 고통과 분노에 가득 차, 나를 향한 살의가 질량을 가져 배어 나오고 있는 것처럼 보였다.

"솔직히 말이야……."

뭔가 말하기 시작했다.

그쪽은 아직 여유가 있구만.

"솔직히 말이야, 아무리 소극적으로 평가해도 상식을 벗어난 루키라는 말로는 부족한 괴물이라고 생각해. 두 사람 모두 그렇다고 생각하지만 네 쪽은 거기에서 더 뛰어넘어서 내 부족한 어휘력으로는 표현이 불가능해."

그냥 괴물이라는 거잖아. 난 당신이 더 괴물처럼 보이는데.

이 녀석이 중급 랭커라면 모험가들은 정말 말도 안 되는 레벨의 괴물이다. 한 사람만 있어도 나라를 멸망시킬 수 있는 거 아냐?

"특히 너는 처음부터 그런 루키라는 걸 알고 있었지. 하지만 나도 모르게 역시 루키라고 얕보고 있었어. 고정 관념이란 건 참 무섭지. 너희가 상식을 벗어난 녀석들이라는 걸 알고 있어도 자신의 상식에서 생각하려고 했으니까 말이야. ……인정해 줄게. 너희는 분명 위로 갈 거야. 나 같은 존재는 절대 도달할 수 없는 영역으로, 그것도 빠르게……. 하지만…… 지금은 져 줄 수 없어."

후배에게 축하한다는 의미로 져 주면 안 되나요, 저기요, 제발.

"더는 봐주지 않아. 지금, 이 자리에서 확실하게 숨통을 끊어 주마."

그렇게 말하고는 칫타는 나에게 가까이 오지도 않고 뭔가를 투척했다.

"으읏……."

그게 어깨에 박힐 때까지 그 어떤 반응도 할 수 없었다.

내 어깨에 박힌 건 바늘. 재봉 바늘 같은 크기가 아닌, 몇십 센티미터나 되는 긴 바늘이다.

"으……."

또 하나 더, 이번에는 배를 찔렀다.

이 녀석, 설마 가까이 오지 않을 생각인 건가.

"……하하, 너무 유치하지 않나?"

그런 짓까지 하지 않아도 툭 밀면 죽어. '사실 난 한 번만 찔려도 죽는다!' 상태다. 상대가 소드 마스터가 아니어도 죽는다.

그런데도 지금 이 상황에서 안전책이냐.

죽을 때 최약 사천왕 플래그를 남겨주지. 나를 쓰러뜨려도 아직 요리미츠 사천왕이 세 명 남아 있으니까 말이다. 만난 적 없지만.

"가까이 가면 무슨 일을 당할지 모르니. 실제로 당했고. ……이제 가까이 가지 않아. 유키와 달리 너한테 원거리 공격 수단이 없다는 건 알고 있으니 이렇게 확실하게 끝장내 줄게."

고통스럽게 질질 끌다 죽이는 건가.

"으힛……."

이번에는 두 개가 한꺼번에 날아왔다. 뭐지, 나를 고슴도치로 만들 셈인가.

하나하나는 대단한 대미지가 아니다. 하지만 이미 저항 수단이 없는 나에게 서서히 공격당하는 이 수법은 고문에 가깝다.

이런 투척 스피드라면 《회피》, 《긴급 회피》로 반응하기도 쉽지 않다.

다리, 배, 팔, 가슴, 가끔 빗나가는 경우도 있지만 무수히 많이 날아온다. 대체 어디에 이렇게 많이 숨겨 놓고 있었던 거냐.

가끔 나이프도 날아온다. 화살도 날아온다. 이제 나는 고슴도치, 침봉과 구분이 안 될 정도의 상태다.

하하, 어서 죽여라. 최후의 발악이라도 해 줄 테니까.

나는 칫타를 향해 걷기 시작했다.

……뭐지 나, 걷고 있는 건가?

이렇게 천천히 다가가도 저쪽은 멀어질 뿐이다.

이제 됐어. 충분하잖아. 아무리 그래도 이렇게까지 했는데 의미가 없다고는 말 안 하겠지.

한 발짝. 또 한 발짝.

그러는 동안에도 무수히 많은 바늘이, 나이프가 날아와 나에게 꽂힌다.

……누가 말할 수 있겠어. 누가 나를 욕하겠어.

유키가? 필로스 일행이? 길드 직원이? 리저드맨 아저씨가? 눈앞의 고양이 귀가? 아니면 이름도 모르는 마법사가?

그들 말고는 아는 사람도 없지만 그딴 소린 못할 것이다.

……불만이 있는 건 나 자신뿐이다. 내가 나에게 한심하다고 욕할 수 있는 거다.

다시 한 발짝. 또 한 발짝.

남은 힘으로 의미도 없이 나아간다. 칫타는 최대한으로 경계하면서 거리를 좁히지 않는다. 항상 일정한 거리다.

"으크으읏!!"
눈에 바늘이 꽂힌다. 시야의 반을 빼앗기고 정수리까지 관통하는 듯한 고통이 내달린다.

아프다. 아파. 엄청 아파. ……하지만 아프다는 건 아직 살아 있다는 뜻이다.

그렇다면 아직 할 수 있는 거 아냐? 앞으로 한 번 정도, 아직 뭔가 더 할 수 있는 거 아닌가, 나.

……아니, 무리겠지.
대체 무슨 짓을 하는 거야. 실은 왼손에 감춰진 의문의 힘이 눈을 뜨거나 하는 건가.

손이 아직 있다면 더 할 수 있다. 서 있을 수 있다. 하지만 이제 아무것도 없다. 빈털터리로 배팅할 칩도 없다.

아, 의식이 사라진다. ……서 있을 수 없다.

이게 나의 한계……인가.
비교적 분발한 편 아닌가?
"……아."

……배, 고파…….

◆◇◆

　심장이…… 뛰는 소리가 들렸다.

　몸이 튀어 오르는 감각이 있었다.

　극한까지 희미해져 가는 의식 속에서 내 몸이 뭔가 터무니없이 흉악한 것으로 칠해져 가는 걸 느꼈다.

　"……어?"
　멀리서 누군가가 숨을 삼키는 소리가 들렸다.
　냥냥거리는 약아 빠진 캐릭터 구축용 어미를 포기한 고양이 귀의 목소리다.

　내 몸은 정말 파쇄 직전.
　폐기되는 단계로, 앞으로 남은 건 고철 덩어리가 되는 것뿐인 고물차 같은 상태. 벨트 컨베이어에 실려서 정말로 눌려 찌그러지기 5초 전이다.

　……이런 상태에서 왜.
　왜 기시감을 느끼는 걸까.

　아저씨와 싸웠을 때도 미노타우로스와의 싸움에서도 이렇게까지 엄청나게 궁지에 몰리지는 않았다.

　그런데도 옛날에도 같은 일이 있었다고 느낀다.

　그렇다면 고향에서 싸운 눈에 띄는 오크와의…… 아니, 그때도 이렇게까지는…….

　──심장이 아닌 뭔가가 내 안에서 고동쳤다.

　심장이 혈액을 돌리는 것처럼 그 고동치는 게 내 몸으로 뭔가를 보내려 하고 있다.

　시야가 까매진다. 의식의 차단기가 내려간다.

　정상적인 난 용건이 끝났다, 꺼지라며 무대 밖으로 쫓겨난다.

　하지만 나는 굴러떨어진 깜깜한 의식 속에서 그래도 여전히 뭔가를 느끼고 있었다.

　"크……ㅇㅇㅇㅇ……."

　무의식적으로 내 입에서 짐승 같은 신음 소리가 새어 나온다.

　무수히 많이 박힌 바늘 안쪽에서 살이 차올라 가는 걸 느낀다. 몸이 강제로 재생되어 간다.

　혈액이 아니라 부글부글 끓어오르는 야수의 본능이 몸 안을 내달린다.

이건…… 뭐지.

내가 누군가 다른 존재로 바뀌어 칠해져 가는 감각.

새까만 크레용으로 도화지에 그려진 나라는 그림을 빈틈없이 칠하듯이 존재가 급격하게 다시 그려져 간다…….

예전에 싸웠던 눈에 띄는 오크의 모습이 되살아난다.

하지만 떠오르는 그 영상은 기억에 없는 것이다. 눈에 띄는 오크는 뭔가에 겁을 먹은 듯, 마치 괴물에게라도 잡혀 먹히는 순간처럼 공포에 일그러진 표정을 짓고 있었다.

아, 그런가…….

이해했다. ……이해해 버렸다.

이것이, 그때의 진실. 그때 눈을 뜬 나의 힘.

나 자신을 야성의 짐승으로 바꾸는, 광기의 힘이다.

"카아아아아아아아아아아아앗!!"

입에서 나온 건 포효.

뭐가 됐든 갈가리 물어뜯어 포식하겠다는, 맹세의 우렁찬 외침이다.

멀리 있는, 나를 공격하는 대상을 포착한다.

굉장히 겁먹은 칫타의 표정이 눈에 들어왔다.

뭐야, 왜 겁먹고 있는 거지? 당신은 날 사냥하러 온 사냥꾼이잖아. 그런 몰골이라면……

──내가 잡아먹는다.

"구우우우오오아아아앗!"

내 의식이 떠오른다.

강렬한 야성이 몸 안을 내달리고, 두려울 정도로 강대한 힘이 끓어오르는 걸 느꼈다.

지금이라면 저 녀석이 있는 곳까지 순식간에 달려갈 수 있을 것 같다.

──Passive Skill 《굶주린 짐승》──

습득한 기억이 없는 스킬이 발동한 걸 느꼈다.

◆ ◇ ◆

지면을 찬다. 저 먹잇감이 있는 곳까지 빨리, 멀리 뛰어서 앞지르라고 몸에 말을 걸면서.

너무 빠른 속도인 나머지 의식마저 내버려 두고 전력으로 질주한다.

그 거리는 약 수십 미터.

본래라면 바늘의 비를 재빨리 빠져나가 주파하는 건 절대 불가능할 거리를 불과 몇 걸음으로 좁혔다.

공기의 벽마저 찢어내는 탄환처럼 인간이라는 껍데기의 한계를 넘어서.

"우오오오오옷!!"

갑작스러운 전개에 경악해, 눈을 부릅뜨는 것 말고는 달리 아무것도 할 수 없는 먹잇감에게 그 기세 그대로 주먹을 때려 넣는다.

"으아앗!! 헉!!"

주먹이 부서지는 것 같은 말도 안 되는 파쇄음을 내며 놈의 안면에 내 공격이 꽂힌다.

두 번째 주먹을 때려 넣고, 이번에는 발차기를 한다.

온몸을 감싸는 흉악한 힘에 뼈가 삐걱거리고, 살이 찢어지고, 그래도 더 싸울 수 있다고 울부짖는다. 투쟁 본능이 몸을 계속 움직이게 하고 있다.

"크핫!!"

이 정도까지 강렬한 힘을 가해도 여전히 고양이 귀의 HP는 내 공격을 저지한다.

아직 부족하다. 이 녀석과 나의 능력 차는 아직 이렇게나 엄청나다는 건가.

HP의 벽이 너무나도 답답하다.

《간파》를 기동해 HP 게이지가 표시되게 한 채로 추격. 다시 한 방…… 두 방!

공격할 때마다 봐도 게이지는 아주 조금밖에 감소하고 있지 않다. 스테이터스의 차이는 나를 상당히 짓누른다.

하지만 조금 전까지와는 다르다. 공격 자체는 통하고 있다. 약간이라도 피해는 주고 있다.

좀 더 빠르게, 좀 더 힘을 넣어 주먹을, 다리를 머신건처럼 세차게 내리친다.

여기까지 왔다. 팔이든, 다리든, 산산이 부서질 때까지 녀석의 몸에 때려 넣어라.

서서히, 정말 서서히지만 게이지의 잔량은 감소하기 시작했다.

"괴, 괴물!!"

"아아아아앗!!"

박치기로 안면을 강타하자, 코가 깨져 코피가 쏟아졌다.

나는 두개골이 깨져 뇌가 튀어나올 것 같다. 네 얼굴은 뭘로 된 거냐.

"허, 허어어억!!"

깜짝 놀라 겁먹은 채로 뒷걸음질 치는 먹잇감…… 칫타, 아니, 고양이 귀. 아니, 어째서 고쳐 말하는 거지, 나.

고양이 귀는 그대로, 나와 거리를 두기 위해 뒤로 물러선다.

놓칠 줄 알아!!

지금이라면, 지금만이라면 고양이 귀를 추적하는 내가 더 빠르다.

순간적으로 거리를 좁힌 뒤, 그대로 드롭킥을 날린다.

어느새 탄환으로 변한 발차기 공격으로 몇 미터의 거리를 공중 비행한다. 세상의 정 같은 건 느껴 본 적 없지만, 강제적으로 길동무가 된다.

"으허어억!!"

착지 후에 쓰러져 있는 고양이 귀에게 짓밟기 추가타.

이래도 거의 대미지가 없다고 한다면 대체 어떻게 된 거냐는 느낌이지만, 뭐 상관없다. 몇 번이든 계속 날려 주마.

쓰러진 고양이 귀의 마운트 포지션을 잡았다.

오직 안면을 때린다. 때린다. 때린다.

내 손에서 피가 튀어 칫타의 안면이 빨갛게 물든다. 대미지를 받고 있는 건 공격하고 있는 내 쪽이다.

주먹에서 뼈가 드러나 있지만 상관할 바 아니다. 이미 고통 따위 전혀 느끼지 않는다.

이런 이상한 상태가 그리 오래갈 리는 없다. 얼마나 시간이 오래갈지 모르겠지만 그 동안 할 수 있는 일은 몽땅 다 해라!

하지만 아무리 때려도 게이지는 그다지 감소하지 않는다.

"사, 살려줘……."

전의를 잃고 애원하는 고양이 귀의 부러지지 않은 쪽 팔을 들어, 그 손목에 수갑을 채웠다.

"무, 무무무슨 짓을……."

"이제 도망 못 가. 이제부터는 끈기 승부다."

내 왼팔에도 수갑을 찬다. 체포 완료다.

이거라면 왼팔이 부러져 있는 이 녀석한테 제대로 된 저항 수단은 없을 것이다. ……없겠지?

남은 오른손으로 허리에서 마지막 무기인 손도끼를 꺼내, 마운트 포지션인 채로 고양이 귀의 안면으로 내리친다.

"아자앗!! 앗!! 아아아앗!!"

"허어억, 그, 그만둬!"

HP의 벽은 두껍다. 그 두꺼운 벽을 깨부수기 위해 손도끼를 끝없이 내리찍는다.

이렇게 가까이에서 보니, HP의 벽은 닿는 순간, 약간 발광 현상을 일으킨다는 걸 알 수 있다.

도끼를 내리찍으면서 너무나도 강력한 그 방어력이 지겨워지기 시작했다. 정말 말도 안 되게 튼튼하군.

"뭐얏! 빨리 죽어!!"

지금 고양이 귀한테는 내 모습은 어떻게 비칠까.

스스로는 알 수 없지만 고양이 귀는 눈앞에 *딥 원이라도 있는 것처럼 겁을 먹었다. 그 눈에 띄는 오크랑 마찬가지다.

"하아아아앗!! 이아! 이아앗!"

이런 정도로 사신은 소환되지 않는다. 아니, 이 녀석에게는 내가 사신처럼 보일 테지.

아니면 거대한, 그 미노타우로스처럼 거대한 야수 같을까? 아니다. 이 녀석은 미노타우로스를 쉽게 이긴다고 했으니 그보다 더한 걸로 보일지도 모른다.

그럼 뭐지, 드래곤이라도 상대하는 것 같은 공포를 느끼고 있나? 나, 어떤 상태냐.

도끼를 찍으면서 드래곤에게 먹히는 고양이 귀를 망상한다.

……응?

뭔가 머리 한구석에서 걸리는 게 있었다.

그것도 이 녀석이 우리한테 설명해 줬던 것 중 하나다.

"꺄아악……."

난 떠오른 그 생각을 시험하기 위해 도끼를 멈추고, 수갑을 찬 고양이 귀의 오른손으로 얼굴을 가져가……

"허억…… 무슨 짓을……."

그 손가락을 물어뜯었다.

---

* 딥 원(Deep Ones): 크툴루 신화에 등장하는 이종족.

──Action Skill《물어뜯기》──

"으갸아아아아────!!"
고양이 귀의 절규가 울린다.
물어뜯긴 손가락에서 피가 분수처럼 뿜어져 나왔다.

그랬군……. 이렇게 되는 건가. 이렇게 되는 거였어.
공포를 부추기기 위해 입속에 있던 고양이 귀의 손가락을 슬쩍 보여준 뒤, 뼈째로 씹어 으깨고 소리를 내며 씹는다. 어떻게 된 건지는 잘 모르겠지만 뼈든 뭐든 여유롭게 씹어 부쉈다.
"허억, 헉……윽."
"네가 그랬잖아, 몬스터의 물어뜯기 공격을 조심하라고."
크리티컬이다.
조금 전 내 몸을 변질시킨 탓에 발생한 스킬《굶주린 짐승》, 혹은 진짜 스킬명인지 의심스러운《물어뜯기》.
이 스킬들에 뭔가의 보정이 걸려 있을 가능성이 높지만, 손가락을 쉽게 '물어뜯었다'.
"그럼 널 먹으면 되겠어."
"~~~~~~!!"

차마 소리도 내지 못하고 절규하는 고양이 귀.
나는 겁에 질려 저항하지 못하는 고양이 귀의…… 목을 물었다.

◆ ◇ ◆

결국 그 녀석이 말한 대로 〈HP〉라는 건 그저 단순히 벽으로 육체 강도 그 자체를 끌어올려 주는 게 아니다.

〈방어력〉이라는 형태로 보정된 그 능력은 외적인 공격으로부터 몸을 보호하기 위한 막만 만들지, 그 막의 안쪽에서 발생하는 힘에 관해서는 무력했다.

덧붙여 지금까지의 느낌이라면 크리티컬 같은 걸로 발생한 육체의 손상도 〈HP〉가 대체해서 어느 정도 회복시켜 주는 것 같다.

손발…… 지금처럼 손가락이라도, 일부가 잘린 경우는 지혈과 보수 같은 건 되지만 복원은 안 된다.

부위 복원은 분명 뭔가 전용 스킬이 필요할 것이다. 도마뱀 아저씨는 도마뱀이기 때문에 그런 종족 특성이 있을지도 모른다.

고양이 귀의 목을 물어뜯어도, 정상적인 인간이라면 즉사할 장면에서 급속하게 HP가 감소를 시작해 그 상처를 회복시키려 하는 현상을 보였다.

하지만 HP만으로 치료하기에는 상처가 너무 깊고 크기 때문인지, HP가 전부 사라지기 전에 고양이 귀는 숨이 끊어져 버렸다.

그걸 보니 〈HP〉는 원래 이런 거겠다고, 나는 지쳐서 차가워진 머리로 어느 정도의 결론을 내고 있었다.

"끝났다……."

이미 숨이 끊어진 고양이 귀의 몸이 마화를 일으켜 사라져 간다. 나와 수갑으로 이어져 있던 왼손도 마찬가지로 사라졌다.

이어졌던 게 없어져 단숨에 힘이 빠진 나는 그 자리에 벌렁 드러눕는다.

"피곤해…………."

힘든 싸움이었다.

시작 경위부터 내용, 그 마무리 방법에 이르기까지 모든 게 다 최악이다.

결정타 장면은 영상적으로 발매 금지 처분일 것이다. 이 동영상을 보는 녀석이 있다고 해도 분위기만 싸해지지 않을까. 내가 이미 싸하다.

물어뜯는 행위는 동물에게 가장 원시적인 공격 수단이다. 야수난 몬스터, 어딘가 냉동 보존된 쥐라기 원시인이라면 몰라도 내가 그걸 무기로 사용할 줄은 생각지도 못했지만.

그보다 유키는 확실하게 동영상을 확인할 테니, 기겁하지 않게 내가 사전 설명을 하는 게 좋겠다.

콤비를 그만두겠다거나 그런 소릴 하지는 않겠지? 너무 잔인한 장면이라서 나와 인연을 끊을지도.

"아…… 어찌 됐든 끝났군."

기분 나쁘게 생긴 검붉은 하늘을 올려다보았다.

저 하늘처럼 이 이벤트를 생각한 녀석은 분명 성격이 비뚤어진 놈일 것이다.

그게 던전 마스터라고 해도 한 대 패고 싶다. 정말 이제 그만 까불라고.

"하지만 뭐였지, 그 스킬."

《굶주린 짐승》과 《물어뜯기》 같은 표시가 나오긴 했지만 습득 메시지는 안 나왔다.

다시 말해 미노타우로스와의 싸움에서 마지막에 사용했던 《강자의 위압》과는 달리 이미 습득하고 있었다는 거다.

맨 먼저 떠오른 건 그 눈에 띄는 오크와의 일전이다.

기억에 없는 공백의 부분에서 저 스킬이 발동했다고 한다면 놈들을 섬멸할 수 있었던 것도 수긍이 된다.

그 순간, 나는 정말로 폭주하는 짐승이었다.

파워, 스피드, 본능, 모든 것이 인간의 카테고리에서 벗어나, 야수 그 자체가 되었던 것처럼 느꼈다.

정의의 사도 설이 아니라 숨겨진 힘이 눈을 떴다는 설 쪽이 맞았던 걸까.

즉, 나는 그 눈에 띄는 오크를 '물어뜯은' 것이다. ……누가 몬스터인지 모르겠네.

"막다른 곳에서 각성하는 기사회생의 스킬치고는 너무 기괴한데."

절대로 히어로의 스킬은 아니다. 좀 더 역겹고 다른 것이다.

눈을 뜬다면 좀 더 멋진 거였으면 좋았을걸. 뭔가 그럴싸하게 몸의 일부에 수수께끼의 문장이 떠오른다거나 하는.

하지만 처음 사람을 물어 죽였는데도, 특별히 아무 느낌도 없다. 역시 나는 어딘가가 망가진 모양이다.

아니다, 정말 아무 느낌이 없었던 건 아니다.

"맛없었어……. 그 고양이 귀."

고양이 귀 수인을 인간과 같은 카테고리에 넣어도 되는지 어떤지는 모르겠지만, 인간 따위 먹을 게 아니구나.

손가락과 목을 '물어뜯었던' 것뿐이지만, 윤리적으로도 두 번 다시 먹고 싶지 않다. 그럴 바엔 아무리 맛이 없어도 고블린 고기 온몸 풀세트 쪽이 더 낫다.

리저드맨 아저씨, 강화형 미노타우로스, 고양이 귀와 거의 한계까지 간 싸움이 세 번이나 계속됐지만 이런 극한의 싸움은 한동안 없었으면 한다.

조금만 더 편한 싸움을 해도 벌을 받지는 않을 것이다. 트라이얼인데도 몇 번이나 죽을 뻔한 거냐.

트라이얼 던전의 히든 스테이지를 공략했습니다.

축하드립니다. 트라이얼 던전을 완전 공략했습니다.

출구로 귀환한 다음 길드의 지시에 따라 수속을 밟아 주십시오.

"오, ……오오."

클리어 안내에 맞춰, 지금까지는 없었던 성대한 팡파르 효과음이 터져 나온다.

이런 점은 완전히 게임이군.

"……그만 갈까."

웃차, 하고 무거운 몸을 질질 끌며 일어선다.

이제 그만 가서 자고 싶다. 규칙으로는 여기에서 자도 괜찮을지 모르지만, 피가 튄 이런 잔인한 현장에서 자고 싶지는 않다.

아니, 그보다 아직 빌린 기숙사 방조차 보지 못했다. 이건 대체 어떻게 된 거냐.

이렇게 농밀한 이벤트가 가득했는데도 미궁도시에 와서 정식집, 길드 회관, 여기밖에 이동하지 않았잖아.

주위를 둘러보며 출구를 찾는다.

우리가 사용했던 워프 게이트는 이미 없으니까 이 콜로세움 비슷한 곳에서 나갈 수 있는 건 고양이 귀가 나온 문뿐이겠지. 미노타우로스 때도 그랬고 이번에도 그럴 것이다.

지친 몸을 끌고 출구를 목표로…… 일단 문 가까이까지 와서는 놓고 가는 물건이 없는지 확인하는 편이 좋지 않을까 하는 생각에 뒤돌아봤다.

뒷정리를 제대로 하지 않으면 엄마한테 혼나잖아. 이번 생의 엄마는 그런 사람이 아니라, 무슨 짓을 해도 화를 내는 사람이었지만.

부모야 둘째 치고, 이런 곳에 두고 가느라 유키의 아이템을 로스트라도 하면 불쌍하니까 말이다.

하지만 확인해 보니 유키의 짐은 본인과 함께 사라진 듯 흔적도 없다. 그 독 나이프도 없다.

그러고 보니 고양이 귀의 짐도 그렇다. 싸우는 동안은 계속 꽂혀 있던 채였던 바늘도 사라져 있다. 그건 그 녀석의 소유물이라서 같이 사라진 거려나.

남은 건 강렬한 존재감으로 땅에 박혀 있는 〈미노타우로스 액스〉지만 아무래도 들고 돌아갈 수 있을 거란 생각이 들지 않는다. 너무 쓸데없이 크잖아, 이거.

기념이고, 가격에 따라서는 파는 것도 생각하고 있었기 때문에 일단 들려고 도전해 봤다.

"으그그그……."

……안 된다.

손잡이는 겨우 들어 올릴 수 있지만 본체 부분이 너무 무거워 꿈쩍도 하지 않는다.

끌고 가는 것도 무리일까? 아주 조금은 움직이지만 시간이 얼마나 걸릴지 모르는 것이다.

이걸 회수하려면 중장비가 필요하다.

일단 기념품이고, 들고 갈 수 있으면 가지고 가고 싶었는데……. 이쯤에서 작별할까.

하지만 이 녀석을 정통으로 맞고도 쌩쌩하다니, 도대체 뭐야. 뭐냐고, 그 고양이 귀.

'너는 봐주지 않아.'가 다 뭐야, 진짜. 루키 상대니까 좀 더 방심해 달라고.

그러고 보니 새삼스럽긴 하지만 고양이 귀와의 전투로 다쳤던 곳이 다 나았네. 꿰뚫렸던 눈도 보인다. 아마도 《굶주린 짐승》 영향이겠지.

그다지 자세하게 기억하지는 못하지만 그때 상처가 급속도로 재생되어 가는 걸 느꼈다. 그 후에도 주먹이 깨지거나 피부가 찢어지거나 했는데 그것도 나은 건가?

여러 가지로 엄청난 스킬이다. 《물어뜯기》라는 건, 도저히 인간이 습득할 스킬로 보이지는 않는다.

도끼는 포기하고 그대로 다시 출구로 향했다.

문을 통과해 미노타우로스와 싸운 뒤처럼 긴 통로를 걸어가자, 또다시 똑같아 보이는 워프 게이트가 기다리고 있었다.

히든 스테이지였기 때문일지도 모르지만, 재활용하는 게 너무 많다. 5층 거랑 완전히 똑같다.

"좀 더 어떻게 안 됐나."

그걸 지적하는 사람도 없었던 건가. 애초에 내가 첫 도전자였지…….

"그럼 괴롭고 길었던 트라이얼도 이걸로 끝입니다. 우리는 드디어 해냈습니다. 전대미문의 첫날 클리어입니다. 기록 보유자죠. 분명 죽어도 되지만 한 번도 죽지 않았습니다. 오, 짝짝짝……."

…………허무하다.

"······하아."

유키는 죽어 버렸다고. ······젠장.

던전에 들어올 때는 셋이었는데 동반자인 고양이 귀마저 죽여 이곳에 서 있는 건 오로지 한 사람, 나 하나다.

조금 전의 일인데도 유키와 5층의 워프 게이트를 빠져나온 게 상당히 먼 옛날처럼 생각됐다.

그만한 고난을 헤쳐 나왔으니까, 같이 골인하고 싶었다고······.

트라이얼은 이미 끝났다. 이 히든 스테이지는 덤에 지나지 않는다. 진짜 골을 둘이서 통과하는 건 이제 불가능한 것이다.

죽은 다음 어떤 형식으로 부활하는지는 모르지만 분명 돌아와 있을 유키를 데리고 밥을 먹으러 가자. 아니, 이대로라면 밥 먹다 말고 곯아떨어질 테니 자는 게 먼저일까?

하지만 아무리 피곤하고 졸려도 먼저 유키를 맞으러 가야 하는데······. 이 전개에서 그 녀석을 두고 돌아가는 건 인간으로서 끝장일 것이다.

시스템 메시지를 보니 뭔가 수속을 하라고 나왔고, 해야 할 일이 꽤 많은 것 같던데 큰일이군.

살아 있다면 이런 처참한 이벤트도 언젠가 웃으며 말할 수 있으려나.

그때는 루키 따위한테 진 고양이 귀를 둘이서 성대하게 비웃어 줘야지.

만난 적은 없지만, 듀라한인 테라와로스 씨도 끼워 줘야겠다.

분명 성대하게 그 고양이 귀를 깎아내려 줄 게 분명하다.

"아~ 배고파."

혼자 있으니 생각할 게 한두 가지가 아니다.

난 처량한 기분으로 게이트를 빠져나왔다.

◆ ◇ ◆

게이트를 빠져나와 지상으로 나오나 싶었더니 또다시 이상한 공간이다. 제발 그만 좀 하라고~.

천장도 바닥도 벽은 없지만 지평선 끝까지 한없이 펼쳐진 하얀 공간.

바닥은 정사각형으로 나눠진 그리드선이 균등한 간격으로 펼쳐져 있다. 게임에서 말하는 디버그 룸이나 격투 게임의 연습 모드에서 사용되는 것 같은 방이다.

너무나 새하얘서 정신적인 고문에 사용되는 하얀 방이 있다는 이야기가 떠오를 정도다.

"뭐야, 이거. 또 히든 스테이지인가? 이제 뭐든 좋아. 얼마든 지 덤비라고."

이제 사신으로 변한 지금의 나에게 두려울 건 없다. 이아 이아.

하지만 대답은 없다. 이러면 그냥 혼잣말이다. 뭔가의 이벤트 인 거 아닌가?

일단 가까이에 그럴싸한 물체가 있다. 이걸로 뭔가 이벤트가 발생하는 거려나.

하얀 공간에 오도카니 서 있는 검은 돌기둥…… 고대의 거대한 돌기둥 같은 물체 앞에 서서, 그걸 만지자 메시지가 표시됐다.

> 트라이얼 던전의 히든 스테이지 공략을 축하드립니다.
> 완전 공략에 대한 상으로, 당신은 던전 마스터를 알현할 권리를 받습니다.
> 준비가 되시면 아래 OK 버튼을 클릭해 주십시오.

시스템 메시지 같은 문장이 검은 화면에 표시됐다.

"뭐야, 이거."

글자 그대로 받아들인다면 이걸 만지면 던전 마스터를 만날 수 있다는 건가?

묻고 싶은 것도 있고, 언젠가는 만나 이야기를 하고 싶다고는 생각했지만 이렇게 빨리 만날 기회가 있을 줄은 생각지도 못했다.

솔직히 묻고 싶은 걸 제대로 정리하지도 못했는데…….

게다가 어떤 상대인지 상상도 안 된다. 이 미궁도시의 높으신 분, 어쩌면 최고 책임자일 테니 다른 도시로 말한다면 영지를 가진 귀족이다.

미궁도시가 차지하는 특수한 위치와 규모로 생각하면 거의 왕이라고 말해도 될지도 모르겠다.

　아니, 그 미노타우로스와 모험가의 이상한 성능을 체감한 지금 생각이지만, 이 도시, 세계정복 정도는 여유롭게 할 수 있는 거 아닌가?

　그런 집단의 정점에 선 인간…… 인간인지 뭔지는 모르겠지만 던전 마스터는 그런 존재잖아?

　그런 상대와 만났을 때의 어법이나 매너 같은 건 하나도 모르는데. 전 일본인인 건 분명한 것 같으니, 일단 정좌를 하면 되려나.

　아니면 이건 트라이얼 보너스고, 알현할 상대는 모험가라는 걸 그쪽이 알고 있으니 그렇게까지 신경 쓸 필요는 없는 걸까.

　유키라도 있으면 이럴 때 상담할 수 있을 테지만…… 아, 안 돼, 그 녀석은 이런 상황이라면 완전 흥분할 거야.

　적어도 평범한 왕이라면 좋겠는데, 마왕 같은 녀석이라면 더 위험하다고.

　주위에 드래곤이나 초강력 몬스터를 거느리며, 고압적인 태도로 고개를 조아리라 하면 납작 엎드릴 자신이 있다.

　길드째로 전이해 온 Lv 100 해골 같은 게 옥좌에 앉아 있으면 울지도 모른다.

　그런 분위기 속에서 질문이나 압박 면접을 받는 레벨은 아니겠지. 나, 전체 공격인 폭발 마법 같은 건 못 쓴다고.

　왠지 누르는 게 두렵사옵니다.

　"하지만 그러고 보니 나한테 선택지가 없네?"

워프 게이트는 일방통행이라 돌아갈 길은 없다.

주위를 보니 끝없이 새하얗다. 지평선 너머까지 아무것도 없다. 가만히 그 끝을 보고 있으니 돌아 버릴 것 같다.

이곳을 떠나면 다시는 돌아오지 않을 자신이 있다. 애초에 여기 말고 뭔가 있다는 보장도 없고. 의문의 공간에서 행방불명이라니 장난하냐.

……앞으로 가는 수밖에 없는 건가.

보너스 수취 거부는 불가능하단 뜻이다.

그럼 이렇게 빙 돌려 하지 말고, 직접 그쪽으로 보내 버리면 되는 거 아닌가. 던전 마스터를 만나기 전에 마음의 준비를 하라는 뜻인가?

뭐, 그 고양이 귀가 나온 것처럼 히든 이벤트라고 하지 않고, 보너스라고 할 정도니 나쁜 일은 없을 테지, 아마도.

순간 '이 고통이 내가 주는 공략 보너스다, 받는 게 좋을 거다, 우하하하하.'라고 너털웃음을 터뜨리며 나를 고문하려 드는 마왕의 모습이 떠올랐지만 설마 아무리 그래도 그건…….

……아니겠지?

"좋아, 가자."

마음을 다잡고 버튼을 누른다.

다음 순간 조명이 꺼진 것처럼 어둠에 휩싸였고, 그 어둠이 걷히자 풍경이 달라져 있었다.

전이했다기보다는 역으로 이동지가 이쪽으로 온 느낌이다.

◆ ◇ ◆

"여긴 어디야……."

내가 서 있던 곳은 지구에서 흔히 볼 수 있는 아파트로 누군가의 집 같은 장소.

방 하나에 부엌과 화장실로 이뤄진 구조로 보이는 집의 현관이다. 눈앞에 부엌이 보인다. 옆으로 보이는 목욕탕은 세면대도 함께 있는 구조로 양식 변기가 있다.

변기 커버도 있네.

설마 지구는 아니겠지.

안 돼, 좀 혼란스러운 것 같다. 뭐야, 변기 커버.

전생에서 본 것과 분위기가 너무 비슷해서 지구로 전이했나 의심해 버린다.

어쩌면 전생에서 내가 살았던 집은 아닐까 싶었지만, 내가 살던 원룸은 아니었다. 완전 다른 집이다.

잘 생각해 보니 미궁도시의 임대 아파트가 이런 느낌이라 해도 이상하지는 않을 거라는 사실을 깨달은 건 그 직후다.

하지만 부엌과 욕실이 있는 걸 보니 내가 빌리게 되어 있는 기숙사 방은 아닌 모양이다.

던전 마스터와의 알현인데 어째서 이런 곳으로?

부엌 끝에 있는 방에 누군가 있다는 건 알겠는데 설마 그게 던전 마스터인 건가.

TV에서 나오는 것 같은 소리가 들리고, 뭔가 작업음도 들리고, 형광등 빛도 새어 나오고 있다.

……아무리 그래도 그렇게 이건 너무 서민적이지 않나?

갑자기 열면 놀라지는 않으려나. 오늘은 좀 무모하다고도 말할 수 있을 정도로 상당히 용기를 쥐어 짜내면서 여기까지 왔는데, 지금이 제일 용기가 나지 않는다.

하지만 이런 곳에서 있으면 아무것도 해결되지 않잖아.

나는 마음을 굳게 먹고 문을 열었다.

"엇?"

안에는 테이블 앞에서 컵라면에 뜨거운 물을 붓고 있는 평범한 남자가 있었다.

화려한 망토도 귀족 옷도 아닌 완전한 평상복으로 정말 내 방에서 뒹굴뒹굴하고 있었습니다, 라는 느낌이다.

서로 아무 말도 못하고 굳어 있는데, 당신 누구야라는 느낌으로 날 쳐다봤다.

……뭐야, 이거.

전송처가 잘못된 거 아냐?

∞ 제10화 『알현』

어딘가의 아파트 같은 집.

그곳에 옷은 거지꼴에 상처는 나았지만 몸 곳곳이 피범벅인 남자가 우뚝 서 있다.

눈앞에는 컵라면으로 보이는 걸 먹으려고 준비하던 남자가 한 사람. ……명백한 미스 매치가 발생했다.

"어?" "엥?"

뜻밖의 전개에 서로 멀뚱거리며 쳐다보고 말았다.

어, 뭐야 이 상황…….

"어…… 저기, 누구? 가, 강도는 아닌 것 같은데."

온몸에 박혀 있던 바늘과 나이프는 고양이 귀가 사라졌을 때 같이 사라졌지만 피범벅인 데다 허름한 복장, 거기에 더해 왼쪽 손목에는 수갑이다.

괴상함 대작렬이다.

"아~ 뭐부터 설명하면 좋을까…… 너무 갑작스러운 전개에 머리가 따라오질 못해서……. 트라이얼 던전을 클리어하고 뭔가 보너스를 선택했더니…… 던전 마스터 알현?"

엇, 설마 이 사람이 던전 마스터? 평범하게 길 가다 만날 것 같은 형이잖아.

"저기, 혹시 던전 마스터?"

"아, 응. 던전 마스터인데."

"…………."

……뭐야, 이거.

자신이 던전 마스터라고 말하는 그 모습은 누가 봐도 평범한 느낌만 주는 남자였다.

평균적인 몸집, 신장, 평범한 복장. 하지만 생김새는…… 그래, 굉장히 흔한 익숙한 일본인. 나이는 고작해야 20대로 아무리 많이 봐도 30대 초반.

틀림없이 던전 마스터는 우리처럼 전생한 게 아니라 일본인인 채로 이곳으로 온 것이리라.

강자라면 보통 뿜어낼 오라도 전혀 느껴지지 않는다.

어쩌면 '던전 마스터지만 실은 약하답니다' 같은 설정이 있을지도 모르겠지만, 아무리 그래도 그렇지 그건 아니지 않을까 싶다. 너무나도 동떨어져 내가 이해할 수 없을 뿐인 거 아닐까.

"아, 저기, 새삼스럽지만 던전 마스터인 사츠키 신고입니다."

"어, 오늘 모험가 등록을 한 츠나입니다. 아…… 라면 부니까 먼저 라면부터 드세요."

"오늘? 아, 미안하지만 먹겠습니다."

상황을 이해하지 못해 당황하고 있는 모습은 내가 상상하고 있던 왕이나 마왕 같은 던전 마스터과는 너무 동떨어졌다. 무쌍하는 치트 주인공이라는 느낌도 아니다.

아니, 그딴 것보다 어째서 컵라면을 먹고 있는 거지. 높으신 분 아니었어? 그리고 또 웬 존댓말?

"그런데 어째서 이곳으로? 내 개인 공간에는 아무도 들어올 수 없을 텐데."

들어 보니 이곳은 던전 마스터가 과거 지구에서 살았던 부엌 딸린 방 하나인 집을 재현한 걸로 보이고, 미궁도시의 높으신 분도 들어올 수 없는 장소라고 한다.

확실히 얼떨결에 지구에 와 버린 것 같은 착각에 사로잡히는 레벨의 재현도. 생활의 냄새가 완전 강하다.

"저한테 그렇게 말해도……. 던전을 클리어했더니 왔다고 말할 수밖에……."

"던전 보상에 그런 게 있었나……."

던전 마스터는 컵라면 뚜껑을 열어, 수프 가루와 건더기를 넣는다. 면을 흡입할 때까지 아무 말도 없었다.

"츠나라고 했나?"

먼저 의문을 갖는 게 이름이냐. 하긴 뭐 이상한 이름이지만.

"아니, 뭐 이상한 이름이라는 건 자각하고 있지만……."

"아니아니, 그게 아니라……. 아, 긴급 보고로 올라왔던 일본 출신인가!!"

아, 오늘 일이지만 역시 보고를 받았구나.

도시 입구에서 심사를 받기도 했고. 프로레슬링을 하기도 했으니 당연히 보고 정도는 하는 건가.

"정체는 알았는데, 어째서 여기 온 건지 그건 잘 모르겠네. 미궁도시에 온 첫날이잖아? 아까 던전을 클리어했다고 말했는데 트라이얼 던전이지?"

"네."

"……어, 저기, 첫날 클리어한 거야?"

"네."

"……아, 설마, 히든 보스를 쓰러뜨린 거야?"

히든 보스……. 그 말을 듣고 뇌리에 떠오른 건 그 고양이 귀다. 마지막에는 자신의 개성마저 포기해 버렸던 고양이 귀다.

"네, 상당히 악취미인 히든 이벤트였지만요. ……때려도 됩니까?"

"아, 알았어……. 저기, 잠깐, 잠깐! 그걸 생각한 건 내가 아니라고. 그보다 애초에 히든 이벤트는 도전자 자체가 없었으니까. 그렇구나, 너무 옛날 일이라 이런 보너스 설정이었다는 걸 까먹었네. ……설마 클리어하는 녀석이 있을 줄은."

나도 모르게 몸을 앞으로 들이밀어 버렸는데 던전 마스터한테서 정정이 들어왔다.

역시 그건 고양이 귀가 말한 것처럼 첫 회 도전, 사망 0회로 강화 미노타우로스를 쓰러뜨린 경우에만 발생하는 이벤트인 것 같다.

그렇군, 설정한 건 좋은데 까먹고 방치된 거였나.

"굉장한데. 등록 첫날에 미노타우로스 격파, 히든 보스인 동반자도 쓰러뜨렸다는 거잖아. 이미 들었겠지만 루키와 중급 모험가는 제일 위와 제일 아래라고 해도 능력 차이가 엄청 클 텐데. 트라이얼 던전이 만들어진 당시라면 몰라도, 최근에는 데뷔후의 성장 요소도 많을 테고……. 설마 혼자서 클리어했어?"

"도전한 건 두 사람입니다. 다른 한 사람도 일본 출신이고, 유키토라고 합니다. 미노타우로스 공략 시점에서는 둘 다 살아 있었습니다."

"아, 그러고 보니 한 명 더 있다는 보고가 있었어. 그쪽은 히든 이벤트를 돌파 못 했구나. 기왕이면 만나 보고 싶었는데."

"고양이 귀가 히든 보스라는 사실에 동요해 목을 베였습니다."

고양이 귀를 상대로 나이프로 공격을 당한 그 녀석의 마지막 모습이 떠오른다.

그 모습, 그 녀석의 각오를 보지 못했다면 나는 이곳에 없었을 것이다.

미노타우로스와 싸울 때도 그 녀석이 없었다면 분명 어떻게 해보지 못했을 것이다. 아저씨마저 상대하기 꽤나 힘들었을 거다.

그딴 악취미인 이벤트만 없었다면 둘이 같이 클리어했을 것이다. 끝났다고는 해도 상당히 분하다.

"뭐, 어찌 됐든 좀 진정되면 만나러 갈 생각이었는데 좀 빨리 만났을 뿐인가."

"역시 일본 출신은 적은가요?"

확실히 평범하게 생각해 천문학적인 확률이라고 생각하지만.

"적어. 21세기 일본에서 온 사람들만 생각하면 너희를 포함해도 겨우 네 명. 같은 일본이라도 시대가 다르다거나 일본어를 할 줄 아는 미국인도 있긴 하지만."

"그래도 전례는 있는 거군요. 저기, 그 또 다른 한 명한테 관심이 있는데 소개해 주시는 건 어려운가요?"

"아니, 문제없어. 지금 지방 원정 중이라 만날 수 없지만 돌아오면 다른 한 명인 유키토 군이랑 다 같이 모여 밥이라도 먹으러 갈까. 할 이야기도 많을 테고, 나도 하고 싶은 말이 있으니까. 그런데 츠나는 이쪽에서 붙은 이름? 일본인 이름은 아닌 것 같은데."

……나왔다.

"한자로 '그물 망(綱)'을 쓰고 츠나라고 읽습니다."

"미안, 전생의 이름인 건가. 아, 카미이즈미 노부츠나처럼, 앞에 뭐가 붙는 츠나라면 그렇게까지 희한하지는 않을 텐데. 츠나만으로는 와타나베노 츠나밖에 들은 적이 없어서."

"전생에서는 성이 와타나베였습니다."

"뭐, 본인?"

"아뇨아뇨, 21세기 일본에서는 그랬다고 말한 건데요."

21세기 일본에는 *츠치구모도 이바라키도지도 없거든요.

"아, 그건 그렇겠네. 방금 말했지만 완전히 다른 시대 사람도 있어서 말이야. 헤이안 시대는 아직 못 만났지만 에도 시대 사

---

* 와타나베노 츠나의 모험담에 나오는 요괴들.

람도 있었어."

방금도 말했지만 전생은 시대와 관계없는 건가?

그렇다는 건 같은 21세기 일본이라도 죽은 시기가 다르기도 한다는 건가.

"제 이름은 부모님이 대충 위인을 찾아 붙인 이름입니다."

"역시 그거? 친구 중에 킨타로 같은 이름 있었어?"

이 녀석, 유키랑 똑같이 묻잖아. 정해진 형식이라도 있냐.

"킨타로도 킨토키도 없습니다. 덧붙여 말하면 딱히 요리미츠도 없습니다."

"뭐, 그건 그렇겠지. 아, 이름은 됐고. 그러고 보니 특별 보너스 어떻게 할까? 뭐 원하는 거라도 있어?"

"네? 뭔가 받을 수 있는 건가요?"

갑작스럽게 화제가 바뀌었는데, 이 알현이 보상 아닌가.

"그거야, 전대미문의 대기록이잖아. 앞으로 나타날 가능성은 있다고 해도 첫 달성자라는 건 변함없으니까. 트라이얼 던전이 생긴 지 10년 넘게 지났지만 첫날에 히든 보스 클리어까지는 나올 거라고 생각하지 못 했거든. 그래서 존재조차 잊고 있었던 거지. 아무튼 애초에 던전 클리어를 하면 뭔가 상품은 나와. 그것의 호화판이라 생각하면 돼."

응, 나도 평범하지 않은 일을 한 것 같은 기분이긴 해. 히든 보스를 먹기도 하고.

"그럼 어떤 걸 받을 수 있나요. 돈인가요?"

"돈도 좋지만, 일반적인 기록 경신 보너스는 스킬을 배울 수 있는 오브라든가, 약간 강한 무기, 방어구 같은 걸까? 이상한 곳이라면 시설 우대권 같은 것도 있고, 나랑 싸워 보고 싶은 녀석이 있으면 상대해 주기도 했어. 물건이든 권리든 스킬이든 일단 말해 봐. 이후의 성장을 방해할 것 같은 거라든가, 내 능력을 넘는 건 안 되지만 말이야. 왕국의 귀족을 때려 주고 싶다거나 하는 것도 들어주지. 죽이는 건 좀 검토가 필요하지만 말이야."

아니, 분명 그 사람들의 통치에 맺힌 건 있지만 그건 살짝 좀 어떨까…….

가볍게 말하고 있지만 정말 어떻게든 할 것 같은 기분이 드는 게 싫다. 왕국에 엄청난 영향력을 가지고 있잖아.

새삼스럽지만 여기, 정말 왕국의 일부인 건 맞는 거야?

"성장을 방해한다는 건……."

"예를 들면 지금 최전선은 분명 90층 정도일 거라고 생각하는데, 그 녀석들이 사용하고 있는 무기 같은 걸 받으면 아래층의 적 따위 순식간에 처리할 수 있으니 날로 먹는 꼴이 되겠지. 난 무한회랑의 공략을 추천하고 있으니까, 제대로 끝까지 공략할 수 있는 인원이 되어 줬으면 하는데."

"그렇군요."

단순히 상이라는 의미가 아니라, 멀리까지 내다보는 보너스인가.

공략과 관계없는 거라도 의욕으로 이어지기에 문제없어 보이지만, 공략이 단순 작업이 될 것 같은 건 안 된다고.

그렇게 말하면 아까부터 뭔가 기시감 같은 그런 위화감을 느끼고 있었는데, 이거 이세계 진입물에 흔히 있는 전형적인 신전생이랑 비슷하잖아.

죽지는 않았지만 죽게 만든 것에 대한 사과로 치트 능력을 드립니다 같은 느낌?

장소가 원룸 아파트라는 게 좀 그렇지만, 보통은 올 수 없는 곳이라는 것도 그렇고. 이곳의 중계 지점은 무슨 신이라도 있을 것 같은 그런 장소였고.

인재 육성 면도 있으니 그렇게 뭐든 되는 보너스는 아니겠지만, 이런 경우 전형적인 걸로 어떤 선택지가 있으려나.

"《감정》 스킬이라든가."

《간파》는 습득했지만 인간과 몬스터의 HP와 이름만으로 아이템은 대상 밖 같기도 하고.

"또 엄청 수수한 걸로 김이 새는데. 그걸로 좋다면 딱히 상관없지만 보통 길드에서 팔지. 〈모험가〉가 되면 그거야말로 언제든 배울 수 있으니까."

"아, 그럼 없던 일로……. 저기, 《아이템 박스》 같은 건 어떨까요? RPG에 나오는 거 같은 거요."

감정도 아이템 박스도 이세계 전생의 교과서 같은 것이다.

"《감정》보다는 순위가 올라갔지만 그것도 〈모험가〉가 되면 쉽게 얻을 수 있어. ……혹시 이세계 진입물의 전형적인 것들을 생각하는 거야?"

나를 다 꿰뚫어 보고 있는 건가.

하긴 전생자가 아니라 그냥 있는 그대로 일본인이라면 안다 해도 이상하지 않다.

"네. 애초에 어떤 스킬이 있는지 몰라서요."

"하긴 그런가. 오늘 미궁도시에 왔으니까. 그런 뻔한 대답이라면 육체 강화 같은 건 빼고, 남은 건 《스킬 강탈》 같은 게 많았지? 여기 시스템이라면 그것도 꽤나 미묘한데."

"혹시 《스킬 강탈》이라면 뭔가 문제가?"

"그거랑 똑같은 이름의 스킬이 있긴 하지만 강탈할 수 있는 스킬에 제한이 있기도 하고, 스킬 사용에 전제가 많아 쓸 수 없게 되기도 해서 여러 가지로 불편해. 애초에 스킬만 익히고 싶다면 사면 되는 거고. 그리고 몬스터도 사용하는 녀석이 있기 때문에 상위 일행은 기본적으로 대책을 가지고 있어."

너무나도 이미지가 나빠질 것 같아서 원래 익힐 생각도 없었지만, 확실히 쓸 수는 없을 것 같다.

"남은 건 2차 창작이 되는데 아이템 박스에서 무기를 사출하거나 이미지로 무기를 만드는 것도 가능하지만 상당히 특화하지 않으면 도움이 되지 않아. 원래 소재도 초특화형이니까 말이야. 대량으로 재보를 갖고 있다거나 몸 안에 성검의 칼집이 박혀 있다거나 하지는 않잖아?"

"그런 특수한 배경은 가지고 있지 않습니다."

단순히 스킬만 받아도 무쌍 흉내는 가능할 것 같다. 잘만 하면 비슷한 건 재현은 가능하다고 해야 하나.

"그러고 보니 총 같은 건 어떤가요? 동료가 흑색 화약까지는 만든 것 같던데요."

"다루기 위해서는 전용 면허가 필요하지만 도시에서 흔히 팔고 있지. 대미지가 거의 고정치라서 무한회랑의 낮은 층까지라면 사용할 수 있으려나. 하지만 너무 스킬이 없는 데다 비싸. 어쨌든 탄약이 비싸. 개인적으로는 별로 추천 안 해."

총은 이미 있다는 건가…….

높은 층으로 가면 쓸 수 없다니, 여기 모험가들은 말도 안 되는 초인이야.

"기관총 같은 것도 안 되나요?"

"아니, 안 되진 않아. 탄속은 빠르고 연사도 가능해서 낮은 층이라면 최강이야. 다만 낮은 층을 지나면 스킬과 클래스의 선택지가 대량으로 넓어지는 데다, 총을 사용하면 스킬을 강화할 수 없기 때문에 다들 피하지. 일본의 상식으로는 좀 움찔하겠지만, 같은 돈이 든다 하면 활 쪽이 대미지를 더 줄 수 있어. 일반인이 호신용으로 사용하는 거라면 좋을지도 모르지만, 일반인은 애초에 필요가 없으니까 말이지. 면허를 따는 것도 힘들고."

그렇군, 가끔 총이 나오는 판타지 RPG에서 검 쪽이 대미지가 나오는 경우가 있는데 그런 거랑 같은 건가.

이제는 구경의 크기 같은 건 관계없는 상황인 거려나.

"남은 건 뻔한 거지만…… 마법, 마술인가?"

"오~ 좋네요, 마법. 사용해 보고 싶어요."

마법다운 마법은 《머티리얼라이즈》 정도 밖에는 써보지 않았으니까. 《파워 슬래시》는 MP를 쓰지 않는 것 같고, 마법이라기보다는 검기니.

《굶주린 짐승》은 제멋대로 발동하는 것 같고.

지금은 거의 MP가 놀고 있는 상태니까 유효하게 활용할 수 있으면 좋겠지.

"무난해서 좋을지도. 하지만 마술이라면 제대로 적성을 조사한 뒤 고르는 게 좋을걸. 길드에서 검사해 주니까 특기 분야라든가를 살리는 방향으로 배우는 게 나을 거야."

"재능이 없으면 쓸 수 없기도 하는 건가요?"

"그런 경우는 없지만 아무래도 특기 계통이나 방향성이 있으니까 말이야. 공격이 특기이거나, 회복이 특기이거나. 중급 이상이라면 대부분 뭔가 잘하는 마술을 배워."

그러고 보니 도마뱀 아저씨는 엄청 많은 보조 마법을 사용했지. 고양이 귀도 뭔가 썼던 거려나.

"그렇군요, 그럼 그 검사를 받은 다음에 하는 게 좋겠네요. 애초에 어떤 스킬이 있는지 기준을 모르기 때문에 그런 것들에 대한 조사도 포함해……."

"미궁도시에 와서 하루잖아. 트라이얼을 돌파하면 자료실도 이용할 수 있게 되니까…… 참고를 위해 잠깐 《감정》해도 괜찮겠어? 어드바이스를 할 수 있을지도."

"……아, 네, 그럼 그렇게 해 주세요."

그런가, 이야기하면서 특별히 느껴지지는 않았지만 던전 마스터가 그쪽 스킬을 갖고 있지 않을 리 없잖아.

일부러 하나하나 양해를 구할 필요는 없다고 생각하지만 그게 매너인 걸지도 모른다.

스킬이 발동한 건지 어떤 건지는 잘 모르겠지만, 잠자코 나를 본다. 이렇게 나를 빤히 보니 상당히 거북하다. 창피하다고.

"…………뭐지, 이거?"

"무, 무슨 이상한 표시라도?"

"대관절 어떤 환경에서 살면 이런 스킬 구성이 되는 거지?"

이건 그거려나.

"저기, 《원시인》 말인가요?"

"아니. 그것도 거슬리지만…… 아~ 그렇구나, 루키라서 카드에 다섯 개밖에 표시 안 되는 건가. 카드를 갱신하면 알 수 있지만 읽어 주지."

던전 마스터는 내 스킬을 읽기 시작했다.

내가 인식하고 있는 《산술》, 《서바이벌》, 《식물 감정》, 《생물 독 내성》. 그리고 《원시인》을 시작으로———.

《산술》　　　　　　　《자연 덫 작성》

《서바이벌》　　　　　《자연 덫 활용》

《음식물 감정》　　　　《구사일생》

《생물독 내성》　　　　《생에 대한 갈망》

《원시인》　　　　　　《강자의 위압》

《악식》　　　　　　　《기사회생의 일격》

《악운》　　　　　　　《굶주린 짐승》

《위기 속 괴력》　　　《물어뜯기》

《통각 내성》　　　　　《오크 킬러》

《내장 강화》　　　　　《한계촌락의 영웅》

《막강 소화력》　　　　《검술》

《강철 위장》　　　　　《자세 제어》

《대 동물 전투》　　　《긴급 회피》

《방향 감각》　　　　　《파워 슬래시》

《대 마물 전투》　　　《간파》

《불요불굴》　　　　　《회피》

《시골뜨기》　　　　　《공중 자세 제어》

《자연 무기 작성》　　《공중 회피》

《자연 무기 활용》　　《선풍참》

이토록 믿을 수 없을 만큼, 많은 양의 스킬 이름이 던전 마스터 입에서 나왔다.

"엉?"

오늘 습득한 스킬에 더해 다섯 개 이상은 있을 거라고 생각하고 있었지만, 설마 그렇게 많을 줄은……. 이름만으로는 효과를 잘 이해할 수 없는 것도 있고.

다섯 개보다 약간 많아서 표시할 수 없는 정도가 아니다.

그러고 보니 거의 도마뱀 아저씨와 미노타우로스의 영향이겠지만, 트라이얼에서 열 개 가까이 배운 거다.

"많네요. 하지만 보통 다들 이 정도는 하죠?"

"아니, 전혀. 디폴트 스킬란의 다섯 개도 보통은 좀처럼 채우질 못해. 이거, 루키로서는 분명 최다 기록이야.

게다가 거의 밖에서 습득했다는 걸 믿을 수 없을 정도야. 숫자만이라면 미궁도시의 중급 모험가 정도지만, 애초에 미궁도시의 모험가가 스킬을 배우기 쉬운 건 사거나 〈클래스〉를 가지고 있거나 하기 때문이지."

"클래스? 전사라거나 마법사, 그런 걸 말하는 건가요?"

그러고 보니 고양이 귀의 카드에도 표시되어 있었잖아.

그 녀석 건 〈척후〉였나? 진짜 잠깐 힐끔 보았기 때문에 제대로 기억 못 한다.

"G랭크로 올라갈 때에 그 시점에서 선택 가능한 〈클래스〉를 선택하는 건데, 이 〈클래스〉의 특성으로 스킬을 자동 습득할 수

있어. 게다가 파는 스킬도 있어서 습득과 발동에 전제 조건이
있어도 늘리려고만 하면 늘릴 수 있지. 미궁도시는 그만한 환경
에 있으니까 말이야. 하지만 그런 습득 보조가 없는 밖에서 이
랬다는 건 좀 이상해. 영웅이라든가 용자라고 말해도 이상하지
않다고."

진짜로.

술집에서 노예처럼 취급받았지만.

"숫자도 그렇지만 나도 본 적 없는 스킬이 있어. 일단 《굶주
린 짐승》은 아마 150층 근처의 용종(龍種)이나 수종(獸種)이 사
용하는 《굶주린 맹수》에 가까운 스킬이야. 《원시인》은 잘 모르
겠어. 《한계촌락의 영웅》도 본 적 없지만 이건 아마도 칭호겠
지. 가끔 있는 유니크한 거."

"150층……."

의문 하나가 깔끔하게 해결됐다.

유키와 도마뱀 아저씨가 말한 대로 최소한 100층에서 끝나는
일은 없을 것 같다.

"그보다 어떤 상황에서 《오크 킬러》 같은 칭호 스킬이 나오는
거지? 이거, 일정 기간에 오크 제네럴 이상을 포함한 오크종 수
백 마리를 쓰러뜨리는 게 조건인데."

그 눈에 띄는 놈, 그냥 오크 리더가 아니라 오크 제네럴이었던
거냐.

어느 정도의 랭크인지는 모르지만 강했던 모양이군. 무슨 짓
을 한 거야, 나는.

"이 정도의 저력이 있으면 보너스가 뭐든 써먹을 수 있을 것 같은데. 밖에서 혼자 힘으로 이 정도 익혔다니 미궁도시의 환경에서라면 더 엄청난 일이 벌어질 것 같아. 보너스는 그냥 좋아하는 걸로 해도 되지 않을까? 늘 쓸데없이 눈부시게 빛나는《칠색의 후광》같은 거 필요해?"

뭐야, 그 요란하고 눈에 띄는 스킬은? 대머리가 가지고 있으면 마구 빛을 반사해대 엄청난 일이 벌어질 것 같다.

"그건 좀……. 죄송합니다만 조금 전에 말한 150층이란 거 무한회랑을 말하는 거죠?"

"그런데…… 앗, 100층 이후는 정보를 공개하지 않았던가? 소문내지는 말아 줘. 딱히 숨기는 건 아니지만 본인 힘으로 확인하고 싶어 하는 녀석도 있을 테니까."

"말 안 하는 건 괜찮지만, 역시 100층 넘게 있는 거죠?"

"있어."

대수롭지 않다는 듯이 그렇게 말했다.

"뭐하면 그 정보가 보너스라도 상관없습니다만, 무한회랑은 몇 층까지 있습니까?"

"그런 치사한 거래는 안 하지만, 아쉽게도 대답할 수 없어."

"그건 뭔가 공표하면 안 된다거나……."

"아니, 그런 게 아냐. 솔직히 말하면 몰라."

"몰라요?"

분명 관리자일 던전 마스터인데도?

하지만 상위 그룹이 도달하지 못한 100층 이상의 정보를 가지고 있다는 사실은, 그다음도 파악하고 있다는 의미 아닐까.

"난 던전 마스터라고 불리고, 던전 관련 권한도 갖고 있지만, 실제로 무한회랑을 만든 사람은 아니야."

던전 마스터의 입에서 나온 그 진실은 약간 좀 충격적.

"나 자신이 처음으로 100층을 공략했기 때문에 공략 계층 이하의 권한을 가지고 있을 뿐이야."

잠깐, 상상도 못했던 이야기다.

"다시 말해…… 던전 마스터도 모험가 중 하나라는 건가요?"

"그래. 현역으로 계속 파고들고 있는 거지."

정말 내가 들어도 괜찮은 건지는 판단이 서질 않는다.

"그럼…… 현재 진짜 최전선은 몇 층인가요?"

"바로 어제인데 그 최전선은 갱신됐어."

무지 스케일이 큰 이야기였다.

"현재 도달해 있는 최심층은 1203층이야."

"천……."

현기증이 났다.

문자 그대로 단위가 다르다. 100층에서 끝나는 게 아니라 최소한 그 12배는 존재하고, 끝을 다시 그 앞의 숫자로 상정하니 정신이 아찔해진다.

무리해 깔끔하게 끝나는 숫자로 3000층 정도일까? 5000층이나 10000층이라 해도 이상하지 않다.

그래, 글자 그대로 무한회랑이군. 공략 스피드를 올리라고 엉덩이를 차고 싶어진다.

"나랑 몇몇 멤버는 그런 곳에서 싸우고 있지. 미궁도시의 모험가 육성도 이 공략의 스피드를 올리기 위한 요원 확보가 목적이야. 다섯 명으로는 부족해. 현재로써는 길드의 최상위 그룹도 아직 100층 전이니, 앞으로 시간이 오래 걸릴 것 같지만."

그게 이 도시와 제도를 만들어 낸 목적인가. 상상했던 것보다 훨씬 진지한 목적이었다.

그 극단적인 규모 말고는.

"뭔가 목적이 있나요? 솔직히 말해 100층 클래스라도 엄청나게 많은 보물이 들어오지 않나요?"

"생활비를 벌기 위해서만이라면 무리해서 공략할 필요도 없지. 힘을 얻고 싶다고 해도 할 의미가 없으니 안 할 뿐, 당장에라도 세계 정복이라든가 가능할 것 같아. 난 말이야, 명확한 목적 같은 건 없지만 일본으로 돌아가고 싶어. 무한회랑에 있으면 그게 가능할 것 같은 낌새가 보여."

"그건······."

아니, 그건 어떻게 된 거지.

이세계 진입 후 원래 세계로 돌아가고 싶다는 건 지극히 당연한 소원이다. 우리와는 달리 던전 마스터는 직접 이곳으로 온 것일 테니 더 그런 모양이다.

소설 같은 데에서도 원래 세계로 귀환하려는 주인공은 그리 드물지 않다.

다만 그런 걸 읽었을 당시부터 생각했던 건데, 가볍게 인간을 초월하는 녀석이 일본으로 돌아가 생활할 수 있으려나.

자각은 없어도 가치관이나 상식은 다른 것이다. 이세계의 전쟁에서 대량 살인을 하거나, 마왕을 쓰러뜨리는 강대한 힘을 손에 넣고도 같은 가치관으로 살 수는 없을 것이다.

치트 주인공도 용자도 아닌 나조차도 과거의 자신과는 너무나도 다르다는 걸 자각하고 있을 정도다.

목적을 부정하는 건 아니지만 던전 마스터는 그런 건 생각 안 하는 건가.

애초에 그렇게 말도 안 되는 계층까지 공략하고 있다는 건 이미 인간 핵탄두 같은 거잖아?

"생각하는 건 알겠어. 이미 올림픽이나 그런 레벨이 아닌 힘을 가지고 있으니 제한하지 않으면 저쪽에서 제대로 된 생활은 못 하겠지. 굳이 말한다면 초인 올림픽 같은 느낌이고, ……아니, 그게 아닌가. 하지만 그 기준을 잘 모르겠어. 다만 뭐, 그래도 저쪽 가족을 한번 보고 싶다는 이유도 있고, 죽을 때는 저쪽에 묻히고 싶으니까 말이야. 나는 전생자가 아니라 전이자(轉移

者)라서 더 그래."

전이자라는 건 알고 있었지만 그건가, ……인생의 종착점으로 상정하고 있다는 건가.

그렇다면 이해 못하는 것도 아니지만 그런 걸로, 그렇게까지 모티베이션을 가지고 있다는 걸까.

아니, 유키도 그렇지만 이런 목표라는 것들은 대부분 본인밖에 모르는 기준이 있는 것 같다.

"그런 이유로 츠나 군도 빨리 올라오도록. 환영해 줄게."

"전 남들처럼 평범하게 사는 게 목표였는데요."

유키를 돕는다고는 말했지만 나 자신은 매일 바뀌는 정식을 매일 먹을 수 있다면 죽어도 좋다고 생각하고 있다. 내 소원은 너무나도 소소하잖아.

"어느 정도여야 남들처럼 사는 건지 잘 모르겠지만, 모처럼 상식을 깨는 능력이 있다는 걸 알았으니 더 위를 목표로 하지? 밖에서의 이주자는 모험가 지원이라는 사실이 이주의 주요 기준이니까 계속 편의점 아르바이트만으로 생활하기는 어려울 거야."

"역시 밖에서 이주를 거부당하는 사람도 있군요."

문 앞에 우락부락한 패거리만 있는 이유다.

유키와 앞에 섰던 아이를 빼면 나를 포함해 지저분하고 더러운 놈들뿐이었다고.

"그거야 당연하지. 난민은 받지 않고, 스파이나 밖으로 물건과 정보를 가지고 나가려는 의도를 가지고 있는 자들은 마법이 자동으로 막아. 모험가가 될 생각인 인간이라면 의외로 느슨하지만, 그거 이외는 전문 기술을 가진 인간이라도 심사는 엄격해. 도시에 들어오기 위한 심사도 며칠씩 걸리지. 하지만 츠나 군은 심사 단계에서 일본 출신이라는 사실을 알았으니, 시간이 많이 걸리진 않았을 텐데?"

그 말을 듣고 떠오른 건 문에서 호모 안경잡이한테 받은 심사다. 다른 사람은 좀 더 긴 심사가 필요했던 건가.

앞에 섰던 아이도, 왜 강습에서 보지 못했나 싶었더니 그런 이유가 있었군.

"그러게요, 그러고 보니 몇 시간 정도였어요. 호모 같은 안경잡이가 엉덩이를 만지긴 했지만."

"정말 미안해."

짐작이 가는 게 있는지 미안한 표정으로 사과했다.

아니, 괜찮은데. 나도 자이언트 스윙을 날렸으니까.

"뭐, 일단 사는 데 필요한 식량을 얻기 위함만이 아니라 위로 올라오길 원하는 게 내 진심으로, 이 도시를 만든 목적이다. 그래서 전력으로 지원하고 있고 보수도 준비해 뒀어."

위를 목표로 하면 뭐가 달라질까. 보통 생각할 수 있는 게 돈, 지위, 명성, 강함, 이성에게 인기를 끈다는 정도지만 그것들에 큰 욕구를 느끼지는 않는다.

어떤 의미로 이곳에선 일본보다도 쾌적하게 생활할 수 있을 것 같고, 전생에 살던 고향으로 돌아가고 싶다는 욕구도 원래 딱히 없다. 덧붙여 이번 생의 고향으로는 돌아가기 싫다.

유키를 돕기 위해서, 또 굳이 말한다면 던전 마스터조차 모르는 심층을 공략해 보고 싶다는 호기심은 있지만.

"지금 상황에서 특별히 원하는 게 있는 건 아니지만, 던전 마스터를 도와드리고 싶어졌습니다."

"그거 다행이네. 같이 일본으로 돌아가 이종 격투기 경기 같은 데 나가자."

"그건 좀……."

너무 유치하다. 글자 그대로 손가락 하나로 파열시키는 거 아닐까. TV 중계라도 했다간 대참사다.

하지만 막상 일본으로 갈 수 있게 된다고 해도…… 난 안 갈 것 같다. 이 몸은 과거의 와타나베 츠나가 아니기 때문이다.

이 도시에 오기 전이었다면 생활을 위해 갈지도 모르겠지만 말이다.

"그러고 보니, 하나 확인하고 싶은 게 있는데요."

"뭔데?"

"던전을 관리한다기에 말인데요, 몬스터 이름 같은 건 던전 마스터가 짓는 건가요?"

"그건 답하기 어려운데. 내가 설정한 몬스터는 그런 경우도 있지만, 원래 이 세계에 있었다거나 던전에 등록되어 있었던 건 대부분 그냥 그대로야."

"아니, 정말 전혀 중요하지 않은 이야기인데요, 미노스랑 관계도 없는데 '미노타우로스'라는 건 좀 이상하지 않나요?"

"코시미노를 차고 있었잖아. 브리프타우로스라거나 부메랑타우로스도 있어. 소들은 미궁도시에서 이미 개그 캐릭터 취급이라고."

머리가 아팠다. 우리는 개그 캐릭터한테 그런 고통을 받은 거냐…….

나중에 유키한테 가르쳐 줘야지.

"처음에 그건 '우귀(牛鬼)'라는 이름이었지만 정식으로 〈오니(鬼)〉 종족을 추가하게 돼서 '미노타우로스'로 바뀌었어. 그래서 그때는 깨닫지 못했지만 나중에 그 사실을 깨닫고는 절충안으로 코시미노를 차게 했지. 그거 말고도 비슷한 이야기는 많고 별로 중요하지 않은 일이지만, 이건 눈치챘으니까. 다시 한번 더 바꿀까 싶어서 미노타우로스들한테 상담했더니 이미 정착된 거니까 그냥 놔두라고 하더라고."

이 사람, 사실은 바보 아닐까. 아무렇지도 않게 미노타우로스랑 대화하고 말이지.

뭐, 최소한 묻고 싶은 건 물을 수 있었고, 전혀 중요하지 않은 이야기니 다른 것들은 다음에 물을까.

유키가 바라는 것도…… 기회가 된다면 그 녀석 본인이 물어야만 하는 거겠지.

"클리어 보너스는 다음에 말해도 될까요? 좀 생각해 보고 싶어서요."

"좋아, 다음에 같이 밥 먹을 때라도 말해 줘. 아, 아니지. 빈손으로 보내기는 뭐하니까, 보너스라고 할 만한 정도는 아니지만 선물을 주지."

설마 참치 캔 같은 건 아니겠지. 아까부터 방 한구석에 있는 게 보였는데.

"일단 이 도시는 반은 독립 국가 같은 데라서 왕국 귀족은 없지만, 상급 랭크의 모험가가 되거나 하면 어느 정도의 지위를 얻고 가문의 이름을 붙일 수 있어. 집안을 일으킨다는 의미지. 원래라면 데뷔 전후에 생각할 이야기는 아니지만, 이 권리를 먼저 선물할게."

"오오~."

굉장한…… 건가?

"단순한 덤이고, 딱히 이것 자체에 중요한 메리트는 없지만 말이야. 와타나베로 좋지? 와타나베 츠나."

"기분이 좀 이상하지만, 좋네요. 다시 태어난 느낌이고요."

던전 마스터가 뭘 한 건지는 모르겠지만 카드를 보니 이미 이름 표기가 '와타나베 츠나'로 되어 있었다.

엄청 그립네. 츠나라는 이름도 이번 생의 부모한테서 받은 게 아니어서 불효인 것도 아니고 말이다. 읽는 방법도 달라진 게 아니니.

이건 서류 수속 같은 건 안 해도 되려나.

"그리고 또 이거. 와타나베 츠나라고 하면 이바라키도지를 벤 '히게키리(髭切)'잖아. 거기에 나오는 일본도 한 자루, 이걸 선물로 줄게."

진짜?

유키가 농담으로 말했던 일본도를 든 주인공이 되는 거냐, 나? 약간 두근거리는데.

하지만 어째서 이런 곳에 칼이 있는 거지.

던전 마스터한테서 그걸 받자, 묵직한 확실한 중량감이 전해 온다.

위험해, 나 완전 헤벌쭉한 표정일 거야.

"어, 저기, 잠깐 좀 뽑아 봐도 되나요?"

"그럼. 그 녀석은 좀 전에 내가 만든 거야. 이름은 지금 붙이지. 이름은…… 〈히게키레즈(不髭切)〉다!!"

"목검이잖아욧!!"

뽑아 보니, 안에서 나온 건 금속이 아닌 나무였다.

이 녀석, 칼집에서 뽑을 타이밍 계산해서 농담했다.

이걸로는 수염(髭)도 못(不) 잘라(切).

"뭐, 그렇긴 하지만 하급에서는 의외로 우수한 무기라고 생각해. 공격력 그 자체는 딱히 없지만 《불괴(不壞)》의 능력이 붙어 있기 때문에 같은 랭크 이하의 적을 공격하면 내구치가 줄어들지 않고, 벨 수는 없지만 《도술(刀術)》 스킬은 단련할 수 있지. 그리고 보너스 정도의 개념이지만 〈오니〉에 대한 종족 특공도 더해져 있어. 이제 오니가 아닌 미노타우로스한테는 먹히지 않지만."

"하아……."

뭐지, 이 아쉬운 느낌은.

고양이 귀와 싸울 때도 검이 부서지기도 했으니 망가지지 않는 무기는 무지 고맙긴 하지만.

"맞다, 그리고…… 참치 캔이라도 가져갈래?"

"역시 그러긴가요!!"

어쨌든, 그런 느낌으로 나와 던전 마스터의 첫 만남은 끝났다.

마지막쯤에는 높으신 분과 이야기한다는 느낌이 사라졌지만, 그건 던전 마스터 탓으로 난 잘못한 게 없다.

덧붙여 참치 캔도 받았습니다. 먹을 거에는 죄가 없으니까요.

엘리베이터 문이 열리자 그곳은 길드 회관의 1층이었다.

아무래도 던전 마스터의 프라이빗 공간과 직통하는 듯, 전용 루트가 준비되어 있는 모양이다. 이쪽에서는…… 그쪽으로 못 가는 것 같다. 일방통행이다.

평소에 별로 사용되지 않는 곳이라 그곳에서 나오는 나를 보고는 엘리베이터 홀 근처에 있던 사람들이 깜짝 놀랐다.

"츠, 츠나 씨? 왜 그런 데에 나오시는 거죠?"

"아, 그게, 여러 사정이 있어서……."

이곳으로 왔을 때 접수대에서 날 상대해 줬던 아가씨가 마침 근처에 있다가 날 본 모양이다. 이 사람, 이름이 뭐였더라?

"카드를 받자마자 그대로 트라이얼로 간다고 말했잖아요? 그런데 왜 그런 데에서……."

"음, 그게 트라이얼은 클리어했어요. 그래서 조금 전까지 던전 마스터를 만나고 엘리베이터를 탔더니 이곳으로."

"네?"

무슨 소릴 하고 있냐는 그런 표정을 짓는데 사실 무리도 아니다. 말하는 나도 잘 이해가 안 가는 경위다.

"어, 설마……. 정말로? 첫 회 클리어인가요?"

"네."

"자, 잠깐만 기다려 주세요."

당황해 접수 아가씨가 공중을 쳐다본다. 뭔가 본인한테만 보이는 정보라도 표시되어 있는 거려나.

"말도 안 돼…… 정말로? 두 분 다 확실하게 클리어하셨네요. 동반자와, 또 다른 한 명…… 유키 씨는 어디에? 아, 잠깐, 동반자는 그게……."

지금까지 한 번도 없었던 일이라도 접수 아가씨라면 트라이얼 던전의 히든 이벤트를 알고 있다고 해도 이상하지 않을 것이다.

"네, 동반자인 고양이 귀는 죽었습니다."

"…………."

그게 얼마나 힘든 일인지 던전 마스터한테 들어 인식하고 있었지만 이렇게 할 말조차 잊는 걸 보니 엄청난 일을 해 버렸다는 걸 통감한다.

로비 의자에 앉아 있던 처음 보는 모험가도 눈이 휘둥그레져 나를 빤히 쳐다보고 있다. 승리의 V 사인이라도 해 보이는 게 나으려나. 이예~.

"그, 그런가요? 그래서 던전 마스터한테……. 그러고 보니 그런 설정이 있다고 들은 적이 있어요. 유키 씨는…… 공략 후에 히든 이벤트로 죽었군요. 그렇다고 하면 지금은 병원에 있겠네요."

부활하는 건 병원이냐. 왕 앞이라든가 교회나 신전 같은 게 아니었군. 한심하다고 매도당할 일은 없어 다행이다.

"죽은 뒤 부활이라면 치료에 얼마나 걸리는 거죠?"

"치료 자체는 던전에서 전송된 시점에서 끝나 있지만, 눈을 뜨기까지는 몇십 분부터 길게는 하루 정도 걸립니다. 공략 완료부터 2시간 정도 지났기 때문에 이미 깨어나 있을지도 모르겠네요. 츠나 씨는 병원 장소는 잘 모를 테니 지도를 그려 드릴게요."

"감사합니다."

아직 아무것도 모르는 상황이니까.

그러고 보니 미궁도시에 와서 아직 하루도 채 지나지 않았잖아……. 무지 오래된 느낌이지만.

아직 날은 밝지 않은 모양으로 밖은 깜깜했다. 하기야 던전 공략이 얼마나 걸리는지 모르는 이상 길드는 24시간 영업하지 않으면 안 되겠군.

"저기…… 지금 몇 시 정도 됐나요?"

"네? 8시가 조금 안 됐어요. 저기 시계가 있어요. 볼 줄은 아시죠?"

접수 아가씨가 가리키는 곳에는 벽걸이 시계가 있었다.

이 세계에 와 처음 시계를 봤는데, 일본에서 자주 보던 12진법 시계는 분명 저녁 8시 조금 전을 가리키고 있다.

말도 안 돼…….

"왜 그러세요?"

"……내가 여기를 나와 던전에 들어간 게 저녁이었는데."

다섯 시인가, 여섯 시 정도였을 텐데. 학생들이 빠지고, 우리가 안으로 들어갔을 때에는 분명 날이 저물었다.

던전 마스터와 이야기한 시간을 두 시간으로 잡으면 던전을 공략한 시간이 통째로 빠져 있다. 안에 있던 건 아무리 길었다고는 해도 분명 24시간이 지나지 않았을 텐데…….

"……아, 츠나 씨는 던전 공략이 처음이죠. 동반자한테서 못 들었나요? 이 미궁도시의 던전은 안에 머무는 동안 시간이 경과하지 않게 되어 있습니다."

어처구니없네.

여기 온 뒤 몇 번이나 깜짝깜짝 놀랐지만, 이번 건 아주 끝장이다. 엄청난 기술이라는 정도가 아니잖아.

하지만…… 아, 그래, 이걸로 던전 마스터가 공략하고 있는 층이 상상을 초월하는 것도 약간은 납득해 버렸다.

"그건 안에서 몇 시간이 흐르든, 며칠이 흐르든 밖으로 나오면 순간이라는 뜻인가요?"

"실은 장시간이 되면 몇 초 정도의 간격은 벌어진다 합니다만 실감하기에는 별 차이 없어요. 그 인식에도 문제없는 거죠. 다만 던전은 계층마다 체재 시간 제한이 있어 무제한으로 안에 있을 수는 없습니다. 도전 6일 제한이 없으면 학생이 공부를 위해 그 안에 틀어박힐 것 같죠."

공부 도구와 참고서를 가지고 어두운 동굴 안에서 몬스터와 계속 싸우며 공부하는 고학생인가. 너무 살벌한데~.

"심층이라면 머무는 시간도 길어지기 때문에 최전선 공략조라면 오래 걸릴 때는 안에서 수십 일 동안 공략하는 거지만 밖에서 보면 역시 들어간 직후에 나오는 것처럼 보입니다."

다시 말해 던전 어택의 구속 시간은 실질 제로라는 뜻이다. 준비 기간을 생각하지 않으면 주휴 이틀은커녕 주휴 7일, 실제 근무 시간 0분이 된다. 자택 경비원들도 깜짝 놀라겠다.

"그런 이유로 모험가는 시간 여유가 많은 직업입니다. 시간에 대한 감각을 잃기 쉽다고도 할 수 있지만요."

"그렇다면 나이 문제 같은 게 발생하지 않나요? 어린아이가 갑자기 어른이 된다거나."

밖의 시간은 경과하지 않는다고 해도, 안에서 시간이 흐르고 있는 것이다. 나름대로 성장과 노화는 진행되겠지.

한참 크던 아이가 갑자기 커져 돌아오거나 하면 부모로서는 복잡한 기분일 것이다.

극단적인 이야기로 어제까지 작은 모습으로 '아빠~.' 하던 어린아이가 다음 날 만났더니 자신의 키보다 더 켜져서는 '아버지, 안녕.' 하고 부르는 것도 있을 법한 이야기다.

애초에 낫는다고 해도 어린아이의 몸이 잘리거나 먹히는 걸 부모가 허용할 수 있느냐의 이야기다. 기분은 썩 좋지 않겠지?

"맞습니다. 그래서 몇 가지 특별한 경우를 제외하고 중등부 졸업 기준인 14세까지는 트라이얼은 받을 수 있어도 데뷔는 못 합니다. 보호자가 있는 경우는 그보다 위의 연령이라도 보호자의 동의가 필요합니다."

그거야 그렇겠지. 보호자가 있으면 일단 이해를 얻는 게 필요할 것이다.

보호자의 그 심정 이해합니다. ……나한테는 보호자 같은 거 없지만.

"큰 소리로 말할 수는 없지만 여자 모험가는 젊음을 유지하는 데 신경을 많이 쓰고 있습니다. 젊어지는 수단이 있어도 노화 방지를 하는 쪽이 훨씬 돈도 수고도 덜 드니까요."

"접수처 누님도요?"

하지만 이 사람은 모험가가 아닌 길드 직원인가.

"저, 전…… 맞아요. 여러 가지로 신경을 쓰고 있어요. 네, 여자니까요."

생각해 보니 모험가가 아니어도 신경은 쓰겠네.

내가 일하던 술집의 딸…… 레베카 씨도 나름대로 신경 써서 관리하는 것 같았으니, 미용 수단도 많을 것 같은 이 도시라면 더더욱 그럴 것이다.

반대로 남자는 그렇게까지 신경 쓸 일도 없을 테지만, 굳이 찾으면 근력이라든가, 주름이라든가…… 대머리 정도려나. 〈머슬 브라더스〉는 빛나리였는데, 그건 깎은 건가?

어쨌든…… 미궁도시에는 외모와 나이가 일치하지 않는, 진짜 완전 동안 할머니가 살고 있을 가능성도 있다는 건가.

이곳에 있으면 이전의 상식이 와르르 무너지는 느낌이 든다.

유키의 소원도 사실은 손쉽게 이뤄지는 거 아닐까?

"이게 병원 지도입니다. 확인했는데, 유키 씨는 조금 전에 정신을 차렸다고 합니다. 동반자인 칫타 씨는 이미 퇴원했습니다."

그러고 보니 그 고양이 귀도 죽었으니 병원에 있었던 건가.

얼굴 보기가 괴로우니 솔직히 없는 편이 낫다. 그쪽도 자신을 물어 죽인 상대를 만나고 싶지 않을 테지.

지금 얼굴을 보면 나를 한 대 칠 것 같다. 나도 고양이 귀를 달고 진정한 의미에서의 캣 파이트가 전개될지도 모른다.

"유키 씨가 퇴원하면 내일이라도 접수하러 와 주세요. 두 사람 모두 초심자 강습 수강 완료니 승격 데뷔의 수속을 밟아야 하니까요."

"그런가, ……벌써 데뷔인가. 뭐 챙겨야 할 거라도 있나요? 필요한 서류라든가."

덧붙여 인감 같은 건 없다고.

글자를 쓰는 것도 일본어라면 문제없다고 생각하지만 이 세계의 문자는 이름밖에 못 쓴다. ……전생한 뒤 15년 이상 지났지만 잊지 않았다.

"준비물은 스테이터스 카드만 있으면 충분합니다. 그건 그렇고 설마 당일 공략으로 바로 데뷔하는 사람이 나올 줄은 상상도 못했습니다. 완전히 깜빡했는데요, 축하드립니다."

"아, 네, 고맙습니다. ……던전에서도 말했는데 이제 파티에서 가입 제안이 올까요?"

드래프트는 없겠지만, 충분히 어필은 됐을 테지.

"네, 물론이죠. 원하는 곳이 엄청 많을 겁니다. 가입 권유가 많아 힘드실 거예요. 역으로 기생하려는 하급 모험가들도 있으니 그런 모험가는 조심하세요. 블랙리스트를 공개하고 있으니 요주의 인물을 체크해 두길 추천합니다."

그런 녀석도 있는 건가…….

전생의 인터넷 게임에서도 있었는데, 어느 세계든 다르지 않구나. 여기라면 인터넷 여장 남자는 없다 쳐도 여자 모험가는 있을 테니, 여왕벌 플레이를 하는 녀석도 있을 것 같다.

그 트라이얼을 돌파한 실력인데도 그런 녀석이 있다는 것도 좀 싫다. ……아니, 트라이얼 자체를 기생해 통과하는 녀석이 있는 건가?

"그런 주의점에 관해서는 데뷔 강습에서 설명해 주기 때문에 자세한 건 그쪽에서 들으세요. G랭크일 때는 애초에 파티도 만들지 못하지만 큰 클랜이라면 관계없이 가입 권유가 있을 테고, 애초에 츠나 씨와 유키 씨라면 랭크는 금방 올라갈 겁니다."

"그거 다행이네요. 앞으로의 일에 관해서는 유키도 신경 쓰고 있었는데 마음이 놓여요. 그럼 병원에 다녀오겠습니다."

"네. 오늘 수고 많으셨습니다."

접수처 누나가 보는 가운데 회관을 뒤로했다.

저녁 8시라는 시간 탓도 있는 건지, 거리를 지나다니는 사람들이 간간이 보였다.

왕도에서는 저녁이 되면 사람은 거의 다니지 않고, 고향 마을 같은 데는 정말 쥐 죽은 듯이 조용했다. 이곳은 역시 별세계야.

그러고 보니 접수처 누나의 이름을 묻는다는 걸 깜빡했다는 생각을 하며 지도에 그려진 장소로 향했다.

그럼 어디 유키 얼굴이라도 보러 다녀올까.

∞ 에필로그 『재탄생』

끝없이 어둡고 어두운 암흑을 떠돌고 있다.

육체도 정신도 그 형태가 애매모호한 채로 점점 암흑으로 녹아가는 듯한, 나 자신이 사라져 가는 것 같은 감각.

대체 얼마나 이렇게 떠돌고 있는 걸까.

눈을 떠도 아무것도 보이지 않는다. 애초에 눈이 있는지 어떤지도 모르겠다.

손발 하나 움직일 수 없다. 애초에 몸이 있는지 어쩐지도 모르겠다.

이대로 존재 자체가 사라져 버릴 것 같은 기분이 들었다.

이게 죽는다는 건가.

이미, 어떻게 죽은 건지도 떠오르지 않는다.

자신이 누구였는지도 기억나지 않는다.

모든 게 사라져 없어지는 그런 상태가 되어, 처음 '그것'을 깨달았다.

'그것' 은 우주와도 비슷한 스케일의 힘의 소용돌이.

'그것' 은 너무나도 거대한 영혼의 너울거림.

'그것' 에 휘말리면 확실하게 소멸할 것 같은, 압도적 존재가 바로 가까이에 있었다.

감정이고 뭐고 모두 사라져 버릴 것 같은 순간에 그것은 공포를 일깨웠다.

거대하고 압도적이고 원시적인 공포.

그것은 '죽음' 그 자체였다.

조금이라도 인식하는 것만으로도 마음이 부서진다.

가까이에 존재하고 있는 것만으로도 영혼이 녹아내린다.

희미하게 남아 있던 '나' 라는 존재가 소리도 없이 사라져, 죽음에 삼켜져 간다.

싸울 수도 없는 공포 속에서 갑자기 그 일은 일어났다.

누구지? 외적인 힘이 날 소용돌이에서 끌어내려 하고 있다.

그 힘은 절반쯤 동화한 영혼을 굉장히 난폭하게 억지로 끌어냈다.

몸을 찢어발기는 듯한 고통이 덮친다.

그것은 육체적인 고통이 아니라, 영혼 그 자체를 직접 찢어내는 듯한 고통이다.

소리치는 것도 불가능해 그저 회오리 안의 격류에 삼켜져, 몇 개로 찢어지는 듯한 감각을 체험하게 한다.

그것은 흐물흐물해진 점토를 긁어모아 강제로 다져 다시 만들어 내는 공작과 상당히 비슷했다.

만들어진 '나'는 굉장히 일그러지고, 뭔가 쓸데없는 것도 붙어 있었지만, 이번에는 그 쓸데없는 걸 강제로 떼어내고 형태를 정리해 간다.

마치 공장 제품이라도 된 거 아닐까 싶을 정도의 기계적인 공정으로 '나'가 완성되어 있었다.

아~ 이건 너무해.

정말 기분 최악이다.

죽음에서의 부활이라는 건 이렇게나 기분 나쁜 일이었던 거냐.

눈을 뜨고는 새하얀 천장을 올려다보고 있었다.

"낯선 천장이야……."

그냥 말해보고 싶었을 뿐이다.

……여긴 병원인가?

약품에서 나는 걸로 보이는 특유의 자극적인 냄새는 다르지 않지만 21세기 일본에서 지냈을 때와는 다른 하얀 공간.

하얗고 청결한 방에 하얀 베드, 하얀 환자복. 칸막이용 커튼도 하양. 덧붙여 머리맡에 놓인 꽃병도 새하얗다.

……그래, 난 죽은 건가.

컨디션은 나쁘지 않지만 기분이 최악이다. 머릿속이 엉망진 창으로 흐늘거려 직접 긁어내고 싶어진다.

뭔가 굉장한 꿈을 꾼 것 같은 기분이 들지만, 내용은 떠오르지 않는다.

마지막으로 본 건 칫타 씨가 내 목을 베는 모습과 날 보며 멍한 표정을 짓던 츠나의 얼굴이다.

내 목에서 피가 뿜어져 나오고. 서 있을 수 없게 되었고…….

……그 뒤 츠나도 죽었을까?

"하하…… 끝장."

악취미적인 세례다. 첫 회 클리어 따위 목표로 하는 게 아니었어. ……정말 최악이야.

하지만 일단은 이걸로 클리어가 되는 건가. 전혀 실감 나지 않는 클리어지만.

약간은 칭찬해 줘도 되는 거잖아. 최소한 츠나하고만이라도 서로 축복해 주자. ……그 정도는 하고 싶어.

"……지금 몇 시지?"

밖은 어둡지만 죽은 뒤 얼마나 시간이 지난 걸까. 츠나도 이곳으로 옮겨져 왔을까?

궁금한 건 굉장히 많지만 움직일 마음이 들지 않는다.

아직 목이 찢어져 있어 움직이면 피가 뿜어져 나올 것 같다. 손으로 만져보니 멀쩡하지만 고통마저 느껴지는 것 같다.

이 느낌이라면 갈기갈기 찢겨 죽기라도 하면 아예 움직일 수 없는 거 아닐까.

"아, 정신이 드시나요, 유키토 씨?"

말을 걸어온 건 젊은 여성 간호사였다. 한눈에 봐도 알 수 있는 차림새는 역시 미궁도시라는 걸 떠올리게 한다.

엘프일까. 그 긴 귀가 없으면 '이곳은 실은 일본입니다.'라고 말해도 믿어 버릴 것 같은 간호사다.

"처음인 것 같아 아직 상황을 이해 못할 거라 생각합니다만, 이곳은 병원입니다. 당신은 던전에서 사망해 이곳으로 전송되어 왔습니다. 의식은 확실히 돌아왔나요?"

"……네. 대충 알겠습니다."

"처음일 때는 착란을 일으키는 분도 계시기 때문에 충분히 진정될 때까지 이곳에 계십시오. 정말 필요한 경우는 강제로 정신

안정제를 처방합니다. 짐 같은 건 옆 바구니에 들어 있으니 퇴원하실 때에는 잊지 말고 가져가세요."

침대 옆을 보니 내 짐이 든 바구니가 있었다. 무기와 장비품, 던전 안에서 손에 넣은 것도 다 그대로인 것 같다.

트라이얼 던전은 로스트가 없는 건가.

옷도 있네. 그럼 지금 내가 입고 있는 이 환자복 아래는…… 알몸이다. 설마 죽어 전송될 때는 전라?

정말 그렇다면 여러 가지로 힘들다. 이런 곳이라면 매뉴얼도 있을 테니 동성이 환자복을 입히겠지만, 지금의 난…… 별로 생각하고 싶지 않다.

"어, 저기…… 입원비나 수속은……."

"던전 어택에서 사망한 것이기 때문에 비용은 발생하지 않습니다. 등록이 끝난 모험가 분은 수속도 없기 때문에 안정이 되면 그대로 집으로 돌아가서도 됩니다. 뭣하면 오늘 밤은 여기 머무른다 해도 문제없습니다. 만약 문제가 있으면 머리맡의 버저를 누르시면 바로 의사가 옵니다."

그럼 쉬라면서 간호사는 어딘가로 가 버렸다.

부상을 당한 것도 병에 걸린 것도 아니지만, 조금 전까지 죽었던 상대인데 너무 무미건조한 대응이다. 조금만 더 친절했으면 좋겠다.

이건 미궁도시에서는 지극히 당연한 일일 것이다.

"아……."

일으켰던 상반신을 다시 침대에 던진다.

……그런가, 이게 죽음인가.

역시, 이건 심하다. 최악이다. 기념 수험 따위 말도 안 된다.

이게 모험가가 뛰어넘지 않으면 안 되는 벽. 계속 가기 위한 절대 조건인가.

아무런 각오도 없는 인간이, 이걸 몇 번이나 뛰어넘을 수는 없다고 확실하게 말할 수 있다.

앞으로 몇 번이든, 수도 없이 맛보게 될 그 감각은, 확실히 칫타 씨가 말한 대로 살벌한 전제조건이다. 이건 의지가 꺾인다 해도 이상하지 않다.

하지만 이런 곳에서 꺾일 생각은 없다.

소원을 이루기 위해 전부 내던지고 왔다. 여기에서 집어치우는 선택지 따위 존재하지 않는다.

나는…… 괜찮아. 계속할 수 있어.

"츠나는 괜찮으려나?"

의지가 꺾이거나 하지는 않았을까…… 아니, 그럴 리 없지.

이유는 모르겠지만 츠나라면 죽어도 태연할 것 같다.

눈을 뜨고는 아무 일도 없었다는 듯이 옷을 갈아입고 퇴원할 것 같다. 너무 터프해서 이런 부담으로 몹시 우울해하는 모습은 상상조차 할 수 없다.

오히려 벌떡 일어나 칫타 씨를 한 대 치려고 덤벼들 것 같다. '~냥!' 하면서.

"불렀냐?"

"우왓!!"

갑작스러운 목소리에 이상한 소리를 내고 말았다.

얼굴을 드니 그곳에는 익숙한 모습이 서 있다. 장비는 너널너덜하지만 같이 던전을 공략한 파트너의 모습이다.

그 모습을 확인하는 것만으로도 아주 살짝 안심이 되어 너널너덜해진 정신 상태가 위안을 받는 느낌이다.

"내 이름 왜 불렀냐?"

"아, 아니, 아무것도 아냐."

"그렇다면 됐고, 너 괜찮냐? 얼굴색이 안 좋아. ……죽었으니까 당연한 건가?"

"아냐, 컨디션은 나쁘지 않아. ……기분은 최악이지만."

"그러냐."

츠나는 그대로 침대 옆 의자에 앉는다.

내가 먼저 죽었는데도 츠나는 벌써 쌩쌩해 보인다.

이 파트너, 이런 멘탈적인 면은 뛰어나다고 본다.

정말 어떤 정신 구조인 걸까. 머릿속을 들여다보고 싶다는 말을 흔히들 하는데, 이 도시처럼 실제로 볼 수도 있을 것 같은 환경에서는 막상 보고 싶지 않다.

"그다음에 어떻게 됐는지 물어도 돼?"

"응? 아, 그게 말이지. ……네가 목을 베인 다음 고양이 귀와의 일대일 상황이 됐는데 중급 모험가라는 게 엄청 강하더라고."

"그야 그렇겠지. 처음에 보여줬던 스테이터스도 스킬도 우리하고는 완전 달랐잖아. 내 나이프도 HP의 벽에 막혔을 정도로."

HP와 방어력의 벽이 너무 두꺼워서 대미지 같은 건 들어가지 않았을 것 같았다.

감촉으로써는 그 미노타우로스보다도 단단하게 느껴졌다. 이게 레벨의 차이라는 거려나.

Lv 36이라고 했으니 우리하고는 세 배 이상의 차이가 있다. 아무리 전투직이 아니라고는 해도 그래도 세 배는 도저히 어찌해 볼 수준이 아니다.

"아니, 일단 통했어. HP는 줄지 않은 것 같았지만 말이야. 독 공격으로 고양이 귀가 엄청 놀랐어."

"어…… 그랬구나. 왠지 나, 대단한데. 즉흥적으로 한 거지만 말이야."

"대단하지, 진짜 대단해. 내 공격도 전혀 안 통하더라고. 움직임이 너무 빨라서 포착할 수조차 없었지만 살을 내주고 뼈를 취한다는 전법으로 몇 번인가는 일부러 맞았는데도."

아니, 네가 더 대단하다고 생각하는데.

……도대체 그 스피드를 어떻게 맞출 수 있었던 거지? 보이지도 않았다고, 그 사람.

"싸우다 무기도 다 망가지고, 할 수 없이 업어치기를 해서 지면에 내리꽂아도 대미지가 없더라고. 관절기라면 효과가 있나 싶어 팔에 매달려 겨우겨우 부러뜨렸어. 그러고는 바로 초크 슬리퍼로

굳히기에 들어가도 빠져나가 버려서 기사회생의 대승부로 미노타우로스의 도끼로 눌러 버렸어. 그래도 아주 쌩쌩했지."

"뭐야, 그걸 휘둘렀다고? 그보다 대미지는 안 통하더라도 관절은 빠지는구나."

확실히 듣고 보니 관절기라면 통할 것 같기도 하다.

HP는 외부에서의 공격에 관해서만 의미가 있는지도 모른다. 그런 걸 시험할 수 있는 것도 아니지만 말이다.

도끼도. 뭐야 반쯤은 농담으로 한 말이었는데. 그걸 썼구나. ……쓸 수 있었어.

"도끼로 조금은 대미지를 줬다고 생각했는데 말이야. 그걸로 끝장낼 수 있었다면 좋았겠지만 역시 현역이라는 느낌이었지. 관절기나 미노타우로스의 도끼 때문에 경계한 건지, 두꺼운 바늘이라든지 나이프 투척 같은 원거리 공격을 주로 쓰면서 확실하게 마무리를 하려고 하더라. 나, 완전히 만신창이로 서 있는 것만으로도 박찼어. 그 고양이 귀, 진짜 봐주는 거 없더라고."

어떻게 그렇게 승부를 겨룰 수 있었던 거지? 말 그대로 차원이 달랐을 텐데.

"나이프랑 바늘 같은 것 때문에 온몸이 고슴도치처럼 됐지. 겨우 붙잡아 마운트 포지션을 취하고는 남아 있던 손도끼로 내리찍어도 대미지는 없더라고."

대미지를 안 받아도 그건 상당한 공포인 거 아닌가.

도끼로 얼굴을 몇 번이나 찍었다거나 하는 것은 상상만 해도 무서운데.

"그래서 2층에서 그 고양이 귀가 한 말이 생각나서 크리티컬을 노리고 물었더니 손가락이 잘렸어. 뭔가 내 스킬 중 적혀 있지 않던…… 뭔가로 크리티컬 보정이 걸린 것 같아."

온몸이 고슴도치에 피범벅인 남자가 위에 올라타 손가락을 물어뜯는 건 완전히 지옥의 한 장면 같은데.

살짝 동영상을 보는 게 두려워졌다.

"그래서 간신히 크리티컬이 통한다는 걸 알게 됐고, 그대로 목을 물어뜯었더니 그제야 죽더라고."

"뭣?! 이겼어?!"

뭐지, 그게?! 뭐야, 그거!!

"응. 내가 한 일이지만 진짜 심각한 상황이었지."

"뭐어엇?! 자, 잠깐 기다려, 죽어 기분이 최악이라든가 그딴 거 아무 상관없을 정도의 충격인데."

그거, 말도 안 되는 기적의 역전승이잖아.

"아니, 진짜 쾌거인 것 같더라. 쾌거라고 하면 첫 회 도전으로 미노타우로스를 쓰러뜨린 시점에서 이미 쾌거였으니 너도야."

"으, 응, 뭐——. 그것도 그렇지만. 츠나가 해낸 거랑 비교하면 뭔가 초라해지는데. 게다가 미노타우로스를 쓰러뜨린 건 츠나도 마찬가지고."

"바보 같은 소리 마. 도마뱀 아저씨도 미노타우로스도 네가 없었으면 못 이겼어. 이건 우리 두 사람의 승리야. 가슴을 펴라고."

"으, ……응."

그 말은 정신적으로 약해져 있는 상태라 와 닿는 게 있다.

……어쩌지, 눈물이 좀 나올 것 같아.

그 뒤 던전 마스터를 만난 이야기, 식사 권유를 받은 이야기, 또 다른 일본 출신이 있다는 이야기, 목검, 참치 캔 등등 여러 가지 충격 발언이 있었다. 하지만 오랫동안 병실에 있는 것도 좀 뭐해서 일단 옷을 갈아입고 병원을 나왔다.

"나는 길 모르는데."

한낮과 달리 애초에 자력으로 병원으로 간 게 아니었기 때문에 길은 전혀 모른다.

벌써 한밤중이라 통행자도 별로 없다. 가게도 셔터가 내려져 있는 곳이 많다.

밤이라 하루 정도 자고 갈까 싶었지만 던전에 들어간 지 2시간밖에 지나지 않은 것 같으니, 아까부터 여러 가지로 계속 놀람의 연속이다.

"나도 병원이랑 길드 회관 사이밖에 모르지만, 기숙사는 회관 옆일 거야. 승격 수속 같은 게 있는 것 같지만 내일 해도 된다고 하니, 오늘은 이대로 돌아가 자자. 무지 피곤해."

"그래, 나도 거기에서는 잔 기분도 안 들고. 방에 도착하면 완전 곯아떨어질 거야. 일어날 수는 있을까?"

아직 열 시 전이지만 그냥 놔두면 점심 넘어서까지 잘 자신이 있다. 전생을 포함해서, 처음 경험하는 폭면을 취할 것 같다.

정확한 시간은 모르지만 내 느낌으로는 던전 내에서 열 시간 정도 있었던 것이다. 거기에 더해 전투의 피로도 있다.

무엇보다 부활에 의한 나른함이 심하다. 강습에서 트라이얼 던전은 페널티가 없다고 말했지만 이거, 이삼일로 고쳐지지 않는 거 아닐까.

"알 게 뭐야. 알람시계가 있는 것도 아니니까 먼저 일어난 사람이 깨우자. 아니, 우선 서로 다른 방으로 들어가는지, 초인종은 있는지 등등 여러 가지 의문은 있지만 말이야. 최악의 경우 모레가 된다 해도 수속을 못하는 건 아닐 거야. 평균 반년 걸리는 시험을 하루에 돌파했으니까."

그래. 시험 돌파는 했어.

츠나의 힘도 컸지만 나도 완전 쓸모없지는 않았다고 생각한다.

……그렇게 생각해도 되려나.

"저기 있잖아, 우리 상당히 잘하고 있는 거 아닐까. 난 히든 이벤트에서 탈락했지만 미노타우로스는 쓰러뜨렸고 하니 미궁 도시에서도 유명해지려나?"

내 소원을 이루기 위해 어떤 게 필요한지는 아직 모른다.

그건 지금부터 조사해 나가면 될 것이다. 츠나가 말한 것처럼 의외로 간단하게 이뤄질지도 모른다.

하지만 그게 뭐가 됐든 내던져 버린 본가로 돌아가는 일은 더는 없을 것이다.

나는 이제부터 이 도시에서 생활 기반을 잡고 살아갈 것이다.

"그래, 일단 지금까지는 최단 기록 신기록을 갈아치웠고, 히든 보스도 격파하는 쾌거니까 말이야. 접수 아가씨도 손을 내미는 곳이 많을 거라 말했어. ⋯⋯그렇다고는 해도 방심하면 안돼. 우리가 본 건 미궁도시의 진짜 입구밖에 안 되니까 말이야. 위의 랭크에는 모험가도 몬스터도 괴물도 모두 우글우글하는 것 같으니까."

"맞아."

그 말을 듣고 머릿속에 떠오른 건 도마뱀 아저씨와 칫타 씨, 미노타우로스의 모습이었다.

그 모두가 터무니없이 강하고, 나와는 차원이 다른 힘을 가지고 있지만 도마뱀 아저씨는 힘을 제한당했고, 괴물 같았던 칫타 씨조차 중급에서는 아래 랭커.

미노타우로스 따위 그저 초심자의 등용문이다. RPG에서 흔히 있는 것처럼 나중에 조무래기 적으로 나온다 해도 이상하지 않다.

그렇다, 그저 등용문이다. 그런 의미에서 우리는 두 사람 모두 스타트조차 하지 못했다.

"일단 목표는 100층이야."

"또 엄청 크게 잡네. 상위 그룹을 따라잡겠다는 뜻이야?"

다만 뭘까, 이 느낌.
츠나와 함께라면 아무리 먼 곳이라도 어디까지든 갈 수 있을
것 같다.

"그래, 그것도 가능한 빨리. 계단 3단 뛰기 정도로."
"좋아, 어차피 하는 거 이 도시에서 누구나 다 아는 모험가가
될까."

실제로 어디까지 갈 수 있을지는 모르겠지만 열심히 할 것 같
다는 느낌은 든다.

우리의 모험가 생활은 이제부터 시작이다.

───제1장 끝───

무한의 저편으로

OVER THE INFINITE

모험가 등록명 NAME

츠나→와타나베 츠나

모험가 정보 PERSONAL INFORMATION

모험가 등록번호	No.45231	모험가 랭크	없음
성별	남	연령	15세
클래스	없음		

기프트 GIFT

근접전투 | 한 손 무기

스킬 SKILL

산술	서바이벌	음식물 감정
생물독 내성	원시인	악식
악운	위기 속 괴력	통각 내성
내장 강화	막강 소화력	강철 위장
대 동물 전투	방향 감각	대 마물 전투
불요불굴	시골뜨기	자연 무기 작성
자연 무기 활용	자연 덫 작성	자연 덫 활용
구사일생	생애 대한 갈망	위압
기사회생의 일격	굶주린 짐승	물어뜯기
오크 킬러	한계촌락의 영웅	

NEW! 검술	NEW! 자세 제어	NEW! 긴급 회피
NEW! 파워 슬래시	NEW! 간파	NEW! 회피
NEW! 공중 자세 제어	NEW! 공중 회피	NEW! 선풍참

강화 강자의 위압

고유 무장 EQUIPMENT

히게키레즈

헤이안 시대의 인물 와타나베노 츠나의 일화에서 따서 던전 마스터가 이름을 붙여 준 목도, 같은 랭크 이하의 대상에는 내구가 줄어들지 않는 《불괴》 효과를 가지며 《오니》카테고리 몬스터에게 공격력 보너스가 있다. 목도이지만 일부 《도(刀)》 스킬도 사용할 수 있다.
당연하지만, 수염은 깎을 수 없다.

최종 스테이터스 보고서
The last status report

모험가 등록명   NAME

유키토

모험가 정보   PERSONAL INFORMATION

모험가 등록번호	No.45232	모험가 랭크	없음
성별	남	연령	14세
클래스	없음		

기프트   GIFT

- 용모수려

스킬   SKILL

- 산술
- 집중력
- 검술
- 속독
- 투척
- 기척 감지
- 야간 시력
- 소검의 소양

- **NEW!** 아크로바트
- **NEW!** 공간파악
- **NEW!** 소검술
- **NEW!** 닌닌
- **NEW!** 소검 이도류
- **NEW!** 간파
- **NEW!** 래피드 러시
- **NEW!** 독 취급

고유 무장   EQUIPMENT

- 코브라

트라이얼 던전 3층, 초보용으로 고정 배치된 보물 상자에서 유키가 입수한 독 나이프. 자루 부분에 뱀 가죽을 사용하는 등 호화롭게 만들었다. 어디까지나 유키의 보조 무기였지만, 트라이얼 후반에서 다대한 공을 세웠다. 여담으로 유키 자신은 이 무기에 이름이 있는 것을 아직 모른다. 휘유—! 보라고, 이 나이프를.

무한의 저편으로
OVER THE INFINITE

외전
남작 영애의 혼담 사정

OVER THE INFINITE

귀족의 딸이라는 건 정말 불편하다.

이런 말을 하면 일반 시민들한테 돌을 맞을 테지만, 귀족은 귀족 나름대로 이래저래 힘들다.

우리 집안은 남작가. 왕국에서 남작이라고 하면 다음 세대로 물려줄 수 있는 귀족 지위에서 가장 낮은 신분에 해당한다.

그래도 먹을 것 때문에 어려움을 겪은 적은 없다. 물론 상다리가 휘어지게 먹는 건 아니지만, 굶어 죽을 일은 없다.

다행히 당주…… 다시 말해 내 아버지는 영지를 가지고 있지 않으면서 관직을 맡아 신분을 유지하는 귀족으로 관리직에서 일하고 있다. 우리 집이 굶어 죽을 정도라면 도시는 아사자가 넘쳐날 것이다.

입는 것도 불편할 건 없다. 귀족의 격에 맞춘 복장이 필수지만, 사교의 장에 남작 이하의 귀족은 적다. 굳이 힘을 주어 잘난 척할 필요가 없으니 오히려 편하다.

힘든 건 사교…… 간단하게 말해 버리면 사람 사귀는 거다.

남자…… 큰오빠처럼 장남이라도 되면 늘 위장을 압박하는 듯한 스트레스를 견디면서 이야기하고 싶지 않은 상대와 웃는 얼굴로 대화할 필요가 있는 것 같다.

그것보다는 낫겠지만 나 같은 귀족의 딸도 비슷한 처지다. 재미있지도 않은데 방실거리며 착해 보이는 미소를 짓고, 꼴도 보기 싫은 상대라 하더라도 표면상으로는 즐겁게 대화해야 한다. 사교성 미소는 특기가 됐지만, 스트레스는 계속 쌓인다.

최대 당면 과제는 결혼이다. 정략결혼의 도구로 취급되는 건 그나마 괜찮다⋯⋯. 아니, 괜찮지는 않지만, 어쩔 수 없다. 선택할 상대가 적은 것도 신분상 어쩔 수 없을 것이다.

하지만 왕국 귀족은 모두 변변찮은 놈들뿐이다. 구제할 길이 없는 쓰레기 천지.

쓰레기들이 모여, 어느 집의 누구누구는 어떻다느니 최근에 구한 보석이 어떻다느니 쓸데없는 이야기만 한다.

남자도 구리지만 더 심한 게 여자다. 사교계에 나오게 된 뒤 여자가 모이는 장소에 가면 정해진 것처럼 시작되는 게 소문에 관한 이야기. 다시 말해 뒷담화다.

파벌에 맞게 자연스럽게 모인 귀족들 내에서 다시 그룹이 세분화되는데, 같은 파벌이라도 그룹이 다르면 또 뒷담화의 대상인 것이다.

헐뜯기, 자랑하기, 욕하기, 등급 매기기, 흠집 내기, 작은 그룹 안에서 조금이라도 더 위에 서기 위해 추문을 원한다.

그런 걸 해도 가문의 품격과는 연결되지 않는데도, 필사적으로 자신을 높게 보이기 위해 정보로 무장하고, 소문이라는 흙탕물을 계속 던지는 것이다.

그리고 그룹 안에서도 조금이라도 틀린 생각을 입 밖으로 꺼내게 되면 비난의 대상이 된다. 최악의 경우 그룹에서 방출이다.

모두 다 그렇지는 않을 거라 생각하고 싶지만, 지금 현재 100% 가까운 확률이다. 100%가 아닌 건 내가 있기 때문이다. 최소한 나는 입 밖으로 꺼내진 않는다.

그들은 음습하고 음험해 구제할 길이 없다. 나도 그 인간들과 같은 부류로 취급되는 건 끔찍하게 싫다.

다행히 신흥 남작가 출신인 나는 발언할 기회도 적기 때문에 좀 낫지만 그래도 한도는 있다.

"그렇다고 열 받아 날뛰는 건 좀 아니라고 생각해."

일부러 동생 방까지 찾아와 잔소리하는 오빠 앞에서 얌전히 이야기를 듣는다. 일단 내가 잘못한 건 인정하고 있다.

오빠가 하는 말은 옳다. 그건 어른으로서 귀족으로서 해서는 안 될 행동인 것이다. 그런 건 나도 잘 알고 있다.

하지만 한계였던 것이다. 오랜 세월 참고 지내 왔지만 바로 얼마 전에 초대받은 다과회에서 테이블을 엎어 버렸다.

가문의 격이 비슷하다는 이유로 아주 약간 친해진 아이가 심한 꼴을 당하는 걸 더는 그냥 놔둘 수 없었다. 지금 생각해 보면 그 아이도 꽤나 심한 말을 한 것 같기도 하지만, 그런 건 관계없다.

"아니, 출석자 전원을 냅다 후려친 건 기억에서 다 지웠냐?"

그런 일도 있었죠, 오호호.

의자로 대난투를 벌인 건 아무래도 은폐된 것 같다.

"덕분에 넌 사교계에서도 유명인이야. 설마 우리 집에서 바바리안 소리를 듣는 여자애가 나올 줄은 꿈에도 생각 못 했다."

여자에게는 심한 별명이지만, 바바리안이라고 해도 상관없음.

제가 바바리안이라면 그것들은 오크입니다. 무지 뚱뚱하니 아주 딱 어울리는 별명이네요. 그 인간들, 코르셋 사이로 살이 엄청 삐져나와 있거든요.

바바리안이 오크를 퇴치하는 옛날이야기도 있었잖아요. 퇴치해 드릴게요. 뭐 하면 무대극 각본도 써 드리죠.

각본 겸 주연까지 하는 저의 독무대입니다. 여러 의미에서 왕도 안에 소문이 퍼지겠네요.

"진행 중이던 혼담도 꽝. 벌써 열네 살인데 어쩌려고?"

딱히 나 하나 결혼 안 했다고 해도 집안에는 거의 영향은 없다. 이렇게까지 악명이 퍼진 이상 오히려 쫓아내는 편이 좋을지도 모른다.

애초에 태어날 때는 준남작가였고, 1대 귀족 집안에서 교육받은 받지 못한 내가 그런 오크들과 교류하는 건 무리가 있답니다.

돼지와 대화할 수 있는 건 돼지밖에 없잖아요. 그 점을 알아주셨으면 합니다만, 안 되겠죠? 안 될 거예요.

우리 집이 준남작가였을 때는 더 편했는데 어째서 작위 하나가 다르다는 이유로 이렇게까지 바뀐 걸까.

아무 신경 안 쓰고 살았던 어린 시절이 그립다.

"이대로 교회에라도 들어갈까."

"오빠로서는 좀 더 애써 봤으면 하는데."

그거야, 오라버니들이야 편하니까 그렇죠. 둘 다 좋아하는 사람이랑 결혼했으니까요.

귀족끼리 연애 결혼이라니 지금은 음유시인의 노래로도 유행하지 않는다고요.

첫눈에 반해 만나 서로 사랑하고, 게다가 상대도 남작가라 가문의 격까지 일치하다니 너무 대단하잖아. 무대극이라도 약간은 스토리를 비틀 거다.

"지난번에 아버지가 데려온 사람은 어떠냐? 귀족은 아니지만 큰 상회의 장남 아니었냐?"

가문의 격을 신경 쓰지 않으면 안 되는 오라버니와 비교해 난 그렇게까지 귀족에 얽매일 필요는 없다.

원래 세습 귀족이 아니었기 때문에 평민과 혼인하는 것도 보통이고, 애초에 선택할 권리도 없다.

조건만으로 말하면 아버지가 데려온 그는 합격이다. 아무런 문제가 없다.

살찐 오크는커녕 상쾌한 느낌으로 청결함마저 느껴지는 다정한 분이다. 게다가 큰 상회의 아들이라 머리도 좋다. 귀족을 상대하는 매너도 좋다. 스펙만 보면 더 이상은 없을 정도로 우량 물건이라고도 말할 수 있다.

"아버님은 그 상회와 인연을 맺고 싶어서 억지로 데려오셨지만 안 됩니다. 제 취향이 아니에요."

"넌 지금 무슨 소릴 하는 거냐."

하긴 귀족의 상식으로 생각하면 말도 안 되는 소리라는 건 충분히 잘 알고 있답니다.

하지만 지난번 대난투극을 통해 여러 가지가 말끔하게 해결됐습니다. 저는 자중하는 일을 관뒀습니다.

그분은 너무 남자다워서 안 됩니다. 좀 더 뭐랄까…… 귀여운 분이 좋습니다. 아니, 남자보다 여자가 더 좋습니다. 귀여운 확정 조건입니다.

"저 사실은 여자아이가 더 좋은 것 같아요"

"…………머리가 아파."

"결혼하는 건 의무니까 어쩔 수 없지만, 기왕이면 귀여운 여자아이를 안고 싶네요. 그걸 허락해 줄 경제력과 이해를 가진 분이라면 그게 누구든 결혼할 수 있어요."

이왕이면 자신의 욕망에 솔직하게 살고 싶다.

귀족들 사이에서는 부부간에 각자 애인을 두는 것도 드문 일이 아니잖아. 동성애자가 있는 것도 알고 있다고.

그렇다면 처음부터 그걸 전하는 게 상대에 대한 예의일 텐데.

"네가 결혼하지 않아도 우리 집안에 문제는 없지만, 동생을 생각하는 오빠의 마음도 조금은 알아줬으면 좋겠구나."

"알고 있습니다. 그래서 자중하지 않는 만큼 결혼은 하겠습니다. 아주 조금 허들이 올라갔을 뿐…… 아니, 방향성이 달라진 것뿐입니다."

그래서 부부간에 같이 잠자리를 하는 것도 한계가 있다.

그래, 상대는 호모라도 좋아요. 계약 부부 생활이라면 아주 잘할 자신이 있습니다. 그때는 아이가 문제입니다만.

그로델 백작은 어떨까? 그는 유명한 남색가다. 아버지와 비슷할 정도의 나이고, 정실로 시집가기에는 가문의 격이 너무 다르지만, 첩이라면 밀어붙일 수 있을지도 모른다.

일단 장남은 있는 것 같고, 그 자신은 기본적으로 남색이니 밤 생활도 최소한으로 끝날 것이다.

뭐 하면 같은 동성애자들끼리 사이좋게 지낼 수 있을지도 모른다. 밑져야 본전이니 타진해 볼까.

"어쩌지……. 이 상태라면 이번에도 안 되려나."

"어머, 벌써 다음 결혼 상대를 찾아 오셨나요? 아버님도 정말 대단하시네요."

"지난번 상회 아들의 동생이야. 아껴 둔 삼남. 그쪽은 너랑 같은 나이라서 마음이 맞을지도 모르겠다며."

아버지는 그 상회랑 정말 꼭 인연을 맺고 싶어 하는구나.

확실히 그 상회가 돈은 잘 번다는 이야기는 들었다. 획기적인 상품을 계속 내서, 시장의 폭을 넓히고 있다는 것도.

"그 삼남은 어떤 분이신가요?"

"밖으로 잘 나오지 않아 몰라. 두 형은 몇 번인가 얼굴을 본 적 있지만."

만나 본 장남과 그 아래 차남은 알고 있다. 상인으로서도 상당히 우수해 보인다. 하지만 삼남은 정보가 없다.

동성애를 잘 이해해 주시는 분이라면 좋겠지만.

그날 난 기적을 봤다.

맞선 자리에서 아버지가 소개해 나타난 건 순백의 미소녀…… 아니, 소년이었다. 진짜?

만약 그렇다면 눈을 의심할 정도로 완벽한 존재다.

"유키토 군이다."

"처, 처음 뵙겠습니다."

이런 신비가 존재해도 되는 걸까. 지금까지 만났던 그 어떤 남자도…… 아니, 여자조차 빛이 바래게 하는 아름다움.

정말 남성인지 의심스러운 외모지만, 이렇게 맞선 자리에 나타난 이상은 남자가 맞는 것이리라.

그렇구나, 내 이야기를 듣고 이런 비장의 카드를 꺼내서 가져온 건가.

아~ 이건 꿈인가. 이 아이가 나와 결혼? 정말 멋져요, 아버님. 지금이라면 아버님과 신을 떠받들 수 있답니다.

"저, 저기……."

"결혼하죠."

안 돼, 그만 자기소개도 안 하고 구혼해 버렸습니다.

아무리 흥분했다고는 해도 숙녀로서 말도 안 되는 행동이다.

"네, 네에?"

어머, 목소리도 사랑스러워. 이렇게 완벽해도 되는 건가요.

하지만 나를 싫어하게 되면 모든 게 끝난다. 이건 놓쳐도 되는 찬스가 아니다. 무슨 짓을 해서라도 꼭 마음을 사로잡아야 한다.

"아, 으……. 저, 전……."

안 돼, 극도의 긴장으로 말이 안 나와. ……이런, 내 이름이 뭐였지.

이렇게까지 긴장한 건 언제 이후 처음일까. 왕족과 알현할 때조차도 이런 긴장은…….

"미안. 내 딸은 좀 낯가림이 심해서 말이야. 이런 자리가 익숙하지 않아."

"아, 네. 힘드시겠네요."

혼담 상대는 밤하늘에 떠 있는 별만큼 많이 봤거든요! 하지만 그렇게 감싸 주신 거 감사해요, 아버님. 사랑합니다.

"상회에서 잘 팔리는 상품은 대부분 자네가 만든 걸 기반으로 하고 있다는 건 들었네."

"아뇨, 전생의 것을 재현했을 뿐으로…… 모자란 것만 있어 부끄럽습니다……. 실제로 잘 팔릴 수 있는 상품으로 만든 건 아버지와 형님들 수완입니다."

"어허, 무슨 소리를. 그래서 그만큼 이익을 내고 있으니, 자네가 상회의 기둥이라고 말해도 될 정도지. 엄청난 재능이라네."

명문이라든가, 장사의 귀재라든가 그딴 건 아무 상관없다.

이 아름다움 앞에 모든 게 빛이 바래기 때문에 그딴 건 덤에 지나지 않는다.

아~ 왜 이렇게 초조하지. 나 자신을 어필하는 게 이렇게나 힘들 줄이야.

결국 제대로 어필하지도 못한 채, 아버지가 분위기를 주도하는 채로 만남이 끝났다.

소개가 끝난 뒤 아버지가 보여준 '잘 속였다'는 표정에 열 받았지만 상관없습니다. 그냥 잘하셨다고 말씀드리고 싶습니다.

그래, 무슨 수를 써서라도 결혼해야 해.

침대 안에서 그녀…… 아니, 그를 괴롭히고 싶다. ……아니, 괴롭힘을 당하는 것도 갭이 있어 좋을지도 모르겠다.

어째서 망상을 부풀리고 있는 거지. 숙녀의 가면이 벗겨질 것 같다. 소개 장소에서는 안 벗겨졌나 몰라.

그런 느낌으로 나와 유키토 님의 첫 만남은 긴장 속에서 막을 내렸다.

그 뒤 아버지를 한없이 칭송하고, 효도라 칭하며 어깨를 주물러 다음 자리 세팅을 부탁했다. 딸 바보인 아버지는 가볍게 무너졌다.

빨리, 하루라도 빨리 유키토 님과의 꿈만 같은 신혼 생활을 손에 넣는 거다.

그 뒤 몇 번 만날 기회를 만들어 주었다.

만날 때마다 긴장감은 조금씩 풀어져, 서로에 관해 물을 기회가 생기게 됐다.

"아가씨는…… 가족도 그렇지만 위세를 부리거나 하지 않는 분이네요."

아무래도 일반적인 귀족으로 나를 보고 있는 것 같다.

상인 집안, 그것도 꽤 큰 가문이라 귀족을 볼 기회도 많았을 것이다. 그렇다면 마음을 트는 데 시간이 걸렸던 것도 납득이 된다.

"솔직히 좀 의외로…… 귀족은 좀 더 자존심이 강하고 대화하기 힘든 상대라고 생각했으니까요."

"어, 그게, 그런 사람도 많아요."

대부분이 그렇답니다. 유키토 님의 귀족관은 맞다고 생각해요.

"우리는 신흥 남작가로 제가 태어났을 때는 준남작가…… 당대뿐인 명예 귀족 같은 지위였습니다."

"그랬다면서요."

"그래서인 건 아니지만, 결코 명가라고 할 만한 존재도 아니라서 다른 가문들만큼 권위에 크게 구애받지 않습니다."

"로제스타는 오래된 명가라고 들었습니다만."

"로제스타 자체는 오래됐지만, 저희 집안은 방계로, 본가가 중간에 끊겨 대신 이름만 쓰고 있는 것에 지나지 않습니다."

아버지가 남작이 됐을 때 부활했지만, 100년 가까이 존재하지 않았던 것이다. 준남작가 시대에는 가문명이 달랐다. 그래서 신흥 남작가라 불리는 것이다.

이 집도 원래는 로제스타 본가 것으로, 왕가가 관리하고 있던 걸 양도받은 데 지나지 않는다.

본래 로제스타 가문은 백작가였기 때문에 집만은 쓸데없이 크다는 언밸런스한 사태가 되어 버렸다. 아버지는 그 때문에 싫은 소리를 듣기도 하는 것 같다.

"말은 귀족이라 하지만 평민과 크게 다르지 않아요. 어릴 적에는 마을 아이들이랑 놀기도 했죠."

신분의 차이 따위 없다는 어필이 제대로 된 걸까, 다소는 긴장도 풀린 것처럼 보인다. 아직까지 말을 높이는걸.

그러지 말고 편하게 말해도 괜찮답니다. 으, 상상했더니 좀 흥분해 버렸네요……. 안 돼. 단정하지 못한 표정을 보여서는 안 되는데.

"하지만 보통 귀족은 귀족끼리 결혼하는 거 아닌가요?"

"장남은 그렇지만, 여자는 꼭 그래야 한다는 법이 없습니다."

오라버니의 결혼 조건은 까다로웠다. 가문의 격이 올라 조건이 한정되고, 파벌 내의 상하 관계도 신경 써야 했다.

그런데도 완벽하게 조건을 갖춘 상대와 연애 결혼이라니, 진짜 웃기지 말라고 말하고 싶을 정도다. 얼마나 운이 좋은 거냐고.

아니, 운이 좋은 걸로 따지면 내가 더 좋을지도요. 우리 삼남매 모두 행운이 넘치네요.

"게다가 아버님은 유키토 님의 가문과 굉장히 인연을 맺고 싶어 하시는 것 같아서, 아무런 문제는 없습니다."

"으…… 그런가요?"

그 반응은 혹시 혼담 자체가 사교를 위한 걸로, 성립되지 않을 걸 전제로 생각했다는 건가요?

아뇨, 가령 아버지가 고개를 저어도 절대 놓치지 않을 겁니다. 물고 늘어져 절대 떨어지지 않을 겁니다.

"그래요. 아무런 문제는 없습니다. 그래서 이제 식을 올릴 날짜를 잡고 싶은데요……. 아, 서두르는 거 아닙니다. 업자들 상황 때문에요."

"나, 날을 잡아요?! 저, 저기, 그게…… 저, 남자치고는 키가 작고, 그런 건 신경 안 쓰시나요?"

"전혀 문제 안 됩니다."

제가 더 크지만 오히려 그게 좋답니다.

게다가 키 큰 유키토 님 따위 유키토 님이 아닙니다. 어머……하지만…….

"형님 두 분은 모두 크시던데요, 어쩌면 앞으로 더 크는 거 아닐까요?"

"성장기니까 그럴 수도 있지만…… 형님들은 둘 다 제 나이

때에는 꽤 컸던 것 같아요. 더 커지지는 않을 것 같습니다."

자라지 않는 편이 좋으니 그거참 기쁜 소식이네요. 유키토 님은 부디 사랑스러운 모습인 유키토 님으로 있어 주세요.

하지만 키가 커도 계속 사랑스러울 것 같은 기분도…… 그것도 포기하기 힘든걸.

"유키토 님은 신체를 단련하거나 하지는 않으시나요?"

유키토 님은 작고 연약해서 오히려 그대로 있기를 원하지만, 그 또래 남성은 완력을 동경해 버리니까요. 단련하지 말라고는 말 안 하겠지만, 지금은 잘 유도해 이 체형을 유지하게 만들고 싶네요.

"아, 연약해 보이죠? 이래 봬도 단련하고 있는 거랍니다. 형님들보다는 살짝 강할 거라고 자신해요. ……근육은 안 붙으니 힘은 없지만요."

"그런가요."

그래, 좋아. 이 얼마나 이상적인가. 정말 완벽한 상황.

결혼하면 영양을 조정해서 그 체형을 유지하게 만들어야지……. 그런 걸 잘 아는 요리사도 고용해야겠어. 결혼하면 평민이 되는 거니까 내가 배워도 좋고.

"팔은 가늘지만 나름대로는 단련하고 있으니 그래도 아가씨보다는 힘이 셀 거라고 생각합니다."

망할. 이런 흐름이라면 내 이야기가 되어 버린다.

말할 필요는 없지만, 뭔가를 감추고 싶지도 않으니……. 유키토 님은 힘이 센 여자는 싫어하시려나.

하지만 만남이 계속되면 발각될 테고, 부부가 되면 감출 수도 없다. 침대 위에서 계속 연약한 척하는 건 무리가 있다. ······흥분하면 그런 연기를 계속할 수 없을 테니······.

"음······. 저기······ 너무 기분 나빠하시지 않았으면 좋겠는데요, 저, 쓸데없이 힘만 있어서요······."

"그런가요? 보기에는 특별히 그런 느낌은 없는데요."

외모만이라면 평범한 여성들과 다르지 않죠. 오히려 마른 편이지만. 오히려 마른 편이지만.

코르셋 사이로 살집이 삐져나오는 오크들과는 다르답니다. 잡힐 살집은 전혀 없죠.

다만 무겁다는 게 난점입니다. 아니, 살이 찐 건 아니에요. 전스마트하답니다. 근육이 잘못한 거죠.

"저기요, 저, 기프티드로······."

"와. 그럼 상당히 레어한 기프트를 가지고 계신 거네요?"

"레어······ 글쎄요. 그렇게까지는 아니라고 생각하지만, 효과가 현저해서······ 《괴력》인데요."

"《괴력》이 기프트인 사람은 꽤 있지만, 기프티드라고 말할 정도니 상당하겠는데요."

네, 상당해요. 뭐하면 유키토 님 정도는 한 손으로 들 수도 있답니다. 그건 절대 말하지 않겠지만요.

"하지만 용모에는 반영되지 않은 것 같네요. 말랐고."

"아, 네, 맞아요. 그래서 가만히 있으면 알아채지 못하는 사람도 많아요."

말랐다라~. 그럼요, 말랐죠. 여성스러운 맛있는 몸매를 유지하고 있답니다.

결혼 후에도 유키토 님을 위해서라면 보다 더 아름다운 몸을 유지해 보이도록 하죠.

무게는 도저히 어쩔 수 없지만요. 여자로서 조금은, 대체 어떻게 된 건가 싶을 정도로. 하아…….

그런 느낌으로 시작한 유키토 님과의 관계.

첫인상은 현실에는 존재하지 않을 법한 귀하게 자란 집안 아가씨 같은 분위기였지만, 이야기해 보니 화제가 풍부해서 한없이 말하게 된다.

전생이 있기에 그 기억이 있는 것도 화제가 많은 요인일 거라고는 생각한다.

우리 집 작은 오라버니도 전생이 있지만, 기억은 명료하지 않아 이렇게 화제로 올리는 일은 없다.

유키토 님이 살았던 일본이라는 나라는 이 나라보다 훨씬 풍요롭고, 발전된 문명을 가졌던 것 같다.

유키토 님은 자신의 힘이 아니라고 겸손해 하지만, 그 지식은 상회에서 팔고 있는 상품에도 적용되어 있다고 하니 비장의 카드 취급도 틀린 건 아니겠죠.

뭐, 전 이 외모만으로도 대만족이에요.

솔직히 가까이에 있는 것만으로도 행복감으로 녹아버릴 것 같고, 목소리를 듣는 것만으로도 온몸이 근질거리는 것 같아요.

사교의 장에서 날뛴 것도 이미 망각의 저편으로 건너갔다. 오히려 다과회 출입 금지가 됨으로써, 유키토 님과의 시간을 많이 가질 수 있게 됐다. 과거의 자신에게 아주 잘 날뛰었다고 칭찬해 주고 싶을 정도다.

이렇게 둘이서 계속 만나다 보니 유키토 님의 말투도 친한 사람 대하는 것처럼 바뀌었고, 내 이름도 편하게 부르게 됐다.

서로 가족과의 면식도 늘었고, 각자 좋은 인상을 주었다. 남은 건 결혼 날짜를 정하는 것뿐이라는 단계까지 간신히 도달했다.

모든 게 다 잘 풀리고 있었다.

그렇다, 모든 게 다 잘 풀리는 것만 같았다.

"예……? 무슨?"

유키토 님이 사라졌다.

"편지를 남기고 자취를 감췄다고 하더라."

"무슨…… 말도 안 돼."

눈앞이 캄캄해지는 듯했다. 충격이 커서 서 있을 수도 없다.

그래, 내 몸, 이렇게 무거웠지. 요즘은 깃털처럼 가벼웠는데.

대체 무슨 일이 일어난 걸까. 그 정도로 사랑했고, 결혼도 얼마 안 남았는데…….

너무나 달아오른 나머지 객관적으로 자신의 일을 판단할 수 없는 상황이었지만, 무난히 잘 속여 왔다고 생각한다. 분명 잘 속여 왔던 것이다.

헤픈 표정 같은 걸 짓지는 않았잖아요? 너무 심하게는…….

"너, 유키토 군한테 무슨 짓을 한 거 아니냐?"

"할 리 없잖아요! 머리가 어떻게 되신 거예요?!"

"너…… 아버님한테 무슨 말을……."

"결점 따위 내비치지도 않았는데."

분명 완벽하게 연기했다. 필사적으로 연습해, 절대로 이상한 분위기는 밖으로 드러나지 않았을 텐데……. 하지만 도망친 이유가 그거 말고는 떠오르지 않는다.

내가 결점을 드러내지 않았다고 한다면…… 주위 환경?

설마 그것들이 바바리안 별명을 널리 퍼뜨렸다거나…… 그랬을 수도 있다. 나를 궁지로 몰기 위해서 있지도 않은……은 아니지만, 추문을 퍼뜨렸다고 해도 이상하지는 않다.

상대는 큰 상회를 경영하는 가문이다. 그런 정보에는 민감할 것이다.

"아버님, 오랜만에 다과회에 출석하고 싶어졌습니다."

"어, 그래, 그러냐. 앞으로의 일을 생각하면 그러는 게 좋지. 유키토 군은 애석하지만 상대를 잘 찾아준다면야……."

"바바리안의 진짜 무서움을 알려줘야지…… 후, 후후……."

"자, 잠깐 뭐야! 도대체 왜 그렇게 되는 거지!! 설마 그 아가씨들이 소문을 퍼뜨렸다고 생각하는 거냐?! 아무리 그래도 너무 비약이 심하잖아! 다른 아가씨들이 널 얼마나 무서워하는데 그런 소문을 퍼뜨릴 리 없다고. 일단 진정해!! 기다려, 그건 여자가 휘두를 물건이 아냐. 어떻게 아무렇지도 않게 그걸 들 수 있는 거지?!"

"이-거-놔-요!!"

벽에 장식되어 있던 스파이크 플레일을 들고 집을 나서려고 했지만 아버지가 놔주질 않았다. 이걸로 그 여자들의 머리를 뽀개 버리고 싶었는데.

아버님과의 장시간에 걸친 격투전 끝에 스파이크 플레일은 뺏겨 버렸다. 뭔가 대신할 걸 찾지 않으면…… 가지고 가긴 힘들지만 나무라도 뽑아 갈까.

보물 창고에 거대한 해머가 있었죠. 어른이 몇 사람 달라붙어 겨우 옮길까 말까 한 중량이지만, 나라면 들 수 있지 않을까?

거기에는 종가가 열지 못해 포기했던 안 열리는 공간이 있었을 텐데…… 그곳에 좀 더 강력한 무기가 있지 않을까. 일격으로 사람을 둘로 쪼개는 도끼라든가.

로제스타의 시조는 검고 큰 도끼를 사용했다는 전설이 있었으니…… 어쩌면 거기에 잠들어 있는 걸지도 모른다.

"아무리 그래도 도저히 있을 수 없는 일이잖아. 그 아가씨들은 너한테 겁먹은 상황이라고. 지금도 방에서 못 나오는 아가씨도 있다고 들었고……."

"하지만 그거 말고 다른 이유는 떠오르질 않는걸요."

"됐으니까 진정해. 게다가 진실이 뭐가 됐든 유키토 군이 그런 소문을 신경 쓸 만큼 그릇이 작은 남자라고 생각하는 거냐?"

"…………."

듣고 보니 그 말이 맞을지도 모른다.

지금까지 만나며 느꼈던 유키토 님의 인간성은 온화했다. 장난스러운 면도 있었지만 사물의 옳고 그름을 모르는 분이 아니다.

진실이 뭐가 됐든이라는 아버지의 말은 따로 추궁한다 해도, 유키토 님이 그런 악의적인 소문에 현혹될 일은…….

더욱이 본인에게 확인도 하지 않고 사라진다는 건 말도 안 되잖아.

그럼 유괴…… 아니, 편지를 남겼다고 하니 그것도……. 설마 누가 쓰게 했다거나.

"그 남겨진 편지라는 건 본인이 쓴 건 맞나요?"

"아, 그래, 그런 것 같더구나. 본인 소지품도 같이 없어진 것 같다니, 가출로 결론이 됐어."

그럼 유괴가 아니군. 가출로 꾸밀 필요는…… 없으려나요. ……없겠네요.

점점 더 이해할 수 없게 됐다. 대체 나의 왕자님은 무슨 생각을 하는 걸까.

"그럼 어디로 가 버렸다는 건가요?"

"혹시라도 유괴라면 범인한테서 연락이 있었겠지. 왕도에서 나간 흔적은 없으니 계속 어딘가에 숨어 있는 걸지도 모르지만, 찾는 건 어려울 것 같구나."

"왜죠? 귀족이 아니라고는 해도 큰 상인의 아들입니다. 수색 비용 정도는 얼마든지……."

뭣하면 내가 그 비용을 내도 좋다. 부족하다면 아버지를 협박해서…… 아니, 부탁드려 대신 내게 하는 방법도…….

"그는 그래 보여도 웬만한 호위병과 모험가보다도 왕도 지리에 밝아. 작정하고 숨으면 찾는 건 어렵다는 이야기지."

"단서는 없는 건가요? 어딘가 목적지라든가……."

"가족 이야기로는 미궁도시로 간 건 아닌가 한다는데. 정기편 마차에서는 보지 못했지만, 가는 거라면 방법은 있으니까."

"미궁도시? ……그 황야 끝에 있는 영지 말인가요?"

아무것도 없는데도 유명한 영지다. 불모의 대지를 헤치고 가는 건 어려울 테지만, 절대로 못 갈 거리도 아니다.

하지만 도시라고는 불려도 그건 먼 옛날의 잔재이고, 지금은 아무것도 없을 것이다. 그런 곳에 왜 간다는 거죠.

가출했다고 해도 이상한 이야기다. 생활하기 편한 도시는 거기 말고도 얼마든지…….

"아, 넌 모를 테지만, 거기엔 왕도보다 훨씬 큰 도시가 있단다."

"처음 듣는데요."

왕국의 한 영지에 왜 그런 도시가.

"왕국은 그곳을 존재하지 않는 곳으로 취급하고 있기 때문이지. 사실 대귀족도 실태를 모르는 사람이 많아."

유키토 님과 연결되는 정보다. 최악의 경우 폭력이라도 쓸 생각으로 아버지한테서 정보를 캐냈다.

정보가 규제되고 있다는 이야기였지만, 그건 귀족의 체면 때문인 것 같으니 특별히 문제는 없다. 아니, 없습니다.

"좀처럼 믿기 힘든 이야기네요."

"하지만 사실이다. 우리 집이 작위를 받게 된 것과도 인연이 있는 이야기야. 아마도 나 이상으로 그곳을 잘 아는 귀족은 없을 테지."

자세한 이야기를 들어 보니, 왕국이 내전에 진 사실을 숨기고 싶어서 존재마저 잊으려 하고 있는 것뿐이었다.

이 나라는 그들이 살려 준 것이기에 고집을 부리지도 못하고 외면하고 있을 뿐이다.

사실을 숨기고, 지우고, 잊고, 혹은 처음부터 모르고 지나간다. 그렇게 해 거대한 괴물을 그저 외면하며 살고 있다.

아버지가 자세한 사정을 알고 있는 것도 그 내전이 있을 때 처신을 잘했기 때문이다. 이례적인 출세를 하게 된 결과도 그게 원인이었다는 것이다.

다과회에서 만나고, 사교계에서 만났던 귀족들이 정말 보잘것 없는 존재로 느껴졌다. 귀족은 무슨. 이 나라는 왜 이렇게도 작은 나라인 걸까…….

저는 이 나라가 싫어지려고 합니다.

실은 유키토 님도 그게 싫어졌던 거 아닐까. 그래서 미궁도시로…… 이 얼마나 총명한 사고방식인가요. 멋집니다.

"우리 집은 그나마 나은 편이야. 영지를 가졌거나 자기 돈으로 병사를 모은 집안은 비참했어……. 아니, 지금도 비참하지. 여전히 빚더미 위에 앉아 있으니."

"…왠지 알 것 같네요."

다과회에서 아끼는 보석과 옷을 자랑하는 귀족은 많지만, 낡고 큰 가문일수록 유서 있는 골동품을 자랑할 뿐 새로운 건 찾아볼 수 없었다.

겉보기에는 눈부시게 화려하지만 경제적으로는 상당히 힘들었던 걸지도 모른다.

그러고 보면 다과회에서 때려눕혔던 자작가의 딸은 집이 커서 힘들다고 말했지만, 그건 하인이 적다는 뜻 아니었을까.

"아버님, 저 결심했습니다."

"뭐, 뭘 말이냐?"

"집을 나가겠습니다."

"너, 지금 무슨 소릴 하는 거냐?"

그렇게 멍청이를 보는 듯한 시선은 거둬 주십시오. 전 진지하니까요.

"유키토 님을 쫓아 미궁도시로 갈 겁니다. 아버님도 저 같은 불량 재고를 처분할 수 있으니 아주 딱 좋지 않으신가요?"

"자, 잠깐만. 진심이냐? 아니아니, 진정해. 애초에 미궁도시는 이주자를 받아주지 않아. 그냥 갔다가는 도시에 들여보내 주지도 않아."

"네?"

그런 도시가 존재하는 거야? 어쨌든 같은 나라인데요.

"이유가 뭐죠?"

"이왕 이렇게 된 거 모조리 말해 주마. 일단 그곳은 국내지만, 기본적으로는 외국으로 생각해야 한다."

"그 시점에서 벌써 이상한 이야기입니다만…… 알겠습니다."

내전 이야기를 생각하면 이해가 안 되는 것도 아니다. 오히려, 아직 왕국의 일부라는 쪽이 더 이상하다.

그렇다고 해도 이주자가 없다는 건 너무 극단적이다. 그럼 미궁도시는 내부에서만 인구를 조달한다는 게 된다.

"그곳은 외국 취급으로, 무역도 안 해. 타국의 사자가 들어갈 수 있는 건 입구 근처의 정말 아주 적은 몇 곳뿐이야."

"그럼 어떻게 물자를 조달하고 있는 거죠? 주변에 아무것도 없는 황야일 텐데, 식량조차 자급이 어려운 땅이라고 들은 적이 있습니다."

"어떻게 하고 있는지…… 어떻게 하고 있을까. 내가 시찰한 곳은 정말 입구뿐이지만, 굉장히 풍족한 도시였다."

아버님은 들어간 적이 있나 보군.

미궁도시만으로도 엄청나게 풍족할 수 있을 정도로 경제가 유지되고 있다? 풍족하려면 외부의 힘이 필요할 것 같은데요.

무역을 하고 있다면 짐에 섞여 들어가는 방법도 쓸 수 있겠지만. 뭔가 좋은 방법 없을까요?

"그럼 아버님 같은 사람 말고는 아무도 그 도시에 들어갈 수 없다는 뜻인가요? 유키토 님은 어쩔 생각이신 걸까요?"

어쩌면 그대로 돌아올 수도 있나. 그럼 기다리는 편이…….

상처 입은 유키토 님을 따뜻하게 받아들여 포옹하면 호감도 업인 거 아닐까. 아, 꼬옥 안아 주고 싶다.

"예외는 있어. 미궁도시는 왕국 안의 솜씨 좋은 모험가를 모으고 있어. 싸울 수 있는 사람이라면 다 받아들이지. 역으로 말하면 싸울 수 없는 사람은 필요로 하지 않아."

"다시 전쟁이라도 할 생각인 건가요?"

"그건 아냐. 최소한 미궁도시가 먼저 공격할 일은 없을 거다. 필요가 없으니까 말이야. 싸울 수 있는 인재를 구하고 있는 건 미궁도시 안에 있는 던전 공략을 위해서야."

"던전."

생각났다. 미궁도시라는 이름의 유래.

뭐라고 하는 던전을 중심으로 확장됐던 도시가 기원이었다는 이야기다. 왕국이 생기기 이전의 이야기, 이제는 옛날이야기와 크게 다르지 않은 전설이다.

그걸 공략해? 왜? 던전이 있다는 건 영토적으로는 손해겠지만, 그렇게까지 그 영토에 집착할 필요도…….

아니, 다르다. 게다가 뭔가 의미가 있는 것이다. 미궁도시가 최근에 급속하게 힘을 키운 이유가.

"하지만 유키토 님은 그곳으로 여행을 떠난 거잖아요."

"유키토 군은 전부터 상당히 단련했던 모양이야. 웬만한 모험가보다는 훨씬 강하다더군. 두 형은 상대도 안 된다고 그랬지."

어머, 그런 작은 몸으로 강하군요. 들은 적은 있지만, 괜히 센 척하는 게 아니었군요.

근육은 잘 안 붙는다고 말했지만, 실은 그 옷 아래는 듬직하고 군더더기 없는 몸이 있었던 모양이야.

남자다움은 마이너스 포인트였지만 유키토 님이라면 그런 갭도 좋을지 몰라. 상상만 해도 코피가 나올 것 같아.

"그럼 저도 강해지겠습니다. 그리고 쫓아갈래요."

강하지 않으면 도시에서 받아주지 않는다면 강해지면 된다.

다행히 나에게는 강해질 기반이 있다. 기프티드는 괜히 있는 게 아니다.

"제정신이냐? 제정신이겠지. 확실히 기프티드인 너라면 어떻게든 해낼 것 같기도 해. 알았다. 사랑스러운 딸을 위해서니 어떻게든 해 보마. 하지만 집을 나가면 그 이후로는 죽은 사람 취급을 할 테니 돌아오지 못할 것을 각오해라."

"훌륭해요."

나는 좋은 아버지를 가졌다. 이렇게 말도 안 되게 멋대로 행동하는 걸 다 받아 주시다니.

◆ ◇ ◆

칼날이 바람을 가르는 소리가 굉음이 되어 울려 퍼진다.

검을 휘두른다. 그저 묵묵히 휘두른다. 아무 생각 없이 검과 하나가 되어 가는 감각. 내가 만든 연습장. 강적. 눈앞의 환영을 다 무찌르기 위해.

그 뒤 몇 개월. 결국 유키토 님은 돌아오지 않았다. 그 말은 즉 미궁도시로 들어가 모험가가 됐다는 뜻이다.

그렇다면 나도 모험가가 되어야 한다. 유키토 님을 쫓아갈 수 있는 강한 모험가. 다음에는 두고 가지 못하게.

독자적인 정보망으로 조사한 결과 미궁도시 기준의 전투력은 이런 걸로는 발끝에도 못 미친다. 괴력만으로는 안 된다. 힘과 기술이 양립해야만 한다.

정보를 준 술집 건달들을 쓰러뜨린 정도로는 한참 모자라는 모양이다.

가상의 적은 오크다. 억세면서 보기 흉한 살을 늘어뜨린 드레스 차림의 오크.

듣기로는 모험가는 오크를 일대일로 처리하면 나름 인정받는 모양이다.

자세한 기준은 확실하지 않지만 길드에서 미궁도시행을 추천받으려면, 최소한 그 정도는 되어야 하는 모양이다.

즉, 돼지를 가차없이 다진 고기로 만들 정도의 힘이 있으면 분명 문제없을 것이다.

"얘야."

"왜 그러시죠, 아버님."

아버님의 목소리로 사고가 중단되어 버렸다. 무수히 많던 드레스 오크들이 사라진다.

말을 건 정도로 기껏 만들어 낸 환영이 사라졌다는 건 여전히 집중력이 부족하다는 증거다.

"아, 넌 대체 어디를 가려는 거냐."

"유키토 님이 있는 곳요."

검을 휘두르는 건 숙녀에게는 어울리지 않는 행위지만, 미궁 도시에 가기 위해 필요하다면 상관없다.

"이것도 숙녀 본연의 자세 중 하나죠."

"내 상식으로, 숙녀라 말하는 사람들은 그렇게 거대한 검을 휘두르거나 하지 않던데. 용케도 팔이 안 떨어져 나가고 붙어 있구나."

확실히 크긴 하지만 분명 거대하다고 할 정도도 아니다. 고작해야 내 키보다…… 약간 큰 정도랍니다.

창고에는 이것보다도 큰 무기들이 무지 많답니다.

"시대는 변하는 거예요, 아버님. 요즘 숙녀는 공격적으로 나가야 해요."

"변하는 건 너 하나뿐인 것 같다만."

아무리 가족이라지만 너무하네요.

"그건 그렇고, 그런 괴물 같은 검, 어디에서 가져왔지? 훈련용으로 산 검은 어떻게 했어?"

"이건 보물 창고 안쪽에 있었습니다. 사 주신 검은 부러졌어요. 불량품이니 나중에 대장장이한테 뭐라고 한 말씀 하시는 게 좋을 것 같아요."

"부러져……? 그건 왕도에서 제일가는 대장장이가 만든 건데……. 보물 창고라면 시조님의 그거 말이냐? 용케도 열었구나…… 아니, 너라면 열 수 있었을지도 모르지."

열 수 있을지도 모른다가 아니라, 이미 열었답니다.

로제스타가의 시조가 만들었다고 하는 보물 창고는 힘없는 자들에게는 그 문을 굳게 닫고 있다.

이 경우 힘이라는 건 완력이다. 시조님이 자랑했다고 하는 괴력에 필적하는 완력으로만 문을 열 수가 있다.

과거에 그 문이 열렸다는 이야기는 남아 있지 않지만, 내가 시험해 보니 어떻게든 열 수 있었다.

우리 가문은 로제스타의 직계가 아니지만, 가계를 거슬러 올라가다 보면 분명 다다를 것이다. 나의 힘도 조상님한테서 물려받은 거겠지.

"그나저나 부탁드렸던 모험가 가정교사는 어떻게 됐나요?"

사전에 모험가에게 요구되는 강함, 경험을 얻기 위해 아버님이 모험가 길드에 가정교사를 의뢰해 주셨다.

체면적인 문제도 있어 여자 모험가라는 제약을 붙였지만, 벌써 몇 개월이다. 이제 슬슬 찾았다 해도 이상하지 않을 텐데.

"실은 오늘 여검사 하나를 찾았는데……."

"그랬는데……?"

"네가 하는 행동을 보고는 자신감을 상실해 돌아갔다."

그건 또 뭐야……. 정말 한심하군요. 본업도 아닌, 어린 여자아이를 상대로 자신감을 상실하다니.

뭐, 그런 상대에게 뭘 배우겠나 싶으니 돌아갔다고 해도 특별히 문제는 안 되지만요.

"전에 보류했던 마술사 쪽은 어떻게 됐나요?"

쫓아가기로 결심한 직후의 이야기지만, 마술사가 이 제안을 생각해 보겠다고 했을 텐데.

다른 건이 있어 받아들일 수 없을지도 모르겠다고 했지만, 드문 여성 마술사고 실력이 꽤 좋다고 해서 기대하고 있었는데.

"아무래도 미궁도시로 가서 돌아오지 않은 것 같더구나. 그대로 도시로 들어간 거겠지."

미궁도시로 가는 사람이었던 건가. 그거 아쉽네. 어쩌면 그쪽에서 만날지도 모르겠군요.

"이제 그냥 그대로 가도 괜찮지 않을까? 기사단 일행 정도라면 이길 수 있잖아."

"확실히 모의전에서 다섯 명을 해치우긴 했습니다만."

"뭐, 정말 그랬냐?"

며칠 전 기사단에 작정하고 난입했는데 완전 별거 아니었다.

처음에는 깔보더니 갑옷째로 가볍게 쳐 넘기니 겁을 집어먹는 상황. 다섯 명째는 맨손으로 처리했는데, 정말 한심했다.

"그 정도 놈들이라면 몇 명이 와도 마찬가지입니다. 그게 우리 나라의 국방을 담당하는 자들이라니 한탄스러울 뿐이에요."

"아니, 그 사람들도 나름 열심히들 하고 있거든."

아버님은 네가 이상한 것뿐이라는 눈빛으로 보고 계시지만, 그분들 상상 이상으로 약했다고요.

다섯 명으로 끝냈지만, 하려고 마음만 먹으면 동시에 두 배 정도도 해결했을지도 모른답니다.

나뒹군 단장의 말로는 얼마 전까지 강한 사람이 있었다고 하던데, 어디까지 믿어야 할지.

"어쨌든 아직 부족합니다. 보물 창고 제일 안쪽에 있는 〈흑부 (黑斧) 로제스타〉를 가볍게 휘두를 수 있을 정도가 되지 않으면."

"보물 창고에 있었던 거냐……. 그건 전설이 된 무기인데, 함부로 가지고 나온 건 아니지?"

"네~?"

"무슨 대답을 그렇게 하는 게냐."

뭐, 아무도 행방을 몰랐던 무기이고, 보물 창고를 열 수 있는 사람은 나 말고 없으니 내가 가지고 나와도 문제없잖아요. 확인할 방법도 없으면서요.

몰래 가지고 나갈 살림살이를 줄이고 그걸 실어 가면 분명 들키지 않을 것이다. 원래 없던 않는 물건으로 취급하던 거니까.

아직 날도 다 밝지 않은 시간대. 미궁도시행 정기 마차를 타기 위해 집을 나선다.

수하물은 적다. 큰 가방과 천으로 감싼 흑부 로제…… 무기. 그리고 보물 창고에 있던 검정 갑옷뿐이다. 왠지 드레스 같은 느낌이라 마음에 든다.

"이제 가는 거냐?"

"네, 오라버니들에게도 말씀 잘 전해 주세요."

문을 나오니 아버님이 서 계셨다. 아무에게도 말하지 않고 떠날 작정이었는데.

"아버님은 어떻게 오늘 출발할 줄 아셨죠?"

"네 아비 노릇을 몇 년 했다고 생각하느냐. 네 생각쯤은 안다."

"그런가요. 하지만 제 취향은 모르셨잖아요."

"알고 싶지 않았다."

보고도 못 본 척했다는 건가요?

뭐, 전 착한 딸이라서 굳이 말할 생각도 없습니다만, 여기 계신 것도 미궁도시행 마차가 오늘 떠나는 걸 아셨기 때문이겠죠.

아버님이 그걸 알아내지 못할 분도 아니시고요.

"새삼스럽지만 마음을 고쳐먹을 생각은 없느냐?"

"정말 새삼스러우시네요. 여기 남아서 대체 뭘 하라는 말씀이신지요? 그로델 백작의 첩이 되어 자유롭게 살아도 된다 하셔도 이제 매력을 느끼지 못하는데요."

그건 그거대로 즐겁겠지만, 유키토 님을 알아 버린 이상 그걸로는 성에 안 찬다.

"왜 백작…… 아, 그건가. 너 바보지?"

"실례의 말씀을."

"백작은 유명한 남색가라서 솔직히 가까이하고 싶지 않아. 친척이 된다니 당치도 않은 일이야. 사실은 나도 결혼 전에 당할 뻔한 적이 있지."

"별로 알고 싶지 않은 이야기네요."

어째서 전 여행 떠나는 날 아침에 자신의 아버지가 남자에게 당할 뻔한 이야기를 듣고 있는 걸까요.

평생의 이별이 될지도 모르니, 그거 말고 다른 할 이야기가 있을 텐데요.

"내가 젊었을 때 백작에 관해서는 소문만 난무했지. 너무 심한 이야기들만 돌아서 어디까지가 과장이고, 어디까지가 진실인지 판단이 서질 않았다. 당시 소속되어 있던 파벌에서도 회의적인 의견이 많았어. 그래서 백작이라고는 해도 설마 같은 귀족에게 손을 대겠느냐며 반은 게임 감각으로 그의 환심을 사려던 녀석이 있었지. 그는 남작가의 장남이었는데도 호모가 되어 장남으로서의 신분을 박탈당해 버렸다. ……그래도 백작은 아무런 처분도 받지 않았으니 엄청 무서운 일이지."

그거, 까딱 잘못했으면 제가 태어나지 않았을지도 모른다는 이야기 아닌가요.

정말 무서운 분이시네요, 그로델 백작.

"솔직히 그가 있는 덕에 왕국의 재정이 어떻게든 돌아가는 면도 있기 때문에 어느 정도 자유롭게 행동하는 게 가능하다는 것도 이해 못하는 건 아니다. 어느 시대든 귀족…… 특히 왕궁에서 정쟁에 관여된 자들은 부패했다는 이야기를 듣지만, 역시 옛날부터 대귀족이었던 사람은 수완이 달라. 괴물이지."

문관으로서 나름대로 인정받고 있는 아버님이 그렇게 말하실 정도면 상당한 거겠죠.

일에서는 굉장히 유능한 분이라고 들었습니다. 문제는 성적 취향과 외모만이라는 것도.

"하지만 장남이 태어난 뒤부터는 백작도 꽤 얌전해졌어. 최소한 귀족을 대상으로는 손을 대지 않게 됐으니까 말이야."

상대가 귀족이 아닐 뿐 여전히 놀고 있다는 뜻이네요. 듣자 하니 요즘도 새로운 장난감을 구해서 자랑하고 있다더군요.

"백작 이야기는 됐고. 본론으로 들어가자. 사실 너는 결혼 말고도 길이 없는 건 아니다."

"하아…… 무슨 말씀이시죠?"

새삼스러운 걸 넘어서, 그 어떤 내용이든 마음은 바뀔 것 같지 않지만요.

"실은 왕국 기사단에서 제안이 있었다."

"아버님한테 말입니까? 그래도 나이를 생각하면 무관이 되는 건 좀 어렵지 않을까요?"

"너다. 지금 네 이야기를 하고 있잖아. 장래적으로 사관 승진을 내정하고 입단을 타진해 왔어."

"저에게 말인가요?"

상당히 이상한 이야기다. 제국에는 여기사도 있다는 이야기는 들은 적 있지만, 왕국에는 여기사가 없다. 하물며 사관이라니 말도 안 된다.

내가 태어나기 전까지 거슬러 올라가면 그런 사람이 있었다는 소문도 들은 적이 있지만……. 그런 데 가면 괴롭힘을 당할 것 같은데요.

"일전에 기사단을 상대로 날뛴 게 원인이겠지. 기사 작위를 받으면 당대만이라고는 해도 당주다. 네 마음대로 할 수 있어. 후계자도 필요 없으니 결혼할 필요도 없고."

"매력을 전혀 못 느끼겠습니다."

"그렇겠지. 그냥 그런 이야기도 있었다고 하는 거다."

그리고 애초에 전 결혼을 하기 싫은 게 아니라고요.

당주가 되어 내 마음대로 하는 것도 나쁘지는 않지만, 그러기에는 시간도 걸리잖아요.

"만약 미궁도시에서 쫓겨나 돌아오면 생각해 보렴."

"하아…… 알겠습니다. 하지만 어째서 이야기가 그렇게 되는 거죠? 관례적으로는 있을 수 없는 일이라고 생각합니다만."

아무리 기사단이 약해 나한테 완전 당하는 그런 상황이 펼쳐졌다 해도 그래도 기사단은 귀족들의 모임이다. 일반 병사와는 다르다.

전통을 중시하고 쓸데없이 프라이드만 높은 기족한테 그걸 히용하는 게 가능하다고는 생각할 수 없다.

"좀 불온한 움직임이 있어."

"전쟁인가요, 설마 제국과?"

이렇게 몹시 약해진 상황에서?

"아니, 달라. 제국은 절대로 쳐들어오지 않아. 이번엔 다른 일이다. 내전 이후로 속국 연합의 목소리가 커졌는데, 그중 하나가 폭발 직전이야."

상당히 착취하고 있다니 있을 수 없는 일도 아니겠죠.

그런데 제국이 쳐들어오지 않는다는 건 확실한가요? 뭔가 사정이 있는 것 같은데…… 미궁도시와 얽힌 건가요?

"그래서 조금이라도 전력을 원한다는 거군요……. 그 정도로 절박한가요?"

"실제로 아무리 약해졌다고는 해도 속국에 당할 일은 없다. 상대도 안 되겠지. 하지만 이전의 내전 때문에 겁쟁이가 돼 버린 거겠지."

그렇군요. 상대를 얕보고 까불다 한 방 먹고는 이번에는 괜히 신중해졌다는 거군요.

하나가 폭발하면 연쇄적으로 다른 속국까지 이빨을 드러낼 가능성도 있으니까, 어느 정도는 신중해지는 게 좋겠지만.

"사정은 알겠습니다만 결심은 바뀌지 않습니다."

"이제 와 새삼스럽긴 하지. 이제 넌 네 마음대로 살아도 좋다. 미궁도시의 모험가가 됐다 해도 이쪽으로 올 일은 있겠지. 그때는 얼굴이나 보이고 가거라."

"저는 죽은 걸로 친다고 하시지 않았나요?"

"여러 생각을 해 봤는데 네 호적은 그대로 두기로 했다. 언제든 돌아와도 상관없다. 이곳은 네 집이니까."

"아버님……."

이건 순전히 내 멋대로 고집 부린 건데…… 그런 말씀을 들으니 눈물이 나올 것 같습니다.

"그러니 평생 이별은 아니다. 다시 만나자는 소리야."

"네, 반드시. 다녀오겠습니다, 아버님."

"다녀오거라, 딸아."

그리고 난 집을 나왔다.

나고 자란 장소는 아니지만 이곳이 언젠가 돌아올 장소라고 그렇게 확신하면서.

왕도의 문을 나와 지정된 장소까지 가자 궁상스러운 마차가 서 있었다.

신출내기 교역 상인이 약간 분발해 봤다는 느낌으로, 천막을 치기만 한 짐마차다.

마차 앞에는 경장비로 무장한 여자가 한 명. 아무리 봐도 상인으로는 안 보인다. 아마도 이 사람이 마차를 모는 모양이다. 어쩌면 미궁도시의 모험가일지도 모른다.

"실례합니다. 미궁도시로 가는 마차는 이건가요?"

"맞아. 희한하네. 이쪽 일반편은 거의 사람이 안 온다고 들었는데."

남자처럼 가벼운 말투다. 모험가 같은 험한 일을 하고 있으면 이런 느낌이 되는 거려나.

유키토 님이 거칠게 변했으면 어쩌지. 아니다. 그건 또 그거 나름대로 좋을지도 모른다. 이제 유키토 님이라면 뭐든 받아들일 수 있을 것 같답니다.

"일반편이라는 게 무슨 뜻이죠?"

"아, 원래 모험가를 하는 녀석들에게는 전용 정기편이 있어. 여기는 그렇지 않은 사람용. 미궁도시에서 처음 모험가가 되려는 사람들을 위한 거야. 솔직히 사람이 적기 때문에 마차도 상당히 남루하고, 식사도 안 나와. 내 보수도 적고."

당신 보수가 어떻든 관심 없지만요…… 그렇습니까. 그런 건가요?

"그럼 잘 부탁드립니다."

"좋아, 한 명 오케이. 어디, 일단 규칙이긴 하니 이름과 나이를 물어도 될까?"

"레네입니다. 열네 살."

"그냥 레네 씨?"

그렇게 물으니 당황해 버렸다.

사정이야 어찌 됐든 집을 나왔으니 이제부터는 그냥 레네로 살아가겠다고 생각하고 있었다.

하지만 나오기 직전에 아버님이 말씀하신 건…….

"아니에요. 레네 로제스타. 오렌디아 왕국 로제스타 남작가의 여식이에요."

그래서 이제부터도 그렇게 이름을 말할 것이다. 변함없이 로제스타의 딸로 살아가리라.

"어라, 귀족님이야? 종종 왕국 귀족이 염탐이나 파괴 공작 목적으로 미궁도시에 들어가려고 하는데, 그런 건 아니겠지? 바로 들통난다고."

"실례예요. 그런 목적은 없습니다. 모험가가 되기 위해 가는 겁니다."

귀족이라는 걸 알아도 말투는 똑같다. 미궁도시에서는 귀족 신분이 통하지 않는다고 들었는데 정말 그런 것 같다.

하지만 파괴 공작이라니……그딴 걸 하는 사람들이 있다는 거군요. 참 뭐랄까. 시간이 많다고 해야 하나.

"귀족님이 모험가가 되었다는 이야기는 별로 들은 적이 없지만…… 굉장히 힘들어. 칼에 베이거나 얻어맞아 아프고, 싸움만 계속해야 하니까. 미궁도시에는 여자 모험가도 많지만 개인

적으로 여자한테 맞는 직업이라고는 생각 안 해."

"당신도 여자잖아요?"

"나야 피치 못할 사정이 있으니까 하는 거라서. 당신은……
레네 씨는 뭔가 목적이라도 있어?"

"네, 그건……."

목적은 오직 한결같다. 최근 몇 달 내내 가슴에 새겼다.

나는 로제스타의 딸로 당당하게 그분을 만나러 간다. 여자이
기에 사랑에 목숨을 거는 건 옳은 길이라고 생각한다.

"물론, 사랑하는 님을 만나는 거죠."

보너스 「편의점에 가자」

눈을 뜨니 처음 보는 방이었다.

방은 어둡고 창문으로 들어오는 빛이 비추는 건 깔끔하게 정돈된 원룸. 근대적인 가구는 전생에서 본 것과 흡사해 이상한 느낌만 든다.

어째서 이런 곳에 있는 거지……. 나는 미궁도시에 와서 트라이얼 던전을…….

"여기는."

목이 마른 건지, 목소리가 쉬었다. 몸이 나른한 게 피로가 가시지 않았다. 온몸을 뒤덮는 건 오크 군단과 일주일간 싸웠을 때 말기와도 비슷한 피로감이다.

최소한 얼마 전까지 살던 마구간은 아닐 것이다. 그곳에는 이런 훌륭한 이불은 없다.

한순간 지금까지 10년 넘게 있었던 일이 전부 꿈이고, 나는 여기에서 자고 있었을 뿐인가 하는 생각도 들었지만. 그런 '헉, 꿈이었구나.' 하는 결말은 없다.

잘 생각해 보니, 이곳은 기숙사 방이다. 이 방을 처음 보는 것도 바로 침대에 쓰러져 그대로 곯아떨어져 버렸기 때문이다.

짐……. 가방으로 애용하는 자루도 근처에 굴러다니고 있다.

복장도 피범벅이 된 그대로다. 응고되어 있기에 이불에는 많이 묻지 않았지만, 그래도 시트는 바꿔야 할 것 같다.

역시 돈을 달라고 하려나…….

대체 얼마나 잔 걸까. 창문 밖은 어둡고 들어오는 빛은 가로등 같은 인공의 빛이다.

트라이얼이 끝나 돌아온 건 분명 밤 10시 정도였을 테니…… 12시 정도 됐으려나.

"시계 같은 거…… 없나."

미궁도시 밖이라면 시계 같은 고급품이 갖춰져 있을 리 없지만, 여기라면 있을 법도 하다.

나른한 몸을 억지로 일으켜 일어서니, 심한 현기증이 났다. 최근 거의 경험하지 않았을 정도로 심한 어지러움이었다. 상당히 피곤한 모양이다.

방을 둘러보니, 입구로 보이는 문 앞에 전등 스위치가 있었다. 센서식인 듯 가볍게 터치하는 것만으로도 방이 환해진다.

"우왓, 눈부셔."

나도 모르게 소리를 내 버렸지만 너무 밝아서 놀란 것도 사실이다. 음양탄을 쓴 기억도 없다.

애초에 미궁도시 밖에서는 밤에 불을 켜거나 하지 않는다. 켠다 해도 고작 촛불이다. 전생의 지식이 없었다면 나도 엄청 놀랐을 것이다.

분명 필로스 일행이 이 기숙사에 처음 살기 시작했을 때는 놀랐을 거라고 상상해 버린다.

입구 출입문 위에 시계가 있다. 그걸 보니 6월 2일 오후 11시다. ……1시간 정도 자 버린 것 같다.

아니, 그보다 달력도 일본과 같은 거잖아. 우리가 이 도시에 온 건 6월 2일이었나.

분명 방에 짐을 두고 유키랑 편의점에 간다는 약속을 했는데 엄청난 실수를 저지른 걸지도 모른다.

침대가 너무 편한 게 잘못이다. 어떻게든 일어나려 했지만 다시 눕고 싶어 어쩔 수 없었다.

아니, 그런 가혹한 트라이얼을 공략하고 온 것이다. 피곤한 건 당연. 졸린 것도 당연하다.

침대를 보니 역시 여기저기가 더러워져 있다. 피도 그렇지만 한 벌 있는 옷이 애초에 더러웠다. 그대로 새하얀 시트에 드러누워 버렸으니 더러워지겠지.

알몸으로 잘 걸 그랬나 싶었지만 알몸도 마찬가지로 더러울 것이다. 최근 한 달 정도 물로 씻은 기억이 없다. ……목욕하고 싶다.

조금씩이라도 좋으니 문명다운 생활에 익숙해져 살고 싶다.

"졸리긴 하지만…… 배도 고파."

약간 장난 아닌 레벨로 배가 고프다. 마치 며칠 동안 아무것도 못 먹은 거 아닌가 싶을 정도의 공복감이다.

분명 그 이상한 스킬 때문일 것이다. 발동 중에는 무지 배고팠으니까.

뭔가 먹을 걸 원한다. 던전 마스터가 준 참치 캔은 있지만, 그걸로 충분할 리 없다.

"편의점……."

그래, 편의점에 가자. 뭐든 좋으니까 일단 먹을 걸 사는 거다.

방을 나와서 옆방인 102호실…… 유키의 방으로 발걸음을 돌렸다.

곯아떨어진 나를 두고 편의점에 가 버렸을지도 모르지만, 확인해 보는 편이 좋을 거다.

의외로 유키도 잠들어 버렸을 가능성도 있으니.

인터폰을 몇 번 눌러도 반응이 없다. 소리가 안 들리는 건 방음이 확실하기 때문으로 인터폰이 안 울린 건 아닐 것이다.

시험 삼아 내 방 인터폰을 눌러 봐도 문을 열지 않으면 안 들린다. 이 상태라면 노크해도 알아채지 못할 것이다.

이만큼 눌렀는데도 반응이 없다면 밖에 나갔다는 뜻이니까, 혼자서 편의점에 가려고 밖으로 나가려고 했을 때 문이 열렸다. 뭐야, 있었냐.

"하암————."

좀비 같은 목소리를 내면서 유키가 방에서 나왔다.

표정도 죽은 사람 같다. 머리가 부스스하고 헝클어져 있다.

"역시 츠나냐…… 미안해, 자 버렸어."

"나도 자 버렸으니 마찬가지야. 1시간 정도 잔 것 같아."

"그렇게나……. 옷도 안 갈아입고 샤워도 안 했는데도."

그리고 보니 샤워라면 24시간 쓸 수 있다고 흡혈귀가 말한 것 같은데. 기왕이면 욕조에 몸을 담그고 싶지만.

"어엇?!"

시간을 확인하기 위해서인지 문에서 안을 들여다보던 유키가 소리를 지른다.

"무슨 일이야? 짐이라도 없어졌어?"

"아니…… 6월 2일?!"

"아, 날짜 말이야? 나도 아까 알았는데, 왠지 일본이랑 똑같더라고."

"아니, 그게 아니라…… 저기, 우리가 이 도시에 온 건 6월 1일이야. 강습할 때 봐서 틀림없어."

"뭐……?"

말도 안 돼. 분명 트라이얼로 시간은 많이 걸렸지만 던전 안에서의 시간은 분명 경과하지 않았을 것이다. 그런데 하루가 통째로 사라졌다.

설마…….

"잔 거냐……?"

유키를 데리러 갔다 여기로 돌아온 뒤 하루 온종일 쭈욱?

"둘 다 하루 넘게 잤다는 거네. 하루 이상 그런 자세로 있었던 건가. 피곤할 만도 하네."

넌 어떤 자세로 잤는데 그러냐.

하지만 그렇게 시간이 지났으니까 배도 고프고 목도 마른 거겠지.

"뭐, 이미 자 버린 것을 어쩌겠어. 일단 밥이나 사러 가자."

"그, 그래. 잠깐 기다려, 돈 가져올게. 우와, 어질어질해."

하지만 진짜 괜찮은 건가. 하루 넘게 자는 건 아무래도 경험해 본 적이 없다. 그만큼 피곤했다는 소린가.

도마뱀 아저씨, 미노타우로스, 고양이 귀 등 주요한 전투만 다이제스트로 돌아봐도 너무나도 농밀한 하루였던 것이다. 이해하지 못할 일도 아니다.

"하지만 이렇게 봐도 진짜 이상한데."

유키와 둘이서 기숙사와 길드 회관 건너편에 있는 편의점까지 왔지만, 그곳에 있는 건 휘황찬란하게 빛나는 편의점 느낌의 가게다.

가게 이름은 일본에서 본 적 없는 거지만, 거리 쪽으로 만들어져 있는 잡지 코너에 서서 잡지를 보고 있는 사람의 차림새가 판타지 스타일이 아니었다면 사실은 일본에 온 것이 아닐까 하고 착각할 것 같다.

"왕국 통화는 여기에서도 쓸 수 있으려나."

"그러고 보니 아직 환전을 안 했네…… 어, 뭐라 적혀 있어."

이 편의점은 길드 회관 근처라 도시에 막 들어온 사람도 이용하는 건지, 입구 근처에 '왕국 통화 사용 가능합니다'라는 안내문이 있었다.

덧붙여 수수료 없이 무료로 환전도 해 주는 것 같다. 섬세하고 자상한 서비스다.

이걸로 야식을 못 살지도 모른다는 걱정은 사라졌다.

입구는 당연하다는 듯이 자동문. 회관도 전송 시설도 자동문이었으니, 이 정도로는 새삼스럽게 놀라지 않는다.

가게 안에는 라디오 방송 같은 음악이 흘러나오고 있다. 처음 듣는 곡이지만 곡조는 전생에서 들었던 것과 비슷하다.

선반 배치는 일본에서 본 편의점과 거의 똑같다. 입구 근처에 잡지, 생활용품, 한가운데부터 안쪽으로 가면서 과자, 인스턴트 식품. 창가에는 채소와 도시락, 그리고 음료용 냉장 코너가 있다. 먹을 것을 살 목적으로 왔지만 팬티 같은 것도 사 두는 편이 좋으려나.

"츠나, 티셔츠 같은 거 사는 게 낫지 않겠어? 옷이 정말 장난 아니야."

"이런 데는 비쌀 테니 내일 제대로 된 전문점으로 가자."

쓸데없이 쓰는 돈은 아니라고 생각하지만 싼 게 좋다. 반나절 정도는 참을 수 있다. 일본과 달리 이 도시라면 피범벅이어도 붙잡히는 일은 없을 것이다.

"아무래도 잡지는 잘 모르겠어. 죽은 뒤의 연재 같은 게 관심이 좀 가긴 하지만……."

"그건 그래."

잡지류를 보자 표지는 풀컬러에 사진도 많아, 과거 일본에서 본 거에 뒤지지 않는다. 문자도 일본어와 알파벳이라 거의 그대로다.

다만 놓여 있는 만화 잡지 등은 모두 처음 보는 것들이다. 비슷하기는 해도 전혀 다른 것이다.

만약 같은 게 있었더라면 지구와 연결되어 있는 거 아닌가 의심하겠지만 그건 아닌 것 같다.

"자, 잠깐 좀 보고 와도 될까?"

"나중에 해. 연재 도중이라 봐도 알 수 없을 테니 먼저 밥이나 먹자."

"응, 알았어."

나도 일본에서 연재를 챙겨 보던 만화를 보고 싶지만 여기에 그 만화를 그리는 사람이 있을 리도 없을 테니 포기해야만 할 것이다.

애초에 만화를 볼 수 있다는 것만으로도 경악할 사실이다. 얼핏 보면 평범하게 재미있는 것 같으니까, 초심을 돌아가 새로운 만화를 보는 것도 나쁘지 않다. 살짝 기대된다.

그리고 마음에 걸리는 게 하나 있는데 일본의 편의점이었다면 분명 한쪽 구석에 설치되어 있었을 터인 야한 책 코너가 없다. 이건 대체 어떻게 된 걸까?

설마 편의점에서는 팔지 못하고, 야한 책을 보고 싶으면 전문 서점으로 가라는 뜻인가? 딱히 볼 마음은 없지만, 아쉬운 이야기다.

그보다 지금 필요한 건 잡지가 아닌 먹을 거다. 이쪽 코너에는 용건이 없다.

과자와 식품도 일본 것과 비슷하긴 해도 엄연히 다른 것이다.

컵라면 종류도 풍부한 건 기숙사 옆에 있어 독신자가 많기 때문일까. 그 집에서 던전 마스터가 먹었던 컵라면도 있다.

그럭저럭 맛있어 보였고, 개인적으로는 컵라면 같은 인스턴트도 좋지만 뜨거운 물을 공급할 수단을 모르겠다.

아마도 계산대 옆이나 기숙사에 공용 급탕 시설이 있는 거 아닐까…….

"설마 갑자기 컵라면으로 하는 거야? 맨 처음 먹는 건데 좀 제대로 된 걸 먹어."

"그렇지? 아무리 그래도 맛있을 것 같진 않아."

일단 여기에서는 무난하게 도시락이나 반찬을 사서 데워 먹는 게 좋겠어.

"……응."

디저트가 늘어선 코너 앞을 지나가는데 유키가 신음했다.

확실히 단맛도 당기긴 하지만, 이런 건 전문점이 더 낫지 않을까. 광장 근처에 있는 케이크 가게라든가.

"세 개……아니, 네 개……."

먹을지 말지를 선택하는 게 아니라, 먹을 수 있는 개수를 선택하고 있는 것 같다. 나와는 차원이 달랐다.

그리고 우리가 목표로 삼았던 도시락 코너다.

종류는 별로 없다. 고작해야 일본의 표준적인 편의점 수준이다. 하지만 그래도 나한테는 많다.

햄버그 도시락, 튀김 도시락, 김 도시락, 믹스 프라이 도시락, 돈가스 덮밥과 카레도 있다.

솔직히 어떤 도시락이든 배에 들어가면 다 똑같은 거라고 생각했지만 이렇게 보고 있으니 눈을 뗄 수가 없게 된다.

구석 쪽에 이상할 정도로 값이 싼 고브타로 도시락이라는 것도 있었지만 이건 무조건 패스한다. 뭐가 들어 있는지 알 수가 없다.

"이 도시, 식품 첨가물 같은 거 어떻게 되어 있을까?"

"부패 방지의 마법 같은 게 있지 않나?"

일본에 있을 때도 신경 쓴 적은 없지만 이 도시에서 일부러 방부제로 대표되는 식품 첨가물이 필요하리라고는 생각할 수 없다. 과학적인 처리를 하지 않아도 마법으로 어떻게든 해 버릴 것 같은 분위기다.

실제로 사용되는 재료를 표기했지만, 그중에 첨가물로 보이는 이름은 없다. 그렇게 되면 편의점 도시락도 자연식 취급일 것이다.

"좋아, 그럼 모처럼이니 난 이 햄버그 도시락으로 할게."

"그 모처럼이란 말은 그만 좀 써먹어라."

빨갛지도 파랗지도 않은걸.

그건 그렇고 난 어떻게 할까. 솔직히 끝에서 끝까지 전부 먹어도 괜찮을 정도다.

하지만 미궁도시의 물가를 모르는 이상 지금은 절약해야만 한다. 같이 적혀 있는 왕국 통화의 가격을 봐도 크게 비싸지는 않지만 두세 개씩 살 수는 없다.

파스타와 빵도 괜찮지만, 기왕이면 밥을 먹고 싶어.

"이렇게 되면 역시 그건가."

조금 전부터 시야 한구석에 계속 들어오고 있는 도시락. 아니, 고브타로 도시락 말고.

「거인이라도 만족, 한 점포 열 개 한정, 자이언트 볼륨 믹스 도시락」이라는 전용 선전 멘트를 적은 선반에 있는 거대 도시락.

볼륨 믹스 도시락이라는 이름이라면 전생에서도 들어본 적 있지만, 이건 딱 본 시점에서 이미 경이적인 임팩트다.

햄버그, 튀김, 크로켓, 새우, 어묵 등 각종 튀김에 돼지고기 생강구이, 연어, 달걀 프라이. 밥은 3단 김 도시락으로 되어 있고, 반절은 카레를 뿌렸다. 곁들인 파스타와 포테이토 샐러드는 그게 이미 1인분은 아닐까 싶을 정도의 양이다. 송구스럽게도 일본식 채소 절임도 있다.

미니 사이즈 도시락처럼 모든 음식들이 조금씩 들어 있는 게 아니라, 모든 게 메인처럼 들어 있어 운동부 학생이라도 배가 꽉 찰 것 같은 내용물이다.

비싸지만, 고작해야 다른 도시락의 세 배가 조금 넘는 가격. 볼륨만 본다면 다섯 배는 받아야 할 거다.

분명 사면 이득이다. 이건 나한테 사라고 말하고 있는 거다. 절약할 생각이었지만, 어렵게 트라이얼을 돌파했다. 오늘 정도는 자신에게 상을 줘도 좋을 테지.

나는 하나 남은 그 도시락을 잡았다. 아니, 그보다 이걸 산 사람이 나 말고 아홉 명이나 있었다는 소리냐.

"무거워……."

그건 이미 도시락의 무게가 아니다. 하지만 지금은 이 중량이 나에게 만족감을 선사해 준다.

하루 넘게 굶었다. 거인용이겠지만 다 먹을 수 있다.

"엄청난 걸 샀네."

막상 뜯고 먹는 단계가 되자, 유키는 내 도시락에 보고 깜짝 놀란 모양이다.

그 기분을 이해 못하는 것도 아니다. 실은 나도 살짝 후회하고 있다. 나는 왜 이런 괴물 같은 도시락을 산 걸까.

분위기란 참 무서운 거다. 여기에 계산대 옆 어묵과 고기만두까지 손을 댔다면 배가 확실하게 터졌을 것이다. 이것만으로도 이미 위험하지만.

우리는 기숙사 입구 로비에서 도시락을 깠다. 너무 떠드는 건 좀 그렇지만, 여기는 불도 켜졌고 작지만 테이블도 있다.

방은 방음이 아주 잘되니 일상적으로 말하는 정도라면 상관없을 것이다.

24시간 개방된 길드 회관 로비에서 먹어도 될지 모르지만 접수처 누나나 관계자들한테 한 소리 들을 것 같다.

"그러고 보니 내기 말인데."

"…………."

젓가락을 들고, 뚜껑을 열고 먹으려는 차에 불온한 대사가 들렸다.

어, 뭐? 안 들려.

"실제로 까고 보니 진짜 대단하다, 이 도시락."

"그러고 보니 내기 말인데."

유키 씨가 넘어가 주질 않네요.

진짜로? 나는 이 상황에서 못 먹는 거냐.

"그런 이상한 표정 짓지 않아도 무효로 해도 돼. 히든 스테이지에서는 혼서 싸웠고 하니 말이야."

"아니, 그래, 뭐. 유키 선생님이 그렇게 악랄한 소리를 할 리가 없겠지."

유키 선생님은 말이 통하는 녀석이다.

마음이 바뀌기 전에 도시락을 먹기 시작한다. 아니, 이미 걸신들린 것처럼 먹고 있다. 뭐야, 이거. 완전 맛있잖아.

"그렇게 급하게 먹으면 목에 걸린다."

"괜찮아, 괜찮아, 그렇게 식도가 약하진 않아."

생 고블린 고기도 삼킬 만큼 단련된 목과 위다.

"아, 그런데 음료가 없네. 깜빡하고 안 샀어."

수분 없이 싹싹 비우기에는 힘든 양이다. 편의점에서 오는 동안 자판기는 없었으니 다시 편의점으로 가서 살까?

"수도에 가면 물은 있지만 컵이 없잖아…… 그럼 이걸 줄게."

유키는 자신의 편의점 봉투에서 차가 든 페트병을 꺼냈다.

"괜찮겠어? ……얼마냐?"

"그렇게 쪼잔하진 않아. 줄게."

하지만 넌 마차에서 육포도 안 줬고, 던전에서도 먹을 걸 안 줬잖아……. 오크 고기랑 주먹밥은 줬던가.

"벌써 츠나는 먹기 시작했지만 ……트라이얼은 통과했으니 축배를 들자."

"…………."

그런가. 트라이얼을 돌파했는데도 유키는 아직 축하를 받지 못했구나.

나도 축하한다는 소리는 접수처 누나한테나 들었을 정도다. 너무 드라이하다.

그토록 잔혹한 트라이얼을 돌파한 것이다. 서로 축하해도 천벌을 받지는 않을 것이다.

결국 마지막 게이트를 통과한 건 나뿐이고, 유키와 함께 트라이얼의 골을 통과한 건 아니지만 그래도 괜찮다.

"그래, 그럼 건배. 트라이얼 돌파 축하해."
"트라이얼 돌파 축하해. 건배."

페트병이 서로 부딪쳐 탁한 소리가 난다. 싸구려 소리지만 나쁘지 않다.

이걸 우리 두 사람의 트라이얼 골로 삼자.

TSUNA

YUKITO

Character 02

FILOS

Character 03

OVER THE INFINITE

GOWAIN

Character 04

RIRIKA

Character 05

LENE

Character 06

무한의 저편으로 2

2021년 05월 10일 제1판 인쇄
2021년 05월 20일 제1판 발행

지음 후타츠기 고린 | **일러스트** 아카이 테라

발행 영상출판미디어(주)
등록번호 제 2002-000003호
주소 21311 인천광역시 부평구 평천로 132 (청천동)
전화 032-505-2973(代) | FAX 032-505-2982

ISBN 979-11-380-0009-3
ISBN 979-11-6625-652-3 (세트)

SONO MUGEN NO SAKI E Vol.2
ⓒFutatsugi Gorin 2015
First published in Japan in 2015 by KADOKAWA CORPORATION, Tokyo
Korean translation rights arranged with KADOKAWA CORPORATION, Tokyo.

구매 시 파손된 도서는 구매처에서 교환하실 수 있습니다.
기타 불편사항, 문의사항이 있으신 독자님께서는 노블엔진 홈페이지
[http://novelengine.com] 에서 Q&A 게시판을 이용해 주시기 바랍니다.